事件 监棺馆

フライプレイ!

[日] 霞流一 著　　佳辰 译

上海文化出版社

图书在版编目（CIP）数据

监棺馆事件 / （日）霞流一著；佳辰译. -- 上海：
上海文化出版社，2025. 8. -- ISBN 978-7-5535-3165-6

Ⅰ. I313.45

中国国家版本馆 CIP 数据核字第 20251QU532 号

图字：09 - 2024 - 0578 号

出 版 人：姜逸青
责任编辑：王皎娇　董申琪
装帧设计：张擎天

书　　名：监棺馆事件
作　　者：[日]霞流一
译　　者：佳　辰
出　　版：上海世纪出版集团　上海文化出版社
地　　址：上海市闵行区号景路 159 弄 A 座 3 楼　201101
发　　行：上海文艺出版社发行中心
　　　　　上海市闵行区号景路 159 弄 A 座 2 楼　201101
印　　刷：上海盛通时代印刷有限公司
开　　本：889×1194　1/32
印　　张：12.5
版　　次：2025 年 8 月第一版　2025 年 8 月第一次印刷
书　　号：ISBN 978 - 7 - 5535 - 3165 - 6/I.1218
定　　价：65.00 元
告 读 者：如发现本书有质量问题请与印刷厂质量科联系　T：021 - 37910000

"运动鞋和袜子？真没品位啊。我们的犯罪需要美学，还有贵族般的完美。"

——《足迹》安东尼·萨佛

"你当真杀了人？总感觉你当罪犯有点不够格。怎么说呢，总觉得缺乏那方面的天赋。"

——《热海杀人事件》塚公平

目　录

第一幕
陷阱闹剧

一

冬天的苍蝇真是可悲。本就生于不适合生长的季节，在这寒风呼啸之日尤显凄凉。

很难分辨它们究竟是乘风而行，还是受风之裹挟。它们就像指挥棒的尖端一样，在空中纵横飞舞，无休无止。这究竟是虫羽的意志，还是朔风的摆布，哪怕问其自身，恐怕亦是无解。

那是一月下旬的某日，午后三时许。

一阵寒冷的劲风穿林而过，将枝头的苍蝇尽数剥离，令其在空中乱舞。

苍蝇在强风中不断盘旋飞翔，微微颤动的翅膀折射着淡淡的光线。它们好似被牵引般画出一个又一个圆圈，忽而改道飞行，反复上下起伏。

它们的动作骤然停止，仿佛受到风的压迫般，紧贴在某个漆黑的十字架上。

那是一扇铁门。

这扇格子图案的黑色铁门是双开式的，顶端是三角形的线条。石砌的门柱矗立于此，黑色的栅栏向左右延伸开去。

灰色的云彩掠过惨白的天空。冷峭之气愈加刺骨，风势也渐次增强。

苍蝇瞬间划过黑色的栅栏，悄无声息地穿过大门，继续飞向

3

深处。

门内的庭院约有两个网球场这么大，然而却不似网球场那样得到了精心养护。荒凉的寒空笼罩其上。

自大门向西北延伸的石板路上沾满了干燥的泥土，两旁的杂草已然变色，纷纷枯倒伏，昨晚被雨打掉的叶子也零落满地。

乍一看仿佛旧地毯般毛边的，其实是枯萎的草坪。裸露的泥土随处可见，将青翠尽褪的绿意撕扯得支离破碎。周围是连绵的灌木，肆意伸展的枝条交错横斜，背后那浓绿色的墙壁则是纠缠在一起的山茶花枝叶。

越过这片荒芜的草木丛，宅邸便呈现在眼前。

这是一栋圆柱形的两层建筑，墙壁由整齐排列的石砖堆砌而成，单调的灰白在阳光下呈现出黯淡的银色，像极了没有印字的罐头。屋顶的边缘是相连的三角形装饰，但缺口遍布，像开封后罐头的锯齿边缘。

尽管如此，这石墙给人的印象仍颇似西欧城堡的一隅。一楼的南侧是成排的大玻璃门，褐色的帘布半遮半掩。那是金属框推拉门，可以翻过露台直接下到庭院。除此之外，四方形的窗户混杂在墙面的石块中间，比比皆是。

这个宅邸便是"冠之馆"，最初的馆主在建造阶段就赋予了它这个名字。屋顶上连续的三角形使圆筒形建筑形似王冠，可谓是象征着权势和威望的设计。

冬天的苍蝇们穿过荒芜的庭院，在石壁的四周盘桓，靠近了一楼的南端。

它们试图通过敞开的窗户飞入屋内，就在这时，突然响起了不锈钢滚轮滑动的声音。

窗户横向移动，紧紧地关了起来。

苍蝇翅膀被夹进窗框，陷入了动弹不得的境地，只剩一双复眼好似不愿漏过任何细节般直勾勾地盯着室内。

在窗玻璃另一侧的房间里，有一男一女两个人影。

关好窗户的女人穿过房间，然后靠近圆桌，用珠落玉盘般的可爱声音说道：

“外边可真冷啊，老师，红茶泡好了哦。”

她边说边放下了茶杯。

被唤作老师的男人不停地转动着上臂，以缓解肩膀的酸痛。他身上穿着深蓝色连帽衫，搭配牛仔裤和蓝色长袖 T 恤，显得十分休闲。

男人以夸张的姿势点了点头，发出一声意味深长的“嗯”。

“小里，你可真有眼力见儿，那我就不客气了。”

他带着威严的气势端坐在黑色真皮沙发上。

女人在圆桌旁说：

“一块方糖够吗？看您劳累了一天，要不加两块吧？”

“哦，一块就好，累是累，但累得挺舒心的。”

“看来稿子的进展不错吧？”

“嗯，目标逐渐清晰了。”

“哇，太让人高兴了。”

“你都这么高兴，我就更高兴了。”

“那是当然！您是编辑呀。”

“喂，注意方糖。”

“啊！对、对不起。”

杯中已有三块方糖了，第四块正从勺子上滑落。

"我、我马上去换杯新的。"

女人慌慌张张地将手伸向茶杯。

男人拦住了她。

"不必了，我刚好喜欢喝甜一点的。而且正如你先前说的，补充糖分可以帮助大脑缓解疲劳。"

"哦，是吗？那好吧，"女人轻巧地将杯子放回原处，"就当是红豆年糕汤吧。"

男人显得有些困惑，皱起眉头说道：

"漂着柠檬片的红豆年糕汤还是有点……"

"怎么了？"

"呃，好吧。就是那个……还是请你再来一份……你懂的吧。"

"什么呀？请您直说。"

"唉，就是那个，小里啊，你刚才不是说要重新泡一杯吗？我说'不必了'，我推辞了。"

"所以，我按您的意思做了。"

"不，其实我只是希望你能再说一次'我去换一杯'之类的。"

男人踌躇不决地说道，声音渐渐没了底气。

女人的眼神凝重起来，叹着气说：

"哎呀，麻烦死了！"

"唉，所、所以说，就这样吧。"

男人绷着脸端起杯子，摆出了一个苦笑。

"啊，真是甘美，甚至还有点黏稠，倒也不赖。"

"是吧？"

女人双手叉腰，用如刀般的眼神俯视着他。

"对，就是这样。我们一直合作愉快。我小心翼翼地表达敬意，老师长老师短的，您得配合好才行。"

"对，配合比什么都重要。"

"没错，老师，您说话要是直接点就帮大忙了。"

"嗯，还真是老师老师叫个不停。"

"您不喜欢这个称呼吗？不是您说想被称为老师的吗？"

"嗯，是啊，我从小就是那种被夸奖才会上进的人。"

"还真是一吹捧就上树的性格啊。"

"我是猪吗？"

"想让我称呼您为老猪吗？"

"不，老猪也太……"

"或者猪骨汤，这个称呼让您感到兴奋了吗？"

"不要，都说了我没这种嗜好，请用回原来的称呼。"

"老猪。"

"再往前的那个。"

"老师。"

"嗯。"

"果然还是叫'老师'吧。别再给我添麻烦了，老师。"

"唔……感觉叫'老师'的次数越多，这个称呼也越不值钱。"

"那是您自己的问题。要努力成为不负'老师'之名的老师哟，老师！"

"嗯，无法反驳。总之，我还是得写出一部杰出的推理小说，惊艳世间，大卖特卖才行。"

"对呀！想当年，您写的本格推理小说，无论是诡计还是逻辑推演，都因为神乎其技被誉为'神杀者'！"

"哦，记得还被人叫过'奇才''神之子''奇迹之徒'。好吧，这回我神杀者要重拾往日荣光!"

"为杀人者献上祝福。"

女人在胸口画着十字。

男人将茶杯凑到嘴边啜了一口,一脸生无可恋的表情。

男人名为神冈桐仁,四十三岁,作为推理小说作家已有十五年以上的经验,可谓是处于中坚作家或资深作家的行列。他在二十八岁那年,斩获新人作家的重要奖项"巴斯克维尔奖",以此为契机华丽地走上了作家的道路。

以获奖作《遭大佛踩踏之人》为开端,他接连发表了以古怪的寺社佛阁为背景,满载了不可能犯罪和逻辑推理要素的本格推理小说。主要作品包括《和尚翻牌尸体翻牌》《埃及鸟居之谜》《五重塔穿刺杀人事件》《新年参拜失魂事件》《吊钟的铁面》《抽签得死尸》《石狮子的启示》《赛钱箱的密室》等,这些作品相继爆火,为他赢得了世人的关注。

这些作品中的侦探角色是一名有着"哭泣阿凉"之称的盲巫女。她总是在剧情抵达高潮时,泪流满面地说出"必不让尔等哭泣而眠"的名台词,漂亮地解开谜团,敲响追悼之钟,然后悄然离去。该"哭泣推理系列"曾一度大红大紫,高歌猛进。

然而,这般成功只是昙花一现,或许是他太过沉溺于热度,在短时间内创作了大量作品,导致写作灵感干涸,最终使作品陷入了一种模式化的泥潭。由于一直在用相同的套路写作,他的作品渐渐不再受读者欢迎。为了东山再起,他同时启动了数个新系列,但都因虎头蛇尾而差评连连,反倒加剧了才思的枯竭。在这般恶性循环和枉费工夫的过程中,作品人气一落千丈,终于成了明日黄花。

在这个房间西边墙壁的书架上,可以看见他所有作品的书脊。

一尘不染的封面反倒愈显空虚。

女人似乎怀揣这样的幸福，从书架上抽出一本书，用指尖轻轻划过书名。

"重版最多的《金发绘马煮》，讲的是钟楼密室中的美女焦尸敲响吊钟之谜。"

"连我自己都觉得那是我最得意的诡计。"

"虽说如此，眼下也不该悠闲地沉溺过去，现在正是敲响晨钟之时，老师。"

女人边说边举起了手中的书，似乎随时打算代替吊钟狠狠敲响神冈的脑袋。

这个从刚才起就被称作"小里"的女人，真名是竹之内里子，二十九岁，是中坚出版社文刚书房的编辑。

虽然年近三十，但一眼看去她的外表比实际年龄要年轻很多，颇显稚气。体格娇小瘦弱，一头短发配上浑圆的眼睛，很难不让人联想到松鼠，或是女装的少年。包裹在棕色的粗花呢套装和白色针织衫内的身体虽显纤弱，但勾勒出的弓形线条极富魅力。她走路的姿态充满了活力，脚上的米色浅口鞋仿佛也变得像有生命的生物一般。

就在这时，门铃的电子音响了起来。

里子走到墙壁，拎起听筒，"喂"了一声后点了点头。她倾听了数秒，然后微微低下头，用斩钉截铁的语调说道：

"非常抱歉，目前神冈老师正在专心写作，分身乏术，请您稍后再联系。"

接着，她再度安静地听了一会儿对方的话，但很快打断道：

"不，现在真的不行。老师下达了命令，决不能有任何打扰。

所以恕我无法转达，还请您谅解。非常抱歉，请改日再联系。"

她断然地把话说完，撂下了听筒。

接着，里子把目光转向神冈。

"好像是来探问新作的。真是麻烦啊，在这么要紧的当口。"

她皱起眉头，耸了耸肩。

神冈凝视着虚空中的一点。

"唉，差不多该想想办法了。这段时间怠慢他们了，真是不好意思。"

"还挺费心的嘛。"

"是啊，"神冈漫不经心地应了一句，随即面露苦笑，怯生生地说道，"其实费心的是你吧，小里。你真的非常能干，我很佩服。"

里子蹙起了眉，浑圆的眼睛变得犀利，眼角微微上挑，嗓门也大了起来。

"是啊，我什么都得做，因为那是我的工作。要不怎么把你哄上树呢。"

"啊，对，是工作。"

"是啊，都是工作，所以我还会做这种事。"

里子从内袋里掏出手机，按下了拨号键。

墙角的座机响了起来。

"喂，请问神冈老师在家吗?"里子用左手拎起听筒，模仿低沉的男声。接着用自己平常的声音对着右手的手机回应道："在的，老师在家，不过现在正在专心写作。"

"拜托了，还请通融一下。"

"不行，免谈。"

她就这样表演了一出独角戏，然后抬起头来，挂掉了两只手上的电话。

"真是傻透了，对吧!"

"怎么说呢，更像个落语家了，连全身表演都到位了。"

神冈不由得觉得好笑。

里子瞪了他一眼。

"请再说一遍，我做这一切都是为了谁?"

"啊，对不起，全都是为了我好。"

"要是您心中有数，就请别这样单方面冷场。"

"哦，回过神来还真是尴尬啊。"

"背叛是绝不允许的，"里子边说边用双手捂住脸颊，"天啊，尴尬得鸡皮疙瘩都起来了，真是的，单方面冷场是绝对不行的哦。"

"嗯嗯，我会注意的。不过小里你也别突然那么现实啊，你的转变太极端了，反差大得有点吓人。"

"真的有这么吓人吗?"

"看吧，又来了。"

"啊，好吧。"

里子在瞪人的眼神底下硬是挤出了一个满脸堆笑的表情。

神冈不由得缩了缩身子。

"没错，就是这个表情，突然这样很吓人的。你柔声柔气的时候反倒更可怕，不知道下一秒会发生什么，让人提心吊胆的。"

"是那种恐怖片的感觉吗?"

"倒不如说你就是个施虐狂，不过单看外表还是很可爱的。"

"真讨厌，总有人这么说。"

"不过，是高级的施虐狂。怎么说呢，就像被真丝绳缓慢勒住脖子，或者用裤腰带缠绕脖子。不对，应该是被勒着脖子，这种童话世界中的施虐狂。"

"什么啊，这一点都不像夸奖，而且孙子掐爷爷脖子什么的也太恐怖了。"

"是吧。"

"什么'是吧'啊！"

"不过你知道吗，大家都说你，竹之内里子，其实叫竹之鞭·萨德子。"

"啊，又这么说我了。"

"果然啊，老实说，竹鞭什么的听起来挺疼。"

"尤其是这种冷天，说的什么乱七八糟的。"

"不过我想你也明白的吧，这关乎你的名声。"

"我只是对编辑比较投入而已，虽然有人说我热情过了头，我不太懂他们是什么意思。"

"大概是说你的热情程度和方向都很独特，才会有那样的评价吧。"

"真是这样吗？"

"不然呢？证据就是你把负责的作家们都逼得走投无路吧，听说有人搞坏了身体，甚至还有卧床不起的。你本该是热门作家的造就者，结果反倒成了作家杀手，不，应该说是女杀手。"

"别这样嘛，这种玩笑真是太恶劣了，"里子在紧绷的脸上挤出一个假笑，"作家们只是恰好同时进入充电期而已。"

"真的吗？硬汉派推理作家弹光铁先生正在精神科住院治疗，恐怖作家井户贞子女士服用安眠药后在浴缸溺水，虽然捡回一条命，但至今仍在休养。科幻作家野波宇佐树先生则患上了酒精依赖症，脑子已经超越了时空。事实上，他曾给我打过电话，指责我是金星人。"

"啊，为什么我负责的作家会一个接一个出问题？"

"这就是编辑竹之内里子小姐的魔法。"

"我才不需要这种魔法。"

"本格推理作家这边，据传舟木鲷介先生也已经离家出走，至今流浪在外。"

"那个舟木先生是家族原因。他的大哥也是作家，自从二十年前离家出走以后就下落不明了。"

她的声音越来越轻，大抵是没了底气的缘故。

神冈不怀好意地笑了笑。

"哈哈，他的大哥舟木海老藏嘛，无产阶级本格推理的旗手。这人自诩无赖，阅女无数，频频在女人的家里流连，最后不知所终。真叫人羡慕啊。不仅如此，看来弟弟鲷介身上也流淌着这种扭曲的血脉。"

"那个，'扭曲的血脉'让我很在意，你是不是想表达什么？"

"当然是关于女人的事情。"

"有什么问题吗？"

"啊，与其说是问题，倒不如说是奇怪、可怜——不，他这人其实挺善良的。"

"是啊，舟木鲷介先生是很善良，毕竟他还向我求过婚呢。"

"啊，本人居然承认了。"

"我只是抢先一步哦，在别人半开玩笑说出这话之前。"

"我才没打算半开玩笑地说这种话。"

"啊，没有吗？"

"嗯，玩笑就是玩笑，与其说是半开玩笑，倒不如说全是玩笑。"

"哈？哪里是玩笑了？"

"听说舟木因为跟你共事的关系，精神相当紧绷，后来反倒上了瘾，变得再也离不开你了，甚至到了打算跟你结婚的地步。外边有这样的传闻哦。"

"我是他终身的玩伴吗？"

"嗯，一般情况下，妻子都会用一手拿鞭一手给糖的手段控制丈夫，但如果是你和舟木，糖果和鞭子是一体的，所以效率极高。你们才是绝配，堪称最佳情侣。"

"这根本不是祝福。"

"舟木的流浪也可以算是某种意义上的婚前焦虑吧，啊，这也是爱情游戏的乐趣。"

"那个，我还没有决定结婚呢。"

"什么？他不是求婚了吗？"

"哦，就是这个。"

里子走到沙发边，从大提包里取出一个透明文件夹，从中抽出一张纸，递到了神冈面前。

"这是舟木先生准备的。"

"结婚申请书吗？"

"是啊。"

"啊，有舟木的签名，还有印章耶。"

"嗯，一切都齐全了。证人栏上也填满了朋友和熟人的名字。"

"只有这里还空着。"

神冈指着一处空白。

里子点了点头。

"是啊，只要我签名捺印，送到政府部门，一切就完成了。"

"什么时候给你的？"

"一个月前。"

"哦，你让他等了啊，是在犹豫吗？"

"不是的。"

"那你就签名捺印好了。"

"不，我完全没有那个意思。"

"啊？所以你一直让他等着吗。"

"要是一口回绝的话他也很可怜吧。再说了，对于作家而言，这种焦虑也是成长的养分，况且我也觉得有趣。"

"出现了！竹之鞭·萨德子的真面目，"神冈面露痛苦之色，"站在当事人的立场上想，真是痛苦得不行，但那不也是某种快感吗？不，舟木这回彻底被打倒了，作家生涯终结的终极游戏。啊，这就是他自以为是当红作家就小觑我的报应吗？真是何其凄惨的命运呐。"

神冈捂住脸，摆出哀怜的姿势。

见此情形，里子骤然回过神来，将浑圆的眼睛睁得老大，表情也严峻起来。只见她双手叉腰，探出脸来怒视着对方。

"等等，说得这么轻巧，你明白自己的立场吗？作家生涯终结什么的，这不算与你无关吧。说真的，神冈先生，你的作家生涯才是真正面临危机。要么拿出杰作，要么从推理圈消失。这可不是什么魔术，而是残酷的现实。"

言毕，她摆出了一个悚然的笑容。

神冈顿时面露狼狈之色。

"啊，你真是毫不留情地亮出现实之刃，一剑封喉般严厉。"

"你必须意识到这一点哦，老师。"

15

"我懂我懂，我就是为了这个才以闭关的状态写作的。"

"闭关创作可不是我让你这么做的哦，神冈先生是出于自愿，哦不，是自说自话闭门不出的。所以我才会偶尔过来看一眼。"

"让你奉陪，真是辛苦了。"

"既然掺和进来了，只希望不要徒劳无功。"

"可你也没别的地方可去吧。就像我刚才说的，负责的作家们全都被你搞垮了。"

"又提这个。"

而这确乎是一针见血的指责。

里子作为编辑，正处于生死关头。她急于推出一部热门作品，神冈的闭关写作宣言让她感到一丝希望。她知道，为了起死回生，他将全身心地投入写作，可谓是赌上了作家的生涯。

虽说现在已被后浪拍到了沙滩上，但想当年他也是大作连连的知名作家，理应具备相当的实力。若是能把这种力量发挥出来，"或许能行"——里子抱着淡淡的期待，这是一种如同抓住救命稻草般的渴望。

神冈是个热衷于自我陶醉的自恋者，一旦产生创作欲望就容易被带动，是个相当情绪化的人。

里子打算充分利用这种潜力，要是把他捧得像个一流作家，搞不好神冈会发挥出超出原本实力的力量，好比在失火现场拼命逃生的蛮劲。里子将希望寄托在了此处。

距离神冈闭关写作已经过去了三个月，在此期间，里子时不时登门探访，就这样与他扮演着"执笔中的巨匠"与"前来慰问的编辑"的角色，虽说像极了小屁孩的过家家，而这却是左右成年人未来的严肃"扮演游戏"。

二

神冈再度环顾四周。

"说真的，要是再拿不出什么杰作，就连这栋房子也保不住了。"

"老实说，这样的别墅对现在的老师来讲太奢侈了。"

里子用严厉的口吻说着。

"这已经不仅仅是别墅了。"

"啊，老师在三鹰的老宅呢?"

"早就出手了。"

"哇，这样啊? 通常情况下不该反着来吗? 一般都是先从别墅卖起吧。"

"没办法，情绪价值更重要。"

"嗯，在别墅里闭关更有大师的气质，要是把自己关在公寓里，就相当于单纯的家里蹲吧。"

神冈一脸哭笑不得的表情。

"你又这么说了。'竹之鞭魔法'真是凌厉无比，太厉害了，呜呜。"

说着，眼泪几乎从眼眶里滚了下来，神冈慌忙抹了抹眼角，为了遮掩失态，他装出爽朗的声音说道:

"因为我对这间宅子有感情了嘛。"

"嗯，我懂，您是在全盛期买的吧?"

"是啊，我非常中意这间宅子的造型，因为它的名字叫做'冠之馆'，形状就像一顶王冠。令我觉得荣耀的岁月将永远持续下去，给了我莫大的安全感。"

"倒不如说是沉溺在荣耀中，几乎溺死了吧。"

"真是毫不客气啊，直截了当的'竹之鞭魔法'太有效了。"

神冈用手指按了按眼角。

里子尽量柔着声说道：

"不，我只是好意提醒老师。无法舍弃过去的荣光可能会带来危险，希望您能振作精神，好好执笔。"

"是吗，谢谢。"

"我可不想陪你溺死。"

"哦，对啊。总而言之要打起精神。你说得没错，不能沉溺荣耀，而是要夺回荣耀！这座宅子对我而言就是荣耀的象征，凝聚了我推理生涯的精华。虽然已然略显衰败，但如今正是奋起之时！我要让它再度焕发光彩，光耀'冠之馆'！"

神冈好似高举圣火般将拳头悬在半空。

里子摆出了鼓掌的姿势。

"对，就是这个劲头。说真的，因为缺乏修葺维护，现在这栋宅子已经没了生气，一眼看去就像一个巨大的罐头。"

"邻居们也是这么说的。"

"这里是西东京的郊区，再往外走就是露营地和登山口，所以给人的印象更像罐头了。"

"'罐之馆'，听上去很好吃的样子。"

"恰恰相反，您这里总是门窗紧闭，阴森森像个监狱似的，所以还被人叫做'监罐馆'。"

"我又不稀罕这个称呼，我只喜欢这栋宅子。"

"哎，话说回来，您当初居然能买下这栋房子，真叫人惊讶。虽然是在西东京的郊区，但毕竟也是这么一栋大宅。而且，虽说是全盛期，也只不过是被称为'神冈老师'级别的走红。"

"啊，'竹之鞭魔法'又发动了。"

"哪里哪里，能买下这栋宅子的神冈先生才是魔法本身。"

神冈只是有些害羞地笑了笑。

"哎呀，主要是前任馆主出了点状况，简单来说，就是前任馆主急需用钱，所以优先考虑能即刻掏钱的人，那人真是被逼到走投无路了。"

"前任馆主，记得是情人酒店公司的社长吧？这人不是建了大把的连锁情人酒店，赚得盆满钵满的？"

"是啊，而且还有大把的情人，安置在豪华公寓或者独栋别墅里。这栋宅子正是那人为自己特别钟爱的某个情人建的。"

"毕竟总不能跟情人一起待在自己的情人酒店吧。"

"这就太薄情了，而且还不要钱。"

"这也是个问题。换作是我，自尊心这关是绝对过不去的。毕竟这事关女性的尊严。哦，不过话说回来，这栋宅子的城墙设计颇有些情人酒店的风格呢。"

"嗯，我不否认，但别把我这里和情人酒店混为一谈。"

神冈皱起了眉头。

里子毫不畏惧地继续说道：

"记得他家的情人酒店好像是叫'马可波 LO 酒店'，跟实际存在的香港和迪拜的高级酒店是一个名字。"

"对，只是把'马可波罗酒店'的'罗'改成了'LO'。"

"LOVE 的 LO 是吧，太露骨了。"

"让人一眼就能看懂用途的贴心服务吧，还挺周到的。这种服务精神也体现在了经营方针上。那边以'东方建群录'为名，把马可波罗途经的地域设计成了酒店主题，像是阿拉伯馆、中国馆，还有印度馆、新加坡馆、苏门答腊馆、波斯馆等各种馆。据说还有个日本馆，里面设有黄金屋呢。"

"原来如此，这里也遵循了类似的建筑思路。"

"不，这可不一样，这里是特殊的设计，以马可波罗的祖国威尼斯共和国为主题。"

"所以这里就是威尼斯馆？"

"都说了，不是情人酒店，"神冈不耐烦地嘟囔着，"听好了，威尼斯共和国的国徽上画着狮子和王冠。"

"所以才叫'冠之馆'吗？"

"对，这座宅邸的外观设计就是来源于王冠的图案。"

"那么，神冈先生之所以能得到这栋'冠之馆'，是因为前任馆主的情人酒店公司破产了，对吧？"

"由于雷曼危机引发了一系列经济衰退，酒店由盈利转为亏损，主要是因为酒店建得太多，再加上新业务成人游乐园和成人摩天轮的失败。"

"客流量没达到预期？"

"一开始挺不错的，但很快被警察查封了，说是涉嫌公然猥亵。"

"嗯，毕竟是成人摩天轮。"

里子用双手画了一个大大的圈。

神冈感慨似的说：

"听说那东西相当夸张，从大老远就能看到，而且总是摇摇晃晃，确实有违公共安全原则。"

"真不知道当初是怎么想的。"

"客流量渐渐减少，建设费迟迟收不回来，亏损也越来越多，就在这个当口，社长的某个情人突然失踪了。"

"就是住在这里的那位?"

"不,是住在高级公寓的一个情人。而且,公司的大部分存款也神不知鬼不觉地被人取走了,可要是向警方报案,偷税漏税的事情又会败露,所以没法公开。真是祸不单行呐。"

"真得小心,金钱和女人都是魔鬼。"

这句话包含着对现实的警示。

神冈的肩膀抖了一抖。

"嗯,反正就是这么回事,社长为了筹措资金,不得不处理掉各种资产,忙得不可开交。经营危机一眼望不到头,社长的金库失去了光辉,早已没有了财富的魅力。这样一来,他和住在这栋宅子里的情人也迎来了分手的宿命。哎,毕竟资金链的断裂就代表缘分的断裂。"

"哇,女人真是无情啊。"

"换作是你的话,不会那样做吗?"

里子发出了哈哈的笑声。

"肯定会吧,金钱和爱情是两码事,但两者必须兼得。"

"这样啊。总之为了周转资金,社长几乎卖了所有能卖的资产,因此这栋宅子也被处理掉了。尽管社长急于出手,但这个地点和设计都属于不受欢迎的类型。"

"还有着金屋藏娇的标签哦。"

"就这样,他以不顾体面的低价把它卖了。"

"而买下它的人——"里子伸出了手指,"就是你吧,神冈先生?"

"没必要像指认凶手那样,"神冈把伸到眼前的手指推了回去,"而且,最终那家情人酒店公司还是破产了,再加上社长上吊自杀,这不更显得我像凶手似的。"

"是在自家的某间情人酒店上吊的吧。"

"而且是贴满镜面的房间哦。"

"哇，镜子里映出上吊的尸体，再映到另一面镜子里，就这么无休无止地倒映着，如梦如幻，好似奇妙之首的爱丽……"

"不，是镜之首吧。"

"是呢。哦，神冈先生，请千万别上吊哦，稿子还没写完呢。"

"喂喂。"

"啊，完稿之后再这么做，倒是会成为热门话题呢。意下如何？"

"喂喂！"

"您可要好好干哦，这回掌握着这栋宅邸命运的人，可是神冈先生您啊。"

"能否保全这栋宅子，就全看我的本事了。"

三

"我还得再问一遍，"里子的目光锐利如刀，"您对稿子真的有信心吗？"

"嗯，那是当然。"

神冈毅然决然地挺胸应道。

里子配合似的轻轻点了点头。

"好吧，万一不行的话，还得考虑找个智囊帮忙。"

"是说那家伙吗？"

"嗯，当然。"

"尾濑老师啊。"

神冈有些恨恨地说。

里子的眼角浮现出一抹戏谑的笑意。

"啊，太卑躬屈膝了。什么老师，叫尾濑先生就好。"

"不，那家伙现在很活跃啊。"

"嗯，他现在已经是势头正盛的编剧了。电视剧、漫画、游戏，涉足的类型也很广泛。"

"他一直都有些小聪明。"

"所以一旦到了紧要关头，还是请尾濑先生帮忙吧。毕竟他是老师的前秘书，商量起来也很方便。"

"唉，所谓的紧要关头，就是没法说'不'的时候吧？唉，不要不要！"

神冈摇着头，像孩子般耍起了脾气。

"不要也得要哦。"

里子用双手扶着作家安抚着他，但眼里并没有笑意。

两人谈论的对象是尾濑淳司。

尾濑小神冈四岁，今年三十有九，两人在大学时代原本是推理研究会的同伴。

作为前辈的神冈早早出道成了作家，接连发表热门作品。就在他事业顺风顺水的时候，因为忙不过来而需要助手，后辈尾濑淳司接下了这份工作。助手的主要职责是搜集和整理资料。此外还需兼任监测员的角色，即第一个阅读神冈稿件并发表感想。因此，深谙推理之道的研究会的后辈便成了最佳人选。

虽说这个角色更像以前的书生①，但如今这个词已经几乎不再使用，因此只能改称为秘书。没过多久，尾濑便成了神冈不可或缺

---

① 明治、大正时期寄宿在别人家帮忙家务，同时进行学习和打杂的年轻人。

的秘书，专职处理作品的影视化、漫画化、游戏化等二次、三次创作授权事务中的交涉工作。有时他还亲自操刀这些剧本的创作，而这部分工作的比重与日俱增。

此外，尾濑还担任了稿件的审阅工作，并积极提出修改意见，不断提供创意点子。有时整体都会以尾濑的修改案来推进。最终，尾濑开始以智囊的身份参与创作，甚至由他构思初稿，神冈只需负责撰写。

随着尾濑作为编剧的评价越来越高，他也开始参与其他作家的工作。与此同时，原创剧本的委托也越来越多。事到如今，尾濑已经没有精力担任神冈的秘书了，尾濑原本也立志成为创作者，自然不能眼睁睁地看着机会溜走。顺势而为也就成了必然之举。

在这种状况下，尾濑辞去了神冈的秘书一职，选择独立发展。这已经是三年前的事了。与此相对，恰巧神冈的人气在此时急遽下降，已经不再忙到需要雇佣秘书，何况也没了经济上的余裕。

成为专职编剧的尾濑则乘着风势直冲九霄，继续着惊人的活跃。

回首三年前的过往，神冈带着苦涩的表情说道：

"尾濑那家伙，就像从沉船里逃脱的老鼠一样。"

"而且逃到了收获丰饶的新天地。"

"喂，你也稍微说点安慰话吧，我都说自己是沉船了。"

"那尾濑先生的新天地就是传说中的姆大陆①了。"

"那边也会沉吗？"

"尾濑先生搞不好也会遭遇相同的事哦，所以应该不会拒绝神冈先生的求助的。对尾濑先生而言，神冈先生要是能振作起来，到了紧要关头也能成为他的助力。"

---

① 史前文明假说之一，传说沉于大海的远古大陆，位置大约在太平洋区域。

"嗯，那家伙挺会算计，他是个懂得如何处世的男人。"

"正因为尾濑先生是这种人，我们更要利用他，能利用的东西哪怕是一只老鼠也不能放过。"

她这般强调着，圆溜溜的眼中闪着光芒。

神冈的眼神也锐利起来。

"好吧，我明白了。我会用尽一切手段的。我要把所有的力量都集中于此，之所以把自己关在这个地方，就是为了埋头创作，在充盈着推理气氛的环境中，让自己沉浸于推理之中。"

"神冈先生，您之前也说过，只要待在这里，满脑子都是推理小说。"

"是啊，从我得到这栋宅子起，就特地精心设计了这样的氛围。"

"这是为吸收推理的精华而设计的推理的糠床①啊。"

"闻起来是这个味。"

神冈抽了抽鼻子。

里子噘起了嘴，好似探照灯一样在周围环顾了一圈，随后说道：

"那么，这就是为了接触推理的灵魂而构筑的推理结界。"

"南无三！"

四

里子重新环视了房间的角角落落，发出了一声叹息。这里确实不负推理小说结界之名，四处充斥着推理元素的装饰。

直通二楼的天花板上悬着一口吊钟，正是以横沟正史的名作

---

① 一种日式腌料，由米和糠混合后拌盐而成，用于腌制日式的米糠腌菜。

《狱门岛》里的钟为原型，圆形的底部被设计成了表盘，可以用轻快的钟声报时。

此刻里子等人坐着的位置是宅邸内最大的房间，被称作客厅。

整个客厅以白色为主调，据说这是神冈最钟爱的一部推理小说——迪克森·卡尔的《白修道院谋杀案》的意象。

客厅北侧的白墙上有一排白色的门。

前方最左边的门通往书房，神冈就蜗居在此专心写作，书桌旁边的书架上排列着十个人偶，引用自阿加莎·克里斯蒂的《无人生还》，挂着长袍的 T 形衣架则比拟①了埃勒里·奎因的《埃及十字架之谜》。

如此这般，神冈在此有意布置了自己钟爱的推理小说和崇拜的作家的周边和展品。不单单是书房，所有的房间、走廊、楼梯都是如此。移步庭院则又是另一番景象，G.K.切斯特顿《狗的启示》中的凉亭和迪克森·卡尔《歪曲的枢纽》中的迷宫的微缩模型，在荒芜的草地上显得格外醒目。

这样的东西究竟还有多少？恐怕连神冈自己都记不清了，有些角落甚至连他本人也尚未完全掌握。

书房的右侧是陈列室，亦可称作收藏室。玻璃柜里陈列着留名推理史的作家们的签名和原稿，爱用的书写用具、手帕、太阳镜等私物，与其说是展示，更像是在炫耀。此外，其他房间摆放不下的周边好似神社的绘马般密密麻麻地填满了墙壁。房间是纵向狭长的构造，侧边的门始终敞开，乍一看倒像是走廊。房间深处的窗户提供了采光，增添了照明效果。

---

① 通过类比或象征性的方式，将事物与其他事物进行对照或关联，使描述更加生动形象。

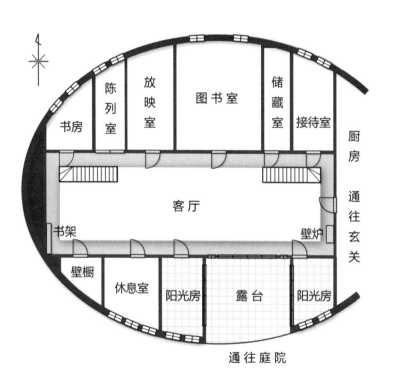

书房　陈列室　放映室　图书室　储藏室　接待室　厨房　通往玄关

客厅

书架　壁炉

壁橱　休息室　阳光房　露台　阳光房

通往庭院

与走廊般的陈列室相邻的房间是放映室。

大型液晶电视、光盘播放设备、银幕、投影仪等影音设备一应俱全。周围的架子上自然是陈列着推理电影和电视剧的 DVD 和蓝光光碟收藏，显得蔚为壮观。此外，架子间塞满了诸如《恶魔（Les Diaboliques）》《惊魂记（Psycho）》《勾魂游戏（The Last of Sheila）》等电影的海报和传单，门背后挂着的镜子则是在推理迷中评价极高的恐怖电影《夜深血红（Profondo Rosso）》中使用的小道具的复制品。

放映室隔壁则是图书室。

此处收集了古今中外与推理相关的大量藏书，乃是一楼最为宽敞的房间。房间面积大约二十五平方米，四周的墙上尽是书架，书脊从地板一直堆到了天花板。

不仅如此，房间里到处都是尚未整理的书籍，被绳子捆扎着，随意地堆放在房间的各个角落。这些成捆的书有些被堆成了圆形或四边形，呈现出迷你城墙的样子，有些散布于蓝色的地毯之上，令人联想到海上的岛屿。

图书室的中央放着一张大桌，足以同时铺开数本书进行研究，书架间配备了收纳柜和带轮子的小桌。文具和日用品一应俱全，甚至还有一台复印机。某些推理迷大概会想带着食物在里面窝上好几天。

照明方面也下了各种功夫，天花板上悬着一个皇冠模样的大吊灯，显得气势恢宏，东侧是一盏高大的落地灯，墙上还嵌着半球形的壁灯。此外，房间的北侧还开了两扇窗，这半年来，丝绢质地的蕾丝窗帘一直蜷缩在角落。

并且，这间图书室里也装饰着许多与推理名作相关的装饰。

最引人注目的莫过于三件艺术品。

它们皆以神冈视为日本推理文学伟大先驱的三位大师——江户川乱步、横沟正史、高木彬光——的作品为灵感精心打造。

在最靠里的北侧书架前，有一张黑色皮革包裹的扶手椅，椅身厚重敦实，底部没有椅脚，整体呈方柱状，从座位一直延伸到地面。椅背的正中央镶嵌着一张脸——

黄金脸孔。

在光滑如无脸怪的表面上，画着诡异的微笑表情，细长的眼睛向上吊起，嘴巴像横卧着的月牙般裂开，呈现出漆黑的颜色。这样的图案表现的并非人类的脸孔，是面具，黄金面具。

不错，这正是以江户川乱步为主题的艺术品，以神冈敬仰的两部作品《黄金面具》和《人间椅子》为主题。

而在西侧书架前摆放的是一座石灯笼，其伫立于屋内的模样实在太过怪异。四条腿上支撑着立方体的灯腔和圆盘状的灯帽。它由货真价实的花岗岩雕琢而成，沉重无比。

而且这并非单纯的石灯笼，它外面套着战国武将的甲胄，头盔上绑着两支手电筒。此外，石灯笼的立方体灯腔上也开了几个洞，从中垂下了几条线状物——琴弦。

该艺术品正是对横沟正史的致敬。以《八墓村》的武士诅咒和《本阵杀人事件》案发现场的石灯笼和琴为主题。

而神冈崇拜的第三位巨匠——高木彬光的艺术品则位于东侧的书架跟前。

那是一具人体模型，浅驼色的合成树脂制成的身体横躺在地，头部是光头无脸怪的样子，胸部隆起，腰部收束，形似女性，然而脖颈、躯干和大腿被分割开来，相隔数厘米。这些间隙被铁轨填满。长约一米的铁轨反射着银光，人体模型仿佛被火车碾成了数段，这正是《人偶为何被杀》的名场面。

此外，人体模型的肩部、胸部和背部饰满了刺青，有巨蛇、红牡丹、妖术师、火焰等凄艳的图案，这明显出自高木彬光的代表作《刺青杀人事件》。

这些艺术品无一例外都出自神冈的独特构想。尽管所用材料是定好尺寸后向供货商订购的，但组装这些材料皆由他亲手完成，以拼装模型的方式制作而成。此外，绘制图案是他的强项。神冈曾梦想报考美大，甚至为此上过专门的预备学校。但是在目睹了周围人的才华后，最终放弃了这个念想。打那以后，艺术便成了他的业余爱好。

即便如此，他打造这三件艺术品的热情可谓是异乎寻常。房间里充斥着古今中外的推理小说藏书，外加神像般盘踞于此的三件艺术品，这间图书室或许可以称得上是推理文学的能量点。

事实上，倘若从北侧的窗户往里窥探，有时就能看见神冈紧闭双目，张开双手，仿佛在做冥想，吸收着四面八方的能量。

在这处推理文学的能量点，也就是图书室的隔壁，设有一间储藏室。

这里存放着神冈制作失败抑或半途而废的艺术品、各种材料、作为写作参考资料而购入的锁具和刀具、为了实验犯罪手法而制作的各种未完成的小玩具，以及靠垫和窗帘等家居用品。这些东西填满了两侧的置物架。这间储藏室几乎从不整理，看起来就像是某个垃圾站。

储藏室的右侧，最靠近玄关的房间是接待室。

这里主要用于和编辑商谈或接受杂志采访，但使用次数有逐年减少的倾向，不，不是减少，是几乎绝迹了。在本次的闭关写作期间，只有里子像扮演游戏一样充当了谈话的对象。作为推理主题的装饰物，放置于房间中央的那张木质圆桌尤为显眼。它整体呈圆柱形，是把大木桶水平剖开的构造，灵感来源于 F.W. 克劳夫兹的《谜桶》，此外，圆桌两侧对称摆放着两张沙发，造型奇特，棱角分明，靠背上还装有把手，这是对鲇川哲也的《黑色皮箱》的致敬。

如上所述，北侧一共排列着书房、陈列室、放映室、图书室、储藏室和接待室，总计六个房间。

而在隔着客厅相望的南侧，大部分空间都被玻璃拉门占据，冬日淡淡的阳光透过蕾丝窗帘倾泻而下，走到露台便能直接下到花园。强风自树木间穿过，偶然摇曳的树影给人以客厅墙壁似在波动的错觉。

拉门的两侧是阳光房，种植着仙人掌之类无须太多照料的植物，为空间增添了些许情趣。由此可见，神冈并不擅长照料动植物。

作为佐证，对面的北侧墙壁跟前也随意地放着几盆观叶植物，都是几乎不用费心的橡胶树。

在两间阳光房中，北向南望过来右手方向的阳光房旁边，还有一个小房间。

这个房间被称为休息室。

此处原本就是专供编辑休息的地方。比如在校样截止修改前的紧张时刻，编辑会在这里等待并检查稿件。然而，如今这个房间已经几乎废置了。尽管如此，出于工作需要，这里还是配备了桌子、电脑、小型复印机等办公设备，此外，为了方便小憩，墙上还安装了一张折叠式简易床，设计风格就像老式卧铺列车的三层床一样，在折叠的状态下是西式棺材的模样，灵感来源于迪克森·卡尔的《三口棺材》。

休息室旁是壁橱，位于客厅的南端。

客厅的西侧只有一件家具，是摆满神冈著作的书架，除此之外，唯余白色的墙壁。

东侧则安装了一座壁炉，但并非真货，而是仿制品，内部虽然是煤油炉，为了营造气氛，还特意摆放一根铁制的拨火棍。

壁炉上方的墙面点缀着砖块，上边并列装饰着三张面具。中间是一张白色光头的诡异面孔，取自横沟正史《犬神家族》中知名的佐清形象。以此为界，右侧面具是高木彬光的《能面杀人事件》中的能面，左侧的则是江户川乱步的《黄金面具》中的黄金面具。这三张面具悬挂在墙上，仿佛在临睨着楼层的全景。

东侧墙壁的中央是客厅的出入口，穿过这扇门便是延伸出去的走廊，两侧是厨房、盥洗室、浴室、多功能室等，一直连通到玄关。

一楼的客厅即被这般充满推理元素的房间包围着。举目向北侧望去，二楼的走廊亦朝左右延伸开去。

精心打磨过的木质扶手上刻着小孩涂鸦般的图案，取自柯南·道尔《跳舞的人》中的密码。客厅两端设有楼梯的构造令人联想到舞台剧的舞台。上到二楼，走廊的一角装饰着一副中世纪的盔甲，致敬了克里斯蒂安娜·布兰德讲述了戏剧界杀人案的《耶洗别之死》。

二楼是住宿用的房间，以国名替代房号，自然是引用自埃勒里·奎因的国名系列。其中的"中国间"，所有家具都是倒置的，客人需在悬在天花板的床上睡觉，往往血涌上头，起床时整张脸都被憋成了橙色。

神冈在图书室里做了三次深呼吸，随后把指节掰出了清脆的响声。

"好了，该继续开始写作了。"

"老师在能量点充完了电，开启巨匠模式，期待您的杰作哦!"里子也迅速进入了角色，磨炼起扮演游戏的技巧，换作毕恭毕敬的口吻说道，"要不要上点眼药水?"

"该不会是速干胶吧?"

神冈情不自禁地显露出警惕心。

里子勉强挤出了假笑。

"您要睡了吗?"

"不不，天还亮着呢。"

窗外的天空逐渐染上暮色，而后传来了数声鸦鸣。

神冈眯起眼睛眺望着夕阳说:

"是大乌鸦是吧? 要是再来几声黑猫的叫唤，那可就太吉利了。"说着，神冈把手搭在身旁的椅子上。

是靠背上装有"黄金面具"的"人间椅子"，江户川乱步的作品。

里子一脸茫然地歪着头。

"咦? 为什么? 大乌鸦跟江户川乱步有什么渊源吗?"

"近来的年轻人虽然精通推理小说，却对古典作品生疏得很。比如，你知道福尔摩斯有个哥哥吗?"

"啊，难道是夏洛克?"

"威尼斯商人怎么会跟侦探合作呢? 我就知道，你果然没读过古典推理小说。不过没关系，光读过如今的本格推理，也能学到不少技巧。"

"哪怕读了古典推理，也很难找到可以交流的人。"

"现状就是这样，如今很多作品都绝版了，比如卡尔的作品。"

"那乌鸦和乱步又有什么关系呢？"

"哦，《乌鸦》是爱伦·坡的诗作对吧，而江户川乱步这个名字不就是对爱伦·坡的致敬吗？"

"哦，原来是这样啊。我还以为他是存心和国木田独步对着干呢。"

"你既然这么想，就应该去确认一下啊，一查就会发现并不是这么回事。"

"真的吗？国木田，江户川，国对江户，木和田都被河流滋润，再加上独步和乱步，听起来也好有道理啊。"

"啊？"

"是吧。"

里子抬起了下巴。

神冈猛地回过神来。

"不，这都是巧合而已。乱步老师自己也说过自己在模仿爱伦·坡。不管怎样，至少读读古典推理小说的基础篇吧。"

"好——呗，"里子刻意拖长了音调，把嘴嘟了起来，"不过我也读了不少哦。"

"那么，世界上第一部推理小说，爱伦·坡的《莫格街凶杀案》中登场的侦探叫什么？"

"嗯……杜宾。"

"对，回答正确，奥古斯特·杜宾。"

里子挺起了单薄的胸膛。

"而且，'鲁邦'这个名字也是在向杜宾致敬吧。"

"啥？"

"而且，出于对《莫格街凶杀案》诡计的敬意，鲁邦的作者还用了'Monkey Punch①'这个笔名。"

"啊？喂，鲁邦也就算了，但你说的是鲁邦三世吧，而且'Monkey Punch'的由来居然是'莫格街'，这也太……"

神冈痛苦地挠着脑袋。

里子一脸严肃地盯着他，突然噗嗤一声笑了出来，满不在乎地说：

"事实上，因为他的画风偏美国漫画，所以才用了国籍不明的笔名。"

神冈眨着眼睛抬起了头。

"哦，对对，是这样没错"

"莫里斯·勒布朗笔下的那个，不是三世而是亚森·鲁邦②，这个'鲁邦'也和乱步的作品有关系吗？"里子边说边指了指黄金面具，"而且在勒布朗的作品中，还安排了柯南·道尔笔下的夏洛克·福尔摩斯登场，非常有趣。就像现代的鲁邦三世对决名侦探柯南一样。"

她轻描淡写地炫耀了一番学识，随手撩起短发，嘴角带着一抹戏谑的笑容。

神冈叹了口气。

"喂喂，你这不是下过功夫吗？这些你全都知道？包括乱步和爱伦·坡的关系？"

"这是当然的吧。哪怕不是独步，换成梵高对乱步也行哦。都

---

① 日本著名漫画作品《鲁邦三世》原作者加藤一彦的笔名。
② 或译为"亚森·罗宾"，法国作家莫里斯·勒布朗笔下的侠盗。

是因为老师整天说我无知。"

"你这还真是报之以鞭。"

"哈？"

"不不，好吧，我明白了，你并不是无知，是我不对。"

"这就好。"

里子抱着胳膊点了点头。

神冈好似头疼般把手按在了额头上。

"知道你是个精通推理的资深编辑，那我就放心了。我要回去继续写作了。"

"加油哦，老师。我会待到六点，有什么需要尽管吩咐。"

"谢谢，不过应该没什么需要。"

"啊，老师，您有地方吃饭吗？"

"没事，我预订了一周的熟食配送，已经冷链配送上门了。今晚吃冷冻碎牛肉，所以不劳担心。话说你早就知道了吧？"

"我只是客套一下。"

"好吧。"

神冈一边哎哎地叹着气，一边转向书房。

他正迈出脚步，却突然停了下来，扭头看向了里子。

"哦，对了，刚才那个问题的答案，就是福尔摩斯哥哥的名字，你其实知道的吧。"

"微软。"

"太逗了。"

神冈笑得咧开了嘴。

"啊？不对吗？"

里子一脸认真。

神冈收起笑容，游移着眼神说：

"迈克洛夫特·福尔摩斯①。"

说完答案后，他快步走进书房。

咚，咚。头顶的"狱门岛钟"一共敲响了五次，宣告下午五点的到来。

五

独自留在客厅的里子收拾好茶杯，这次她为自己泡了红茶。

她舒适地委身于沙发上，长长地吁了口气，将神冈捧为大师的"扮演游戏"似乎相当耗费精神。

"唉，比起肉体上的疲劳，精神上先遭不住了。把那个人捧成大师，负担太重了啊。"

重重地叹息恰如其分地反映了她的心情。

里子啜了一口茶，芳醇的香气和味道在口中弥漫开来，逐渐治愈了疲劳。接着，她咬了口饼干，细腻的甜味在舌尖绽开，她的叹息声也从"唉"转为了"呼"。

"真是一流的红茶和曲奇，留给那位老师太浪费了。还是由我拿走吧。"

里子露出狡黠的笑容，高呼了一声万岁。旋即意识到了自己的失言似的闭上了嘴，朝那扇白色的门瞥了一眼。神冈老师此时应该正在其中专心写作，既然听不见门外的声音，理应也听不到自己的自言自语吧。里子再度把身体陷进沙发里，打了个大大的哈欠。

———————

① 迈克洛夫特（Mycroft）与微软（Microsoft）谐音。

就在这时，电话响了，是座机。

"难不成是出版社的电话？不至于吧。"

里子嘴里嘟哝着，自嘲似的笑了笑，随即起身拎起了听筒。

果真是出版社。

"部，部长？"

还是自家公司的上司打来的。

里子的表情顿时紧绷起来，一边点头一边聆听着部长的话。

"您是说红茶和曲奇吗……嗯……有人看到过吗？原来如此，那家百货公司的包装纸确实很显眼。"

里子把嘴从听筒上拿了下来，小声咂了咂嘴，随即掩饰住声音说：

"是的，是我带走了红茶和饼干，对不起。"

她向着电话那头看不见的部长低头道歉，然后吐了吐舌头，轻轻地哼了一声。

没错，刚才里子嘴里的红茶和饼干都是公司的财产。更确切地说，是客户公司的业务员为高管带来的礼物，这些东西原本存放在秘书室的架子上，是里子擅自拿来的。

"我是为了节约开支哦，没必要专程为神冈这样的人买新的。"

里子先是找了个借口，得到部长的认可后，又故作严肃地说：

"那个，您没打到我的手机上，而是直接打到了这里，是不是在疑心我有没有好好工作呢？"

她观察着对面的反应，就这样安静地听了一会儿，然后深深地吸了口气，声音变得激动起来：

"请放心，我没去拜访其他老师，您是担心我去探望病号，让他们的病情进一步恶化吧。好好好，部长的顾虑我早就想到了。没事，请您放一百个心，我把神冈桐仁老师的事摆在最优先的位置上了。明白了吗？我还有事，先挂了哦。"

她把听筒摔回了座机上，一口气喝干了凉透的红茶。

"真是的，这些人总是这样。"

她狠狠地往沙发上一靠。

"那家伙也是。"

她拿出手机，用指尖戳着屏幕，拨出了尾濑淳司的电话。

这人就是刚才提到的那个神冈的前秘书，如今正处于上升期的编剧。

里子用尖锐的声音质问道：

"我说，为什么要触我霉头呢？尾濑先生，作为一个男人，你怎么那么爱告密啊，机运厚爱努力的人，但请别把霉运带到我这儿！"

她把刚才部长打电话来的经过滔滔不绝地说了一通。

没错，告发红茶和饼干的人就是尾濑。

里子打断了尾濑的辩解，以防备自己被圆滑世故的尾濑说服，单方面地倾吐着自己想说的话，一味地展开攻击。

"尾濑先生，能不能稍微帮帮你的前辈啊？对，就是神冈老师。他虽然闭关写作，但我只怕他搜肠刮肚还是啥都想不出来，整天提心吊胆的。万一真的不行，作为老师的前智囊，请帮忙拿个好主意吧。既然有心管红茶和饼干的闲事，还不如把精力用在更有益的地方上。"

她这般说着，试图把话题引到那个方向。

就在这时，客厅里响起了庄严的声音。

是钟在鸣响。

与天花板上的狱门岛钟报时不同，这铛铛作响的声音更像是回荡在西欧教堂里的钟声。数个钟声重叠在一起。

这是用来告知有人到访的钟声。

在玄关外的铁门上方，悬挂着九个钟形的铃铛，只需拉动细绳，这些钟就会鸣响，在传感器的作用下转换成数字音效响彻室内。该设计是出于对多萝西·L.塞耶斯《九曲丧钟》的偏爱。

顺带一提，庭院的铁门上也装有门铃，是按钮式的。按下后会发出不明野兽的咆哮声。这是出于对玛格丽特·米勒的《眼中的猎物（Beast in View）》《铁门（The Iron Gates）》和《此为怪物领域（Beyond This Point Are Monsters）》的致敬。

而这一回，她并没有听到怪物的咆哮。

也就是说，来访者并未按下铁门上的按钮，而是直接从侧门进了庭院，显然对这里熟门熟路。

此刻，这名访客已经站在了玄关前，拉响了"九曲丧钟"。

里子慌慌张张地对着正在通话的手机说：

"啊，有人来了，下次再说。事情就拜托了，那就这样。"

这般单方面地告知完毕后，她挂掉了电话。

接着，她迅速摆正沙发上的靠垫，抚平衣服的褶皱，将茶杯推到一边，预备通过对讲机应答访客，但对方并没有出声。

取而代之的是粗暴的开门关门声，访客毫不犹豫地就进来了。

里子立即赶赴玄关，但随即退了回来。只见她双手伸向前方，颤颤巍巍地向后退去，像极了僵尸片的倒放。

"等，等一下，擅自闯进别人家，你这是想干什么？"里子用夹杂着困惑和愤怒的声音喊道，"怎，怎么，连基本的礼仪都不懂吗？你欠缺作为女性的矜持，不对，最重要的是社会人的基本规矩！"

她一边抗议一边退回了客厅。

而另一边，那位气势汹汹向前逼近的来访者则暂时停下了脚步。

来客穿着黑色羊皮大衣，黑色喇叭裙和黑色长靴，在一身漆黑的打扮中，象牙白的针织衫显得格外晃眼。一头齐肩的短发染得通红，鹅蛋形的脸庞和炯然的眼眸令人印象深刻。年纪约莫三十出头。

她低着脸，眼睛却带着怨念向上翻着，就这样瞪了过来，嘴里发出了沙哑的声音。

"啊，就是你，耍竹鞭的施虐狂编辑。"

"我是竹之内里子！另外，要真这么说，也该叫'ACE编辑'！"

她啪的一掌拍在了沙发上，瞬间露出了"糟了"的表情，旋即换上了严厉的面孔，将脸凑近对方问道：

"你到底是谁？"

"哎呀，没听说过吗？"

她用手掩住了脸上的笑。

"阿桐没提起过我吗？"

"啊，阿桐？你指的是桐仁，哦不，神冈桐仁老师吗？哦，你该不会是传说中的老师的那个……"

"哪个？"

"那个。"

里子竖起了小指。

"对吧。唔，玛丽，玛丽亚。对了，是黑井真梨亚小姐。"

她伸出食指指向对方。

"哎呀，原来你知道得那么清楚，居然连绰号都一清二楚，真是荣幸之至，"对方迅速承认了自己的身份，抿嘴一笑，"既然你知道我的事情，那就好办多了。我得先跟阿桐谈谈，他现在人在哪儿？"

真梨亚继续迈着大步走进客厅，里子赶紧绕到她的前面。

"等等，现在老师正处于要紧关头，得专心写稿，请别打扰他。"说着，她张开双手想要拦住去路。

真梨亚将她的手推了开来。

"哎呀，比起写稿，还是结婚重要吧，优先事项搞反了哦。"

"什么？你们已经到这种阶段了？"

"早该到了。"

"老师和前妻离婚已经是两年前的事了吧？"

"屁股还没擦干净呢。"

"啊，你说的是补偿金吧。老师为了这个变卖了不少东西，还在为钱发愁，这才拼命想让小说大卖。"

"所以他到底对我有几分认真呢？不管怎样，都得跟他好好谈谈。"

说着，她在四周环顾了一圈。

"阿桐，阿桐，你在哪儿呢？"

那是沙哑中混入了一丝蜜糖般甜美的奇妙声音。

里子试图用双手拦住她。

"喂，所以请你再等一下。现在是紧要关头，事关我的命运，请安静一点。"

"吵死了，该闭嘴的是你才对，"对方咬牙切齿地说着，随即用相同的语调喊道，"好了，阿桐，你也别总是逃避。"

"喂，请安静一点。"

"你在哪里？阿桐，阿桐！"

"倒不如叫他阿终，穷途末路的作家。"

"喂，这话说的，简直太过分了。"

那个声音正是来自神冈桐仁，他正打开书房的门，穷途末路似的探出脖子，一副愁眉不展的样子。

那张脸僵硬扭曲，堆满了假笑。

"哦哦，玛丽，玛丽亚。"

他以鲁邦三世特有的声音呼唤着。

"哎呀，鲁邦，你这个偷走我心的阿桐，原来在这里啊。"

玛丽笨拙地学着峰不二子的样子，用带着鼻音的声音回应道，随即又转回了原先的沙哑。

"你知道我来找你是为什么事吧？"

她伸出戴着漂亮戒指闪闪发光的右手，好似剃须刀般抚摸着神冈的下巴。

神冈抽搐着脸说：

"好好，我懂了。好吧，你先冷静一下，走，去那里说吧。"

说着，神冈握住了对方的手，出了书房，快步走进客厅。为了掩饰尴尬，他踩着交谊舞初学者的步子向前走去，两度险些崴到脚，就这样跌跌撞撞地把对方领进了接待室。

"请进。"

神冈戏谑似的推了一把对方丰满的臀部。

女人微微一笑，眼里却没有笑意。

"鲁——邦，啪!"

娇叱与耳光齐飞。

神冈羞赧地摸了摸印着红色掌印的脸颊，然后走进房间关上了门。

但没过多久，门又被打开一半，神冈那张哭笑不得的脸从里边探了出来。他眨了眨眼，一本正经地对里子说：

"现在有重要的事情要谈，不必备茶，禁止入内。"

淡淡地说完这些，他又疲惫万分地补充了一句：

"真是头大。总之事情就是这样，还望理解。"

言毕，他低头行了个礼，把门掩了起来。

六

里子凝视着接待室紧闭的门。

她满脸无奈，表情好似一张白纸，肩膀虚脱似的垂了下来，发出了轻轻的叹息声。然后缓缓地从门前退了下去，崩溃似的瘫倒在沙发上。

"啊，啊，干不下去了。"

她毫不掩饰地大声说着，抑或是故意讲响一点好让对方听见。接着她又皱起鼻子说道：

"鲁邦算怎么回事，那女人真敢厚着脸皮学峰不二子的样子。不过那对大胸倒是挺厉害的。"

说着，她瞥了眼自己单薄的胸膛，愤愤不平地噘起了嘴。

"哦，这种事无所谓，重要的不是这个。关键是那个大胸女——哦不，那个蠢女人妨碍了我的工作。对，是那个，不是这个。"

说着，她按住了自己的胸口，似乎对自己仍旧在意这事感到生气。

"啊！啊！啊！"

里子使劲地晃着脑袋，然后用右手拍了拍自己的脸颊。

"好吧，身为编辑，必须干好自己的活。我的职责是保护作家的写作环境，归根到底也是为了我自己。好，打起精神上吧。"

里子站起身来，深深吸了口气，挺直脊背，抬头挺胸，然后迈开了步子。

"本来是为了不被打扰才闭关写作，现在却被打扰成这样，这不是个天大的矛盾吗？原因出在哪儿呢？当然是作家本人。他到处吹嘘自己要闭关写作，结果就等同于告知了自己位置，而且还保证绝不挪窝。说起闭关，一般都是在酒店的某个房间吧，因为地点不明确，才能起到隐藏的效果。他倒好，宅在自家，一厢情愿地误解了闭关的意思。"

里子在客厅里来回踱步，大声地自言自语，然后在壁炉前停下了脚步。她一把抓过竖着的拨火棍，朝着炉膛狠狠戳了进去。

"这从一开始就有问题，闭关的说法，在这年头早就没人提了。再说又不是当红作家，而是坐冷板凳的。像神冈这种过气作家居然有脸说什么闭关，棺材还差不多！"

她似乎觉得自己说得很妙，用拨火棍轻轻敲打着壁炉。

"过气神冈住在棺材里，过，神，棺，棺棺棺……"

当最后一声"棺"飞出口时，她把拨火棍扔了出去。

咚，钟声响了起来。

这是天花板的狱门岛时钟宣告五点半的钟声，由于是半点，所以钟声只响了一下。

砰，噪声接踵而至，像是拍击某物的声音。

声音是从接待室传出来的，两人在里边的密谈声越来越大。

非但如此，"差不多得了""闭嘴""烦死了""去死吧"之类令人不安的词句占据了大半。

里子向接待室的门投以轻侮的眼神，腻烦地歪着脸说：

"啊，男女之间的情感纠葛，就像把嫉妒、自傲、虚荣、金钱、空话、搪塞这些成分用热情加热一下再封装进罐头似的。"

仿佛标榜内在的成分货真价实一般，门内互相叫骂的声音愈加刺耳。

咔嚓咔嚓，随着一阵粗鲁捣弄门把手的声音，门被推了开来。

"啊呀，罐头打开了。"

里子喃喃地说。

两人自接待室里现身，纠缠在一起猛冲出来。

"别，别这样！噫！"

神冈那边发出了惨叫，像是要落荒而逃。

玛丽穷追不舍，一把揪住了神冈的衬衫领口，死死不肯撒手。

"站住，你这个懦夫，成天就会找无聊的借口，真是的！"

她那沙哑的嗓子嘶吼着，发出近似野兽的声音。

接着，她用左臂紧紧搂着神冈的喉咙，右手不断拍打对方的脑袋、肩膀和胸口上。

神冈痛苦万分地扭曲着脸。

"疼疼疼，玛丽，别用暴力，快住手！"

他死命挣扎着，试图挣脱绞住脖子的手臂。

神冈瞅准空隙把腰一扭，将脑袋从玛丽的怀中抽出来，然后伸出了双手。

玛丽被推了个趔趄，摇摇晃晃地向后退了几步，直到屁股撞到了桌子，方才勉强站定。神冈出乎意料的反击显然把她彻底惹毛了。玛丽怒火冲天地大叫道：

"干什么？你这蠢驴！"

她往前迈了一步。就在这时，她的右手碰到了桌子上的某个金属物件，她低头看了过去。

那是一把水果刀。

玛丽毫不犹豫地用右手抓住它，将刀尖指向前方。

"去死吧！啊啊啊！"

她咆哮着刺出刀刃。

"哇，不要！"

神冈弯腰缩起肚子，侧身躲开。

玛丽继续挥舞着刀逼了上来。

神冈又退了一步，却已是被逼至墙角的态势。

刀刃刺了过来。

神冈翻身往左逃去。

刀刃刺入墙壁，玛丽立即把刀拔了出来，再度刺向神冈。神冈转身逃窜，刀又扎入了墙壁，这样的情形重复了三次。

两人都呼哧呼哧地喘着粗气。

然后是第四次。

玛丽将刀尖对准神冈，飞身扑了上去，刀刃像导弹般飞来。

刀刃刺进了距离神冈侧腹数厘米外的墙里。玛丽拼命拔刀，神冈则紧抓着玛丽的手臂试图拦阻。却不料玛丽紧攥着刀用力蹬了脚墙壁，凭借反作用力向后倒下。

两人像喝醉了酒一样抱成一团，身体东倒西歪，姿势万分诡异，最终一起倒在了地上。

由于两人的体重和倒地的惯性，刀已经完全从墙上脱落了。两人栽了个筋斗，身子互相重叠，就这样在地板上滚了几圈。

玛丽首先站了起来，手中的刀高高举起。

"受死吧！"

伴随着沙哑的呼声，她挥下了刀刃。

千钧一发之际，神冈抓过了右手刚好碰到的某物。

那是恰好掉在炉膛前的拨火棍，里子刚才把它扔在了这里。

神冈以仰躺的姿势手持拨火棍，用力挥了出去。

拨火棍恰好击中了玛丽扎下去的刀，蓝色的火花四散飞溅。

刀从玛丽的手里飞了出去。

神冈翻了个身，试图尽快站起来。右臂在空中划了个大大的弧线，握在手中的拨火棍也以相同的轨迹划了半圈。

然后，伴随着沉闷的撞击声，拨火棍狠狠命中了玛丽的后脑。

玛丽被这一击打倒在地。

她向前扑倒，四肢好似断了线的木偶般扭曲着，瘫在地面上。

鲜红的血自后脑徐徐渗了出来。

七

玛丽躺倒在地，身体好似石像般一动不动。

神冈和里子直愣愣地俯视着她，僵硬得宛如铜像。

室外，寒风翻弄着树木，愈加突显出四周的寂静。

室内，神冈率先发出了声音，仿佛憋了一大口气发出的叹息。随后呼吸变得急促起来。

"啊，中了，真的中了。"

神冈用左手一根一根掰开右手手指，把拨火棍扔在了地上。

这样的反应似乎触发了某个开关，里子的嘴也动了起来。

"是打中了。"

她嗯嗯地使劲点着头。

神冈则摇了摇头。

"啊，我打了她。"

他向前迈了一步，两步，就这样停下了脚步。接着好似决心已定似的单膝跪地，俯身向前。

然后，神冈战战兢兢地伸出双手，握住了玛丽的手腕。

他紧锁着眉头把手放了开来，随即摸了摸玛丽的脖子。

过了几秒，他叹了口气，耷拉着脑袋，好似烟霭般晃晃悠悠地站起身来，就这样凝望着虚空。

"没救了，没有脉搏，死了。"

从他半张的嘴里漏出了这样的话。

里子又点了点头。

"她死了，是吗？"

"嗯，死了。"

"您杀了她，对吧？"

"是的，是我杀的……吧。"

言毕，神冈垂下了肩膀。

突然间，他好似被落雷击中了一般浑身颤抖，把脊背挺得笔直。

"我，我不是故意的，你看到了，你知道的吧？是争执的时候不小心的，啊——"

苦恼爬满了神冈的脸颊，他用怨恨的眼神盯着自己的双手。

然后他抬起头来，用哀求的眼神看向里子，一刻不停地强调着：

"你看到了吧？我不是故意杀死她的。"

里子似乎是对纠缠不清的眼神深感腻烦，摇着头说：

"不过，从动机和现场情况来看，很像是故意杀人哦。"

她轻描淡写地说着，明显是不愿担责。这是理所应当的态度，并非鞭笞对方取乐，而是无意识的，本能的，自然的。

神冈打了个寒战，瘦削的脸庞抽了几抽，颤抖着嘴唇说：

"我，我说，你看到了吧。真的是不小心，你懂的。"

"是啊，我看到了。"

里子轻轻点了点头，用淡淡的口吻说：

"虽然看到了，但就结论而言，神冈先生是在争执之后用拨火棍打死了那个女人，这是不争的事实。就算你主张不是故意，抑或是不小心，我都没法替你证明。不管有意无意，打人的那一瞬间你究竟是怎么想的，只怕连你自己都搞不明白。或许在挥下的瞬间你鬼迷心窍，萌生了杀意，是吧？我又不是你肚子里的蛔虫，没法仅凭目击到的事实得知那么多。"

"啊，听你这么一讲，好像是有这样的感觉。当拨火棍击中她脑袋的一瞬，想让她死的念头真的像闪电一样划过了我的脑海。握着拨火棍的手也不知不觉加上了力道。"

神冈揪着头发，抬头望向天空，左右摇晃着头。

"不不，不可能，我不是那种邪恶的人。嗯，一定是这样。但果真能这样断言吗？你怎么看？我思故我在，生存还是毁灭？"

他双臂张开，高高地举过头顶，用懊恼的声音颤抖地说道。

里子用坚定的眼神凝视着他。

"不管神冈先生要死还是要生，杀害那个女人的事实都是不会改变的。"

她安之若素地面对着现实。

神冈仿佛吞下了等身大的冰柱般浑身僵硬，颤抖着说道：

"唉，命运为何对我如此残酷？就在我跟前妻就赔偿金问题争执不休的时候，玛丽又来找我要钱，简直像在考验我，考验我的感情和财力。真希望她能理解现在正是重要关头，而且正深陷恶境。我给玛丽买了车，资助她的演艺事业。歌手、演员、模特什么的都是很烧钱的。就连去巴黎念书的路费我都给她了。那家伙把我的积蓄吃干抹净，因为车贷付晚了几天就来刁难我。她还问我将来的打算，甚至问我要一套公寓。饶了我吧。"

他一脸像被扔上岸的鱼那样纠结的表情，喋喋不休地抱怨个不停。

不知何时，里子的眼角又微微挑起，露出夜叉般的面容。紧接着，她又发出抽打鞭子的怒骂声。

"够了！"

这堪称是沉重的一击。

神冈瞬间吓得缩成一团。就似突然被冻住一样绷直了身子。

里子的目光有如冰箭般贯穿了神冈，将他定在原地，封锁住了他的行动。

紧接着，里子以暴风雨般的气势连珠炮似的说了起来：

"你这算怎么回事？什么赔偿金啊，男女关系啊，贷款逾期啊，生活的臭味扑鼻而来，这些琐事只会让这桩杀人案变得更加廉价而小气！你是推理作家吧，而且是本格推理作家！可瞧瞧你都干了些什么，刚才那个廉价的杀人方式，也太平庸了吧？闹感情纠纷的时候一不小心打死了对方，这就是本格推理作家该有的犯罪吗？完全没有丝毫美感和周密的计划性，更别提大胆和精妙的独创性了。你就不感到脸红？既然是出自本格推理作家之手的犯罪，就该充满不可思议的谜团，充满投身于理性迷宫的诱人魅力才行吧！"

她这番刻薄的话语显然深深刺痛了神冈。

神冈抬起头来，他的眼中闪着光亮，甚至有些湿润。

里子像演说似的挥舞着拳头，愈加激动地说：

"真是的，明明是本格推理作家，却做下了这般低俗而草率的谋杀，简直丢脸丢到家！没有一丝知性和艺术的气息，也不见半点浪漫和魔术的碎片。"

她失望地垂下了头，深深吸了口气，肩膀微微颤抖。紧接着，她抬起锐利的双眼，向神冈伸出了食指。

"这样真的好吗？无论如何，你都会被警察逮住。哪怕再怎么没人气，要是艺人黑井真梨亚突然下落不明，总会有人去找的吧。与她有关的人自然会纷纷浮现，而你也在其中。哦，先提醒你一下，我可没有袒护你的意思，你跟她有过纠纷，肯定是主要嫌疑人，根本逃不掉的。这样一来，没人袒护得了你，你一定会被警察逮捕的。哦，要我保持沉默是不可能的，就在刚才，我接了上司的电话，他肯定知道案发时我就在你这儿，所以我只能报警了。神冈先生，你做好心理准备了吧？你根本没得选择，对吧，你有意见吗？"

里子抱着胳膊，眼神凌厉，摆出一副不容对方多嘴的态度。任谁也无法抵挡她的气势吧。

神冈张口结舌，只能发出轻轻的叹息声。

里子将他的沉默视作同意，满足地点了点头。她表情坚定，丝毫不给对方辩解的余地，然后，她慷慨激昂地说道：

"神冈先生，你既然是本格推理作家，就该下定决心，展现出你的本格魂。反正横竖都要被捕，告别自由世界。那就该以不负本格作家之名的气概戴上手铐，而不是那种粗鄙草率的杀人，这才是本格的荣光。至少应该赌一把吧，你怎么想？喂，如何？"

她一口气说完，语气中透着一股振奋人心的气势，那双眼睛充满了翻腾的火焰般的光辉。

这股能量似乎也传递到了神冈身上，他的眼中也闪烁着光芒。或许是内心涌现出了某种冲动，让他的脸颊微颤，声音沙哑，却饱含着热情。

"本格魂吗？是啊，没错，这样的谋杀一点都不本格，根本不像我。"

他断然地点了点头。

里子仍旧说个不停。

"对吧，这一点都不本格，根本毫无亮点可言。这样下去你就只能单纯地去吃牢饭，仅此而已。不如将危机化为机会，这才是推理小说式的随机应变，是吧？"

"什么意思？"

"听好了，稍微动动脑筋。打个比方，想象一下报纸的社会版面刊出的新闻标题，尽量想象得真实一点，会是这类标题：《推理作家在密室杀人》，或者《推理作家在更衣室杀人》，你会想读哪个推理作家写的书？"

"当然是前者了。密室啊，那家伙可是真的在密室里杀了人啊。"

"是啊，推理作家真的用密室诡计杀了人，这样的冲击性会更大吧。而且，要问哪边更有智慧，密室可比更衣室高明多了。"

"对对，更衣室的话，听起来更像是怀着色心闯进去却被发现了，所以才杀了人。太恶心了，听起来好蠢。"

"是啊，有谁会想看这种书啊？更衣室杀人不仅猥琐，还充满了生活的臭气。相比之下，密室杀人更加神秘华丽，充满了幻想的气质。"

"是啊，假使有本格度这样的计量单位，就叫它'道尔'吧，那么密室肯定比更衣室高五十道尔。"

"八十道尔才对！"

"嗯，折中一下，七十道尔。"

"好吧，就这样。所以说，身为推理作家，要是做不出理智知性的犯罪行为，作家的价值也会大打折扣。愚蠢又庸俗的杀人是不行的。你刚才的所作所为，就跟在更衣室杀人一样。"

"嗯，虽然不像更衣室杀人这么变态，但也不太聪明的样子。"

"我就说在这层意义上，两边处于同一层次。"

"确实呢。"神冈似乎彻底认同了。

说到这里，里子像鞭策马匹一般，声音突然变得尖锐起来。

"所以，照这样下去，你就和更衣室杀人犯没有区别了！会被人以同样轻蔑的眼神看待。这样真的好吗？以这种方式玷污自己作为本格推理作家的名声，这就是你想要的结局吗？"

"不，不要，我绝不能接受那样的结局。"

神冈的脸剧烈地颤抖起来。

里子伸出手指直指他的脸。

"对吧，是这个道理。所以说，你就该做出一个与本格推理作家之名相符的谋杀案！"

她瞪大了眼睛，话声铿锵有力，宛如一把柴刀一劈到底，仿佛舞台上的歌舞伎演员在摆出震撼全场的姿态。

神冈仿佛触电般浑身剧颤。

"对，对！"他以几乎要甩掉脑袋的气势点着头，"我可是本格推理作家，应该用本格魂来缀饰推理小说的荣光。即便这是一条鲜血淋漓的荆棘之路。"

"对，就该踏入本格推理杀人现场那样染血的荣光之路！"

"我会做到的！突然斗志满满了起来。"

"这才是本格推理作家的典范！"

里子在一旁煽动着他。

神冈将拳头举到脸前，恶狠狠地盯着虚空的一点。

"好，我会的！我会把这平庸的杀人现场变作一个充满魅力的本格推理杀人现场。把读者诱入这装点着迷幻机关的谜题迷宫。"

"太好了，这就对了！一位本格推理作家亲手实施了本格推理式的杀人。而且那个化身"本格之鬼"的作家，还把作案的过程写成长篇本格推理小说，这书绝对能大卖！"

里子的瞳孔中闪耀着银河的光辉，她双手交握，朝着或有神明存在的方向大声呼唤。

没错，这才是她的终极目的。

实施了本格推理谋杀的本格推理作家写成的本格推理小说。

毫无疑问，这种噱头足以掀起舆论风潮，吸引无数读者，让销量一飞冲天。

"真是舍身为本格啊。"

说到这里，里子顿了一顿，歪着头说：

"不，确切地说，应该是舍他人之身为本格。"

"嗯，毕竟是我杀了她，"神冈一边分析着状况，一边说道，"可我也得舍身啊，逮捕在等着我呢。正因为如此，才更要全力以赴，做到不留遗憾。"

"然后让书大卖，最后坐着警车驶过红毯。"

"嗯，好吧，我们的目的是让书大卖，"神冈歪着头思考着，然后像是要驱散杂念似的使劲摇了摇头，"没错，不管怎么说，都得靠书才行。我，神冈桐仁，将向各位献上我写作生涯中最杰出的本格推理小说！"

他用力拧着脖子，瞪大眼睛，高举右手，伸出左手，摆出了歌舞伎中的夸张姿势，仿佛在宣告自己的决心。

里子毫不吝惜地鼓起了掌。

"就是现在，登上大舞台的机会终于来了。"

"好咯，开始为登上大舞台做准备吧。"

神冈重重地拍了拍手，发出了清脆响亮的声响。

八

"哦，在那里，别撞了。小心点，慢慢来，轻一点。"

"嗯，我知道，这种东西想快也快不了，因为太重了啊。"

"我不想让尸体受到不必要的损伤。"

"好好，知道了，毕竟还得保持现场的演出效果吧。"

"就是这样，好，慢慢放下来。"

神冈抱着玛丽的两肋，他用玛丽自己的手帕捂在后脑勺的伤口上，在脸的跟前打了个结，以防血液四下滴落。

里子则抓着穿着长筒皮靴的脚踝处。

他们正在将玛丽从客厅搬至图书室。

"因为是钝器击打造成的伤口，所以出血不多，倒也还好。"

"是啊，我可不想弄脏我的西装。"

里子一边抱怨，一边确认自己的衣服是否干净。

两人将玛丽轻轻地放在地上。鞋跟刚一落地，里子就松开了抓着脚踝的手。

神冈半蹲着身子，缓缓把腰沉了下去。按照臀部、脊背、肩部、头部的顺序依次轻轻把玛丽放在地板上。然后，他静静地收回双手，站起身来，长长地吁了口气。

图书室的一隅被他们选定为本格推理小说的案发现场，如今正是收尾阶段。案发现场的主角——尸体已经就位，帷幕即将拉开。

咚，客厅的钟声响起，宣告下午六点半到来。

距离神冈开始工作——不，应该说是开始着手这个现实中的三次元本格推理创作，已经过去将近一个小时了。

他频频出入图书室，布置各式各样的机关和装饰，从平时常用的灵感笔记中选取合适的素材，然后以此为基础进行创作。里子在一旁担任助手，同时也不忘倾吐意见和怨言。作家和编辑的奇妙合作就此展开。

不多时，现场便宣告完工。布置的过程中，里子总是抱怨进入视野的尸体让人直犯恶心，因此两人在客厅里用椅子和毛毯将尸体围了起来。

尸体从那个临时的停尸房转移到了神秘的安居之所，就似从逼仄的幕后转移到了华丽的舞台。

哪怕是这点体力活，对于平时运动不足的神冈和里子而言，也带来了莫大的疲劳。在着手处理尸体发现现场的收尾工作之前，两人调匀了呼吸，拍打肩膀，舒展腰背，几乎是一副老年体操教室的光景。

神冈拿起桌上的东西。

那是一个白色信封，是带有邮编栏的长方形普通样式。

神冈像玩牌一样摊开信封，一共有七个信封。

"有这些就够了。要是不够，那边还有。"

神冈指了指一旁的木架子。

里子双手叉着腰说：

"只要让人知道这是信件就可以了吧？那应该足够了。不过，比起数量，我更好奇弄这些信的目的是什么？也太故弄玄虚了吧。"

"好吧，我接下来会解释的。"

"难不成要把那些信放在玛丽尸体的周围？"

里子用挑衅的眼神询问道。

神冈竖起食指，左右晃了晃。

"答错了，真是遗憾，这些是放在尸体的衣服里的。"

说着，他往黑色大衣的左右两个口袋、内袋，两只手套和长靴里边总共塞进了七个信封。每个信封都露出三分之一左右。

神冈稍微后退几步，细细端详起来。

"就放这里吧。虽然看得见，却又有试图藏着掖着的感觉。"

"嗯，把信封藏进靴子里，确实有藏起来的感觉。"

里子评论道。

神冈面无表情地点了点头。

"接下来，只要把这个图书室变成密室，就算完成了。"

他摘下了白手套，往后退了几步。然后再度凝视现场，用手指抵着下巴。

"果然比拟杀人①才是本格推理小说的王道。"

"没错，而且这是王道中的王道，可谓是比拟的始祖。"

---

① 指一种特定主题或象征（如文学、艺术、神话等）为灵感设计的连环谋杀手法，强调杀人现场的象征意义和谜题性。

"原来如此，是本格推理小说的始祖——埃德加·爱伦·坡的比拟。藏在尸体各处的信，是《失窃的信》吧。"

"没错，然后被杀的黑井真梨亚，昵称是玛丽。"

"嗯，《玛丽·罗杰疑案》。难道玛丽的名字就是比拟的灵感来源吗？"

"能用的东西就要充分利用，哪怕是站着的爹妈都能用。"

"哪怕躺着的尸体也能用。"

里子仔细打量着比拟现场的完成情况。

在图书室的内部，几乎正对着出口的位置，摆放着江户川乱步主题的艺术品"黄金面具的人间椅子"，在距离它大约三十厘米的地方，黑井真梨亚横躺着。这是戏剧性的美术效果。大衣的左半边翻了开来，露出了象牙色的针织衫，红色的头发被衬托得愈加显眼。

里子不由得打了个寒战。

"这确实很有画面感，甚至可以说过于戏剧化了。江户川乱步的名字来源于埃德加·爱伦·坡，这般比拟的布置就像一幅历史画卷，非常有戏剧性。"

"嗯，乱步可是日本推理小说的始祖，在比拟爱伦·坡方面可谓是效果拔群。"

神冈双手合十，向推理小说的伟大先驱送上敬意。

里子用手指抵着额头。

"那么作为比拟的要素，那个又是在哪儿？"

"哪个？"

"世界上第一篇推理小说，《莫格街凶杀案》的推理要素在哪儿？"

"啊，刚才不是说了吗？把这个房间变为密室。"

"哦，这样啊。《莫格街凶杀案》确实是全世界第一例密室杀人事件，也是一座里程碑。"

"而且最重要的是，一提到本格推理，首先想到的就是密室吧。"

"没错。"

里子微笑着把头歪向一边，看起来心情不错的样子。

神冈指着里子说：

"这是你的提议吧。你刚才在那场演说中不是一再强调吗？本格推理就是密室杀人。更衣室显然不太对头。"

"能听取我的意见，真是荣幸之至。"

里子夸张地鞠了一躬，然后收起表情说道：

"那么，密室诡计是怎么回事呢？你已经在客厅的墙壁上摆弄很久了。"

"这就是诡计的准备哦。"

"在没有任何解释的情况下被要求帮忙，我感到压力很大。"

"呵呵，绝不从一开始就揭晓答案，这才是推理作家的本性。"

"这么故弄玄虚，真的没问题吗？"

"你就瞧好吧。"

神冈再度戴上了白手套，前往图书室的西侧，触摸起一件艺术品。那是横沟正史主题的艺术品，缠着琴弦的披甲石灯笼。

他将琴弦拽了过来，缠在戴着白手套的手上。

然后，他走进布置中的比拟场景，单膝跪地，伸出右手，托起玛丽的后脑勺，取下了绑在伤口的手帕。

"就算时间过去了那么久，尸体依旧很沉啊。"

"当然了，跟死后僵直并没有什么关系。"

"啊，被你抢先了。嗯，一开始我是想让死者起身的，就像这样，把琴弦绕在尸体的脖子上来回转几圈。"

琴弦被绕成了一个环，套在了玛丽的脖子上。总共缠绕了三圈，绑在了喉咙的位置，脖子后面的部分被染红了一片，是血。

后脑到脖颈处附着少许血迹在琴弦上画上了红色的花纹，古怪而不失美丽。

神冈站起身来，指向了天花板的位置。那里有个模仿皇冠形状的枝形吊灯。灯臂的一部分呈现 J 形，每个灯臂的脚上都装了一盏灯。

他把琴弦拽至头顶的 J 形装饰，并将其挂了上去。然后再抓起垂至地面的琴弦一端，走向门口，将琴弦绕在圆形的门把手上系好。仅剩两厘米左右的琴弦末端微微垂落下来。

神冈又端详了一通，满足地说：

"嗯，这样打结应该差不多了。"

说着他伸手握住门把手。

"瞧，这样一来……"

门向外打开。

门把手拉动琴弦。

以枝形吊灯为支点，在琴弦的拉动下，玛丽的头缓缓地竖了起来，带来了死者苏醒的错觉。

"你就是凶手。"

神冈模仿着粗劣的戏剧声调喊道。

见此情景，里子紧皱着眉头说道：

"太恶趣味了。"

"你明白我在做什么吗？"

"啥?"

"这是对爱伦·坡的作品《你就是凶手》的比拟。"

"啊,还是会动的比拟。而且在打开门进入图书室的时候,尸体的脸会冲你抬起来……或许挺新颖的,但毕竟不太健全。"

"有健全的杀人吗?"

"也没有健全的尸体。"

"是这么回事,随着时间的推移,尸体会开始变僵,就算拽动琴弦也不会起来。"

"这样门就打不开了,这就是所谓的密室诡计?"

"嗯,这也是一个方案,但我还是决定不采用,改用别的诡计。"

"怎么说?"

"就是这个。"

神冈从口袋里掏出一个金光闪闪的物件,约有拇指大小。那是一件甲虫形状的饰品,节肢部分的刻画也很细致。

"啊?金苍蝇?"

"是圣甲虫,黄金圣甲虫。这是大约十年前,去埃及旅行的朋友给我捎来的礼物,是上了彩的陶制饰品。对于推理作家而言,可以算是护身符。"

"看不出护了些啥。"

"只要从现在开始拉我一把就好。"

"希望吧。这回也是爱伦·坡吗?"

"对,是爱伦·坡《金甲虫》有关的礼物,该作被认为是本格密码推理的鼻祖。小说中有一段为了寻宝而将金甲虫吊在线上上上下下移动的场景。"

神冈一边说着,一边将琴弦的末端结成一个小环,大概是想让比拟显得更有排场。他将黄金圣甲虫吊在这个小环上，然后调整琴弦的长度，令甲虫大约悬挂于成人膝盖的高度。

在这之后，他解开了门把手上的结，稍微调整了位置，然后重新系好。这样一来，琴弦的末端变长了不少，下垂了三十厘米左右。

原理仍和之前一样，当门开闭时，吊在吊灯上的甲虫会上下移动。这是对爱伦·坡《金甲虫》的动态比拟。

神冈握着门把手说：

"如何？这样一来，就跟尸僵无关了，这个比拟依旧能动。"

"可是仅凭这个还不足以构成密室诡计，你打算怎么办呢？毕竟，说到本格推理小说，就不能没有密室。"

里子以责备的口吻说道。

神冈报以自信的笑容，投来了挑衅的眼神。

"这是当然，无卡尔不密室，无密室不本格，我早就准备好了本格推理的密室。"

"你刚才在客厅里已经鬼鬼祟祟摸索了一段时间了。那是在做什么？"

"就像我之前说的那样，不在半途揭晓答案是推理作家的惯例。不过是时候解释一下了。跟我来吧。"

他打开门，邀请里子去了客厅。

九

神冈关上了图书室的门。

从这里沿着墙壁往前一米的西侧，摆着一盆观叶植物。那是高度约到神冈胸口的橡胶树，翠绿的叶子向四面八方伸展。

神冈微微俯下身，双手抓住观叶植物的花盆，倾斜着让其向前滚动，移动到了图书室的门边。

就这样，门把手隐匿在了树叶的背后。

之前放置花盆的位置，其后方的墙上可见几处划痕，其中有些痕迹原本就在。

"这些是你刚才故意弄上去的吧。"

"对，你也帮了忙哦。"

"我就帮你搬了些木工工具，像个跑腿的一样。而且我到现在仍旧一头雾水，真搞不懂你们这些推理作家的风格。"

"嗯，多亏你默默地搬运，我才能集中精神。"

"就因为这个，我的美甲都弄坏了，瞧，这些珠子和亮片都快磨没了。"

里子边说边举起双手。她的十指上都有美甲图案，以彩虹和阳伞为主题，是五彩斑斓的设计。

神冈见状皱起了眉头。

"什么啊，编辑的指甲只需要红笔的红色就够了。"

"推理作家的手只要红色的血就够了。"

"这可不是闹着玩的，案子还在进行呢。"

"那么结果如何呢？"

"嗯，谜题已经解开了。就让名侦探一声令下，召集所有人吧。"

"所有人？"

里子指了指自己，皱起了鼻子。

神冈似乎毫不在意，而是自管自地说着醉汉般的言语。

"刚才在这里留下了一些伤痕。"

他指着白色的墙壁。他所说的位置是从图书室到放映室，相距四米的两扇门之间的区域。

白色的墙上有五六处划痕。

那是玛丽弄上去的，是先前用刀划出的痕迹。她原本瞄准神冈，却没有刺中，只在墙上留下了一些痕迹。

但这并非全都出自玛丽之手。

其中一道是神冈自己做的，他将玛丽的刀刺入墙壁又拔了出来。接着，他使用工具锥和螺丝刀进一步往里掏，制造出了这个角度微妙的细孔。

神冈用手指靠近墙上的一道伤痕，大约位于肚脐的高度，大小约为一日元硬币的一半。是将刀子斜插进去再拔出来，在墙上掏出的洞。

这是神冈自己制造出来的伪造刀痕。

"这个洞就是设置诡计的关键。"

"洞即陷阱，啊，我只是提前预料到了神冈先生会说的话。"

里子催促似的接话道。

神冈态度悠然地说道：

"对，这个洞就是陷阱大放异彩的所在。瞧好了，就用这个。"

他从连帽衫左边口袋里掏出了一个门把手，是不锈钢质地的，磨砂的表面闪着银光，正中间有一处凹陷，乃是插钥匙的位置。

"啊，跟那边的一样吧。"

里子指着图书室的门把手说。

"正是如此，"神冈点了点头，"本格推理作家会为了研究密室而收集门的零件。迪克森·卡尔也是通过这种方式，创造了许多伟大的发现和发明。"

"古怪得让人目瞪口呆。"

"这也是让我感动的地方之一。不过，这个门把手的机关是在这个地方。"

圆形的握把背面有一根突出的金属棒，是嵌在门上的部分。

此处本应是一根笔直的棒子，却被弯曲成了L形，在距离握把一厘米的位置折成了直角，再往前延伸约三厘米后截断。

"是特地做成这样的吗？"

里子眯着眼睛仔细观察。

"当然了，为了密室诡计。"

神冈快活地拿出了一片手帕似的小小白布。

"用这个把门把手的棒子包起来。"

他把白布缠在了L形金属棒上，从口袋里拿出一样圆形的物件。是黑色的乙烯胶带。

神冈将门把手和胶带举至半空，得意地凝视着它。

"好，道具都准备妥当了，接下来，密室杀人的情节是这样的。听好了，首先，玛丽闯入了这栋宅子，我们发生了争执。争执愈演愈烈，玛丽朝我猛扑过来。我俩在这间客厅里发生了扭打，玛丽拿起桌上的刀当作凶器，试图刺我。我勉强躲了开来。刀尖数次刺入墙壁，留下了几道划痕。"

"就是这些痕迹吧，"里子环视着白墙上的几道伤痕，"这次也是同样的设定。"

她指向了神冈自己戳出的洞。

神冈使劲地点了点头，继续说道：

"扭打到最后，无外乎男女性别力量的差异，我夺下了刀，把玛丽按住，冲她大吼了一声，比方说'给我适可而止'，总算让她安静下来，甚至有可能甩了她一记耳光。"

"哈？你真做得出这种事？"

"就当是这样吧。总而言之，就是按照这样的剧本进行的，你就别多嘴了。"

"行吧，那接下来呢？"

"在这之后，我说'等冷静下来再谈'，玛丽也回应说'好，我先去冷静下，但绝不会善罢甘休的'，在宣告复仇的同时暂时休战。不过先前打了一架，相当于一次激烈的体力劳动，我俩应该会很想喝啤酒。于是我从厨房拿来了啤酒，在玛丽的玻璃杯里下了安眠药，她当时非常口渴，又很激动，根本不会在意味道的异常。然后我回到书房，玛丽则把自己关在了图书室。"

"原来如此，那我呢？"

里子有些不安地问道。

"哦，你当然也被分配了重要的角色。当我和玛丽扭打的时候，你在一旁惊慌失措地说'住手，你们都住手'。"

"太窝囊了！"

神冈皱着眉头反驳道：

"只能这样了，还是说你很想被卷入其中？"

"饶了我吧。"

"是吧。不过我从玛丽手里打落的刀，被你捡起来放回了桌子上。"

"嗯，虽然有点不起眼，但总比被卷进去好。"

"再然后，玛丽把刀和果盘一起带进了图书室。"

"原来如此，玛丽小姐是为了以防万一，随时准备再干一架吧。"

"就是这样，好，我们继续刚才的情节。"

"是玛丽躲进图书室的情节吧。"

"是啊，我和玛丽就像刚才说的那样，暂时休战，各回各的阵地。至于你，则在休息室里待命，做我委托的工作。"

他指着休息室说道。

休息室位于南侧，与图书室隔着客厅遥遥相望。

以前是编辑们待机的地方，虽说是逼仄的木地板房，但墙上装了一张折叠式的临时床。当然了，为了方便工作，桌子和办公用品一应俱全。

"你应该是在查找我委托给你的资料，比如搜索并阅读一些验尸报告的实例之类的。"

"我是这样的吗？"

"是的。来，进去吧。"

神冈边说边指着休息室的桌子。

里子依言走进房间，坐在椅子上，将笔记本电脑放在跟前。

"这屋子好像有股霉味，看来最近出版圈的人没怎么过来吧，"她先是出言讥讽了一番，随后又说，"好咯，准备完毕。"

"那就开始工作吧。当然只是演戏。"

"哦。"

里子噘起嘴，随手敲打着电脑键盘。

神冈满意地点了点头。

"瞧，从这个位置，你能隔着电脑屏幕望见这边的客厅吧？"

说着，他在外边挥了挥手。

里子也冲他挥了挥手。

"没错，只要我坐在这把椅子上就会面向入口，哪怕再不情愿也能看到。"

她露出一副厌烦的表情，但还是继续挥着手。

神冈放下了挥动的手。

“但你应该看不见我所在的书房的门，对吧?”

“没错，因为这里的入口很窄。”

“我假设的情节是这样发展的。大约半小时后，我会要你给我泡杯茶。哦，不是现在要你这么做，别露出这么可怕的表情，说到底我只是在说明假设出来的情节。你只需站起身来，然后走进这间客厅。”

他像导演一样摆出了手势。

里子依旧噘着嘴，按指示离开了休息室。

神冈继续导演着。

“然后，你离开客厅去了厨房，在那里重新烧水，泡了一杯红茶。哦，不是真要你去做，只是这样的设定，对对对。”

他满意地点了点头。

“就在你不在场、看不到的时候，我准备好了诡计。”

神冈走进里子不在的休息室，将桌椅的位置分别向斜后方挪了十厘米左右。由于是钢管的轻质构造，因此丝毫不费力气。与此同时，桌子边的立式灯也被他挪动了位置。接着，他摘下了墙上用图钉固定的《足迹》海报，换了个位置固定。

以上这些工作只用了不到一分钟。

然后他走出休息室，回到客厅，拾起了放在地板上的小道具。是刚才的门把手和黑胶带。

神冈拿着这些道具站在了图书室的门前。

“接着，我会迅速完成另一项操作，用不了三分钟。就在你烧水沏茶并端回来的时间里，我恰好能够做完。”

“哦，是吗？那你到底准备了怎样的诡计呢?”

里子宛若法庭上的检察官，严肃而坚定地发问。

"别急，"神冈伸出分别握在两只手的门把手和黑胶带，安抚似的轻轻摇晃，"我现在就解释给你听，事实上，如果真的动手去做，往往会留下多余的痕迹，有可能失去诡计的实用性。毕竟是一击定胜负的点子。而且我之前已经做了部分实验，再留下痕迹的话，练习的事情就会被发现。这就显得不够自然。"

"也就是说，这会增大犯罪被发现是捏造的概率，必须尽力避免。"

"嗯，就是这样。"

"明白了，那我恭听您的高见，"里子倚在墙上，穿着浅口鞋的双腿交叉着，就这样伸出了右手，"请继续。"

"好，那我们就按照剧本来。嗯，我刚才要你帮我泡红茶，你去了厨房。"

神冈用手指划出里子的行动路线。

"然后帮我把红茶端到书房，谢谢。"

"没啥好客气的。"

"可能，会变成雪地密室哦。"

"要下雪了？啊？"

"好了，那我继续解说。之后你回到休息室，重新开始工作。来吧。"

神冈拍了拍手。

里子怫然地返回休息室，坐在椅子上，把电脑摆在面前。

"好了，这样可以吗？"

"嗯，那你现在能看到什么？"

"电脑的液晶屏。"

"不，我说的是屏幕的另一边，通过电脑屏幕能看到客厅这边。无论如何你总能看到我，对吧？"

"是的，哪怕再不情愿也看得到。"

"嗯，不用那么不情不愿。我现在就解释密室诡计。"

"没不情愿，欢迎得很。"

"好，那我开始解释。神冈拿起放在桌子上的灵感笔记，走进了休息室。"

他打开了靠墙的折叠椅，在里子对面坐下，合上了电脑的显示器。

接着他打开灵感笔记递了过去。

"听好了，就是这个地方。这是休息室的平面图，图书室在这里……"

他继续做着解释。

两人的距离非常近，因此话声变得很轻，只要不在这间休息室，别人就听不见他们的对话。

假使这是一出舞台剧，那么观众就听不见任何台词，只能看到无声的场景。

也就是说，舞台剧的剧本也没有书写台词。倘若剧本被改编成小说，这段对话同样也不会有文字。不过，机灵的观众或读者，也许能够猜出是怎样的密室诡计。

这样的状态持续了大约一分钟。

当解说即将终结之际，神冈站起身来，一边走出休息室一边说：

"这样一来，完成杀人之后，我就回到了书房。"

他穿过客厅，在书房前回过了头。

"然后，过了一会儿，我把你叫到了书房。"

里子像女仆一样恭恭敬敬地表演着。她起身走进客厅，站在了神冈面前，微微屈膝行了个礼。

"好，我来了，请问有什么吩咐?"

神冈傲然地挺起胸膛，摸着下巴说道:

"资料的调查有进展吗?"

"还好，勉强赶得上。"

"速度能快点吗? 这般拖拖拉拉可不好办啊。"

"哈?"

里子的眼神和话声都尖锐起来。

神冈慌忙改变了话题。

"对了，图书室那边怎么这么安静，玛丽没什么动静吗?"

"没，什么声音都没听见，之前的那些咒骂和大叫简直像是假的一样。"

"是啊，对那个女人而言未免太安静了，甚至静得有些诡异。我有点担心。"

"那您为什么不去看看情况呢?"

"嗯，我们难得一起过来，就这样站在了案发现场的门前。"

"然后，按照刚才的剧本，我们应该是一边敲门，一边呼唤着玛丽小姐吧? 可里边并无反应，而且门怎么都打不开。"

"似乎是从里边锁上的，那么，我们要破门而入吗?"

"破什么门，这种幼稚的勾当，你是在小瞧我吗?"

"哪里哪里，我只是提到了有可能会发生的场景罢了。毕竟破门而入什么的，一辈子都不见得能碰到一次，恐怕大多数人都不会有。"

"嗯，是啊，不过现在不是破这个破那个的时候。让我们继续吧，好，按照剧本，下一句台词又是什么。"

里子"鞭策"道。

神冈沮丧地叹了口气。

"台词么？说是台词也没错吧。"

他清了清嗓子，操着文艺演出的口吻说道：

"啊，我有种不好的预感。玛丽，你为什么不回话呢？是不是不在房间？你该不会没看到她从房间里出来吧？"

"当然没有了。要是看到了的话，我就不会站在这个地方了。而且从我的位置能够一直望着这扇门，要是有人进出，我是绝不会看漏的。"

"哦，这样啊。嗯，刚才的台词说得很棒。"

"那当然了，我尽全力演了。"

"好，好得很，请继续维持这样的质量。"

"神冈先生也请加油哦。"

"嗯，了解。"

他握紧拳头探了出去。

里子也握紧了拳头，两人的拳头轻轻相触，团队合作精神随之高涨。

神冈充满干劲地说：

"啊，对了，有窗户啊，我们去外边，通过窗户看看这间图书室的里面。"

"这样啊，没错，窗帘确实是拉开的。"

"好，快走。"

"稿子也要快写哦。"

"这就催稿了吗？"

"因为我是编辑，我们出版社有句社训，'笔若慢，编则急'。"

"现在还说这些干什么。"

"也是呢。那就赶快去窗户那边吧。"

两人出了客厅，小跑着穿过走廊，出了玄关来到室外。

庭院里的室外灯洒下淡淡的灯光。夜幕已经降临，周遭一片昏暗。

他们沿着建筑物往前行走，绕到北侧，望见了一排窗户，中间的两扇正是图书室的。室内微微透出亮光。

两人快步上前，透过窗户往屋内张望，接着纷纷倒吸了一口凉气。呼吸声太大了，动作也有些过度，演技有待改进。

意识到这点的两人仍在继续表演，屏住呼吸，随后发出了惊呼：

"啊！"

"那是玛丽，玛丽倒在地上了！"神冈把脸贴在窗玻璃上说道。

里子则捂住了嘴巴，发出了刺耳的呼声：

"不好了！那边！"

"哇！"

神冈则瞪大了眼睛。

"她倒在地上了。而且后脑勺虽然朝着这边，但看起来有伤，估计是不行了。"

"出血了吗？"

"好像有点，"神冈凝视着后脑勺周边的血迹，"是击打造成的伤口吧？"

"而且，情况似乎有些不对。她倒在乱步主题的艺术品旁边，口袋和靴子里还插着纸片之类的东西。"

"那是什么？上边好像吊着什么东西。"

神冈指向了从天花板上垂下的琴弦，单从窗户内窥探，无法辨认琴弦末端究竟系着什么。

"玛丽小姐，玛丽小姐，你还好吗？"

里子双手拍打着玻璃窗，大声呼唤着。

"怎么看都不像没事。"

"玛丽小姐，玛丽小姐，你死了吗？"

"……是哦。"

神冈用阴恻恻的声音应了一声。

里子狠狠地瞪了他一眼，神冈则佯装不知，继续说道：

"哎呀，窗户打不开呢。"

他把手搭在窗框上，使劲往旁边一推，可窗户纹丝不动。

里子在一旁看了过来。

"好像不行啊，瞧，是锁着的。"

没错，落地窗的月牙锁紧紧地扣着。

"瞧，那边，能看得到吗？"

神冈伸手指了过去。

"啥？"

"是门把手。门把手中间的旋钮是横着的。"

"啊，真的呢，那也就是说，门果然是从里边锁上的吧。"

"窗是锁着的，门也是锁着的。"

"莫非，这就是……"

"啊，或许这就是——"

两人对视了一眼，然后异口同声地喊了出来：

"密室杀人!"

鸟儿惊起的振翅声响彻林间。

十

神冈把手搭在里子的肩膀上。

"好吧,我进去确认一下。你在这通过窗户观察,要是有任何异常,请马上大声喊我。"

"啊,什么异常?"里子故作惊慌,颤着声音问道,"凶手藏在里边吗?"

"举个例子,比方说从这里望不见的桌子底下。"

"怎么会这样。要是杀人犯突然现身,对我说'被你看到了',然后冲向窗户该怎么办?"

"所以我才要你在那时候大声叫我。房间钥匙还放在屋里。"

"是在神冈先生的书房或接待室的架子上吧?"

"对,所以很快就能拿到,你在这里先等一下,拜托了。"

"好,好吧,快点。"

"我知道。"

神冈转过身来,小跑着沿着来路回到屋内。

他跑过走廊,自客厅进入书房,墙上有一排钩子,他从并排悬挂的钥匙中挑选了一把,接着返回了客厅。

数次深呼吸后,神冈插上钥匙,向左一拧打开了锁,然后走进了图书室。距离他离开窗户还不到一分钟的时间。

窗外,里子把手表对着这边,竖起了大拇指,OK,一切按计划进行。

神冈走近窗户。

"喂，怎么样了？"

"没有异常，"里子隔着窗户指着里边，"唯一异常的就是那个。"

"正常的非正常死亡尸体，真搞不懂。"

"那我也去现场。"

说着，里子跑进大门，穿过走廊，从客厅奔进了图书室。

"啊，真是的，气都喘不上了。"

里子的肩膀一上一下地起伏着。

神冈快活地点了点头。

"对对，就是这样。本格的本就该是一本正经的本。既然你一直监视着，所以就没人从窗户逃走，而且凶手应该没有藏在图书室里吧。"

说着，他往桌子底下看了一眼。

里子也从另一头看了眼。

"没。"

言毕，她绕着桌子走了半圈。

神冈也绕着桌子走了半圈，然后走向了比拟的现场。

两人停下脚步，互相击了个掌，似乎是在鼓舞士气。

眼前是乱步的雕像。

"哦，还有这种可能性，或许凶手藏在这个地方，"说着，神冈把手搭在黄金面具的额头上用力一按，"看来这里面没有凶手。"

"必须排除掉所有的可能性。"

里子一巴掌拍在了黄金面具的额头上，传来了"啪"的一记响亮的声音。

神冈把眼睛瞪得滚圆。

"喂，喂喂，太吓人了吧，这个艺术品是对乱步老师的致敬，必须表现出敬意才行。真是的，不愧是竹之鞭萨德子……啊，鞭子！"

"啊，鞭子，对，是鞭子，就是鞭子。《阴兽》是吧，我表演的是代表作里的一个场景。也是出于敬意嘛。"

"别用这种东西蒙混过关。"

"那么，接下来就是《盲兽》了。"

里子边说边闭上眼睛，伸手去碰艺术品。

神冈推开了她的手。

"别想接着糊弄，"说着，他叹了口气，然后继续道，"好了，继续继续……哦，玛丽，你变成一具可怜的尸体了。"

神冈弯下腰，观察着玛丽沾有血迹的后脑，把手按在手腕上搭了几秒，然后摇着头站了起来。

"尸体只会告诉我们，已经来不及了。"

"死了很久了吗？"

"对，我的验尸功夫是为写小说临时学的，不过至少已经过了一个小时了吧。"

"是么……"

里子抬起头来。

"啊，这个好恶心，虫子！"

神冈往后退了几步。

他凝视着从枝形吊灯上垂落的琴弦。

"啊，这是圣甲虫，我们注意到了这个比拟，内容和刚才一样。"

"嗯，是对爱伦·坡的比拟是吧，好，我记在脑子里了。"

"嗯，由我来解说吧，然后你感叹了一声'原来如此'，就是这样的故事发展。"

"好吧，再演一次也是浪费时间，往下继续吧，"里子果断地提议，然后立刻翻起了脑子里的剧本，"最好先确认一下过了多久，死者是五点半左右遇害的吧。"

"嗯，狱门岛的钟声响过了一声，又过了一小会儿的样子，大概是五点三十五分到四十分之间吧。所以警方验尸的死亡推定时间应该是下午五点到六点之间。"

"那么，要是将案发经过编排成时间表，玛丽小姐上门来访的时间应该是五点零五分吧。"

"对，严格来说是这样，但在接下来上演的好戏中，我打算稍微改变一下。因为涉及布置诡计和不在场证明的问题，所以就设定玛丽是下午四点来这里的。"

"如果设定成整点，未免不太自然，就三点五十五分吧。"

"很好。"

"啊。可玛丽小姐会不会在别的地方被人目击到呢?"

"不会。玛丽说自己在家睡到了三点多，应该是前一天晚上或者今天凌晨的时候喝多了。她起床冲了个澡，只吃了点布丁，就径直开车来这里了。她说自己从起床以后就没见过任何人。应该说运气不错吧，听她那喝酒喝坏了的嗓子，应该说的不是假话。而且，在按响门铃之前，她还灌了一罐啤酒提神。"

"简直太乱来了。眼袋下垂，还有黑眼圈，几乎刚睡醒就补充了酒精饮料，这已经是自残行为了吧。"

"好吧，不管怎么说，设定她四点钟到这里，就这样吧。"

"明白了。接下来，神冈先生和玛丽小姐走进接待室，但过了大约一刻钟，你们之间爆发了一场大战。"

"当我冲到客厅时，玛丽在后边追我。"

"玛丽小姐从桌子上拿起一把刀向你袭来，神冈先生勉强躲过，那把刀划到了墙壁上。"

神冈蹲下身子，右手握拳伸出，摆出了一个中国功夫的架势。

"我展开了防卫，打飞了玛丽手里的刀。"

"然后我迅速捡起那把刀，放回了原位。"

里子做了个把东西拿到桌面上的动作。

神冈难得用中气十足的声音说道：

"我斥责玛丽'给我适可而止'。玛丽没了武器战意全无，变得安静下来。于是我们决定冷静一下再谈，暂时休战。大闹一场的玛丽非常口渴，索求饮料。这时就轮到啤酒上场了。对，我拿来了啤酒，因为我自己也想喝。"

"那就由我奉陪吧。"

言毕，里子离开了客厅，不到十秒就回来了，两手各拿着一罐啤酒。

"玛丽小姐已经喝过了。"

"对，她的胃里会检测出酒精含量百分之七的饮料。"

两人拉开啤酒罐的拉环。

"预祝成功。"

"干杯。"

里子和神冈轻轻碰了碰啤酒罐。

两人都喝了一大口。显然是紧张到口渴了吧。

神冈"呼"了一声，用手背抹了抹嘴唇，又说：

"然后，玛丽把自己关进了图书室，而你为了帮我查找资料，去了休息室的书桌前。我则回到书房继续写作。这个时间点嘛，唔，就定为下午四点二十五分吧。"

"然后过了没多久，狱门岛的钟声敲响了一次，是这样吧?"

"很好，越来越顺手了，继续吧。"

"那就接着往下。下一个场景是我离开休息室去厨房泡茶，时间是什么时候呢?"

"尽量往前一些，就四点三十五分吧。你去了厨房，泡好了茶，然后送到我的书房，这个过程约为十分钟，不过，现在没必要真的去做。"

"我本来就没打算这么做。"

"好吧。"

神冈恼恨地点了点头。

里子学着服务员摆出一副端着托盘的姿势。

"所以，我把茶端到书房的神冈先生那里，再回到休息室。因为用的次数不多，所以我没注意到书桌和椅子的摆放位置被微调了。当我离开的时候，神冈先生悄悄地改变了桌椅的位置。"

"没错，做得好。"

神冈摆出了鼓掌的姿势，努力维持一副威严的神情。

"然后时间推移至五点，大概快五点半的样子吧，我悄悄地离开书房，去了图书室实施谋杀，密室诡计正如之前解释的那样。还有，玛丽因为喝的啤酒中掺入了安眠药而陷入了昏睡，所以不会发出声音。即使她尚未完全入睡，由于意识模糊，也无法发出太多动静。而且她平时就经常服用这类药物，哪怕在体内留下相关成分，也不会引发过多怀疑。在杀害了玛丽后，我迅速布置好现场，然后离开图书室，把门锁好，回到了书房。"

"舞台布置已经完毕，最后是发现尸体的场面，时间呢，现在是六点二十六到二十七分之间。"

"唔，尸体发现的时间大约在一个小时以后。"

"那就定在晚上七点四十二分吧。"

"啊？为什么？"

"十九点四十二分，十九四二，死就是尔。"

"太机灵了！"

两人高举双手击掌庆祝。

里子用着与谋杀现场极不相称的欢快声音说道：

"那么，发现尸体时的场景，就是刚才彩排的场景吧。"

"对，尸体是通过窗户发现的。当我们得知这是密室杀人后表现得极为震惊。"

"哦，那自杀的可能性呢？"

"死因。"

"对，死因是后脑的重击，用这种办法自寻短见是不可能的。"

"就是这样，没有一点纰漏，所有的布置都完备了。嗯，这就是我作为推理作家日常训练的成果。"

里子抱起双臂，露出了挑衅的微笑。

"嗯，请务必把小说也好好写完，刚才说的'一小时以后'，指的是动笔写作的时间吗？"

"真不愧是编辑，反应真快。初稿很快就能写完，至于报警，到时候再说吧。"

"当然了，对编辑而言，稿件的重要性远高于现场。"

"那我回去写稿了。"

言毕，神冈往书房走去。

只见他眼睛望向窗外，嘴里哼着歌，情绪似乎相当兴奋。

"枯叶哟……"

里子对着他的背影问道：

"为什么是'枯叶哟'?"

神冈停下脚步，转过头来回答：

"哦，那个女人，也就是玛丽的演艺活动以歌手为主，毕竟她的艺名是黑井真梨亚。"

"所以呢?"

"是对天后中的天后，玛丽亚·卡拉斯的比拟。"

"乌鸦①? 所以才叫黑井吗?"

"是啊，她似乎很中意这个通过重组字母巧妙拼成的名字。她的本名是小村爱梨，用字母表示就是 KOMURA·AIRI。"

"通过重新排列，就成了 KUROI·MARIA，即黑井真梨亚了吧。"

"嗯，有兴趣可以自行确认一下。"

"不用，我确信是这样，所以黑井真梨亚最初的目标是成为一名歌手吧。"

"嗯，虽然不是玛丽亚·卡拉斯那样的歌剧歌手。她还崇拜另一位伟大的天后，伊迪丝·琵雅芙，还曾去巴黎留学，学习香颂。"

"结果如今自己倒成了枯叶。"

"连死者都要鞭笞，不愧是你。"

"这不是夸奖吧。"

"所以，刚才还在想要不要把香颂和比拟杀人联系起来呢，虽然仅有那么一瞬。"

"香颂比拟杀人?"

---

① 日语发音（からす）与卡拉斯谐音。

"不，准确地说……"

神冈用舌头润了润嘴唇，然后说道：

"Xinxiuxiangsonggeshouxiangshangxinchunxiangsongxiu——"

"这，这是啥，你脑子没问题吧？"

里子圆溜溜的眼睛瞪得更圆了。

"不，我没问题，有问题的是我的舌头，它转不过来。瞧，这是一段绕口令，内容是关于新春的香颂歌手。"

神冈想说的绕口令是：

新秀香颂歌手想上新春香颂秀。

里子也说得不甚流利。

"新秀香颂……啊，还有这种东西。等一下，难不成你想用这个做比拟？"

"嗯。"

"这比拟看起来也不怎么样啊。"

"啊，但也并非一无是处，因为警察在每次调查会议上提到比拟杀人时，都会说出这个绕口令。"

"哇，简直是折磨。"

"对吧？而且无论是刑警碰头会，还是在审讯室里面对重要的证人时都得这么说。这样一来，所花费的精力可就不小了。请在现实的场景中想象一下吧。"

"这……在现实中真的很蠢。"

"为了让调查小组费舌劳唇而进行的比拟杀人，这岂不是前所未闻的诡计吗？"

"靠着这个诡计，调查陷入僵局，案件成为悬案，最终达成完全犯罪。"

"就是这么回事。"

"太荒谬了！"

"对啊，我也知道，所以才放弃了这个想法。"

神冈像外国人一样摊着双手，耸了耸肩。

里子叹了口气。

"唉，请别再搞这种让人疲惫的东西了。"

"嗯，我说着说着都快累了。"

"在累之前，先把稿子写完吧。"

"那是当然。"

这一次，神冈终于消失在了书房里。

十一

天花板的狱门岛时钟敲响了七下，十多分钟过去了。

里子坐在沙发上，手中的笔在笔记本上飞快地游走，为了将接下来上演的戏剧性故事铭记于心，必须将台词书写下来。她时不时站起身来，配合肢体语言复述着，就这样度过了一段宛如开幕前后台的时光。

由于弦一直绷着，一旦稍作休息，疲劳便悄悄爬遍全身，睡意也随之袭来。刚刚喝下的啤酒也起了作用。她的眼皮接连打架，几乎从沙发上栽了下来，把自己都吓了一跳。

要是打瞌睡的样子不小心被神冈看到，被他趾高气扬地说教的话，想必会令自己羞恼到死的吧。她的倔强对睡意进行了反击。

"哦，对了。"

她在笔记本上写下了"KUROI·MARIA"。

接着她将这些字母重新排列，在本子上记下"KOMURA·AIRI"。

"哇，真的呢！是本名小村爱梨的字谜。"

她把笔抵在下巴上，轻轻点了点头，左右伸展嘴唇，像是准备活动般重复了几遍，接着深吸了一口气，好似念咒般开始喃喃自语：

"新秀香颂歌手想上新春香颂秀。"

当然了，她仍旧讲不流利，就这样挑战了几次。每次都是一番苦斗，不是嘴巴抽筋，就是咬到舌头。

"……新秀……啊啊……想，新春香颂，那个，香颂。"

说到这里，香颂的歌声盖过了她的嘟哝。

"四散凋零，枯叶哟……"

声音是从外边传来的。

高亢的香颂歌声萦绕不休，分不清是动听还是拙劣的《枯叶》正逐渐靠近。

显然，歌声的主人擅自穿过前门，走进了花园。此刻似乎正踩着石板路，来到了宅邸的不远处。

九曲丧钟的门铃响了起来。

里子自沙发上站起身来。

"谁，谁啊。真是无礼的访客。"

她小跑着靠近墙上的对讲机，回应了门铃声。

"请问是哪位?"

然而，问话似乎得不到回应。

访客自顾自地打开了门，走进玄关，脚步声和歌声逐渐迫近。

"四散凋零，枯叶哟……"

"什，什么人，怎么回事?"

她好似人体模特般僵在原地。

"枯叶哟。"

歌声戛然而止。

之后，门打开了，访客走进客厅。

天花板上的灯光影影绰绰地落了下来，门的影子挡住了光。

出现在聚光灯下的人影只有左半部分。

那是一个身穿带大毛领的黑色羊皮大衣的女人，黑色喇叭裙和黑色长靴十分贴合身体的轮廓。

红色的头发在顶灯下闪闪发光。

里子瞪大了眼睛，目不转睛地凝视着对方，声音微微发颤。

"你，你，你是……"

是刚才的那个女人，玛丽……？

女人应道：

"通常情况下，请叫我玛丽或玛丽亚，若要我道出全名，那就是黑井真梨亚。"

声音舒缓而清晰。

里子指向了对方。

"是玛丽小姐吗？可、可你不是被杀了吗？"

"什么，这话也太失礼了。你才是那个被杀的吧。"

说着，女人像炮弹一样冲上前来，全身沐浴在吊灯的聚光之下。

"先前的玛丽……"

她和先前的玛丽是同一个人，却有种轻微的不协调感。

无论是流行的服饰，红色的头发，还是高傲的举止，所有方面都一模一样。

不过她的脸色和先前的玛丽有着微妙的不同。流露出的怒意很是强烈，怨气冲天，脸色异常红润。此外，她的声音也富有弹性。

里子错愕不已，歪着头问道：

"等一下，这到底是什么情况？刚才那个旧版玛丽明明已经死了啊。"

"我都说了我没死。"

"难不成……你们是双胞胎姐妹？死的是其中一个？"

"简直莫名其妙，我不是双胞胎，倒不如把你再杀一次吧。"

"呃，这就免了。"

"那就请你让开，我找阿桐有事。"

皮靴伴随着响亮的声音向前迈步。

里子飞快地绕到她的前面。

"不可以，阿桐……不对，神冈先生此刻正在做一件重要的工作。"

她张开双手，拦住了对方的去路。

玛丽愤然挺起骄傲的胸膛。

"怎么，你打算妨碍我？让开，我办事讲究顺序，等会儿再跟你做个了断。"

"和我做个了断？"

"别装傻了。"

"等一下，玛丽小姐，你认识我吗？"

"文刚书房的编辑，名字是，呃，针之毡，哦不，铁处女，不对，竹之鞭。"

"是竹之内。"

"对，竹之内里子。"

玛丽将目光从里子的头顶到脚尖扫了一个来回。

"真的就像鞭子一样，性格也会体现在身体上呢。"

"那你就像中提琴咯？"

"是啊，身材姣好，声音也好听。"

"啊，糟糕，不小心夸了你。"

玛丽看上去有些乱了阵脚，眨了眨大大的眼睛。

"打个比方，你不如说我像中提琴一样肚子空空，不是更形象吗？"

"啊，收到，你就像一把中提琴。"

"感觉生气越来越没意义了，你是在嘲笑我吗？"

"你才是吧，分明就是在小瞧我。"

"真是个难缠的对手，不管怎样，这里先放你一马，我现在得去找阿桐了。"

玛丽一把推开里子，耸了耸肩，就这样大步向前。

"等，等一下，现在不行。"

里子抓住玛丽的手臂，试图将她拽回来。

"哎呀，真缠人。"

玛丽挥舞着手臂，将里子推了开来。

里子向后退了几步，摔了个屁股蹲儿。但很快就站了起来。

"你这家伙在做什么，给我站住！"

她抱住了对方的腰。

玛丽则把腰一挺，用丰满的臀部给了里子一击。

里子被撞得弹飞出去，像沙袋一样摇摇晃晃，两边的眼珠转向了毫不相干的方向，看来撞得不轻。

与此同时，玛丽继续大步向前。

"阿桐，你在吗？"

她边说边把手搭在了图书室的门把手上，前后左右地乱扭了一阵。

"哦，锁上了，原来你躲在这里哦，不过没用的，我知道钥匙在哪儿。"

说完，她转身向接待室走去。

就在这时，里子摇摇晃晃地挡在她的身前。

"绝对不行！"

"让开，再敢挡路我可就不客气了。"

玛丽的眼中充满了愤怒。

"看来你还想再吃一次苦头，表面是施虐狂，本性是受虐狂吧？"

玛丽讪笑着瞥了眼对方的领口，挺起了自己傲人的胸部。

里子弓起了身子，仿佛感受到了重压。

"什，什么，这跟你没关系吧。"

"嘘，"玛丽竖起了手指，"安静，闭嘴，立刻给我让开！"

她用全身的力量向前冲去。

尽管几乎要被弹飞，里子仍向玛丽伸出了手，揪住了她的红发。

"你在做什么？"

玛丽把眼一瞪，表情因愤怒而抽搐。只见她猛然转过身子，甩了里子一记耳光。这一击只是擦过了里子的脸颊。

里子也反射性地抬起手，回敬了一巴掌。

虽说发出了堪比鞭子的声音，可玛丽巧妙地避开了脸，所以并没有造成重创。

玛丽用右手揪住了里子的短发，左手攥住她的肩膀，猛烈地摇晃了一阵。

就在这时，她的脚崴了一下，两人抱在一起倒在地上。就这样上下互换一路翻滚，歇斯底里的尖叫声回荡在客厅里。

气喘吁吁的玛丽跪倒在地，缓缓地站起身来，望向壁炉的上方，那里有个闪闪发光的物件。

奖杯。

那是巴斯克维尔奖获奖纪念奖杯，大小约为一个威士忌瓶，是镀金的青铜制品，颇有分量。

玛丽抓起奖杯，冲着里子的肩膀砸了下去。

坐在地上的里子迅速偏过身子，躲开了对方的攻击。

伴随着一声闷响，奖杯砸在地上，而奖杯的尖端，那只金色狗的雕像被砸弯了，口中喷出的火焰偏向了右侧。

"啊——"

里子趴倒在地，望着弯曲的火焰叫出了声。

与此同时，玛丽再度举起了奖杯。

里子扑进了玛丽的怀里，她凭借着直觉认定这样是最安全的。由于气势过于猛烈，像极了橄榄球比赛的铲球。

"呜。"

玛丽发出了痛苦的声音。接着奖杯从手里掉了下来。

听到声音的里子用余光瞥见了这一幕，赶忙伸出了手。

"归我了！"

"休想！"

玛丽也弯下身子，试图抓住奖杯。

两人的手几乎同时碰到了奖杯。里子和玛丽都用一边的手握住奖杯，另一只手互相攻击。两个女人跪在地上，互相拍打、撕扯、摇晃，蓬头散发地展开了争夺大战。

或许是里子刚才的铲球的冲击起了效果。玛丽的状态逐渐发生了变化，握着奖杯的手松了开来。

就在这时，里子膝盖用力，就势一跃而起。

她的左臂向前猛挥，这般动作描绘出一道完美的弧线，她就这样挥出了奖杯。

随着一声闷响，玛丽的整个身子瞬间僵直。

奖杯准确无误地命中了她的头顶。

玛丽维持着僵固的姿势，就这样倒在一旁，然后彻底没了动静。

"糟了——"

里子因惊骇而陷入了混乱，发出了玩笑似的声音，唯有表情变得僵硬，脸上的神情写满了恐慌。

她小心翼翼地把手搭在玛丽的肩膀上，试着晃了晃，却没有收到任何反馈。然后她握住了玛丽的右手腕，摸索了一阵。

没有脉搏。

"啊，啊啊！天哪！我杀了人！完了！完了！"

她像坏掉的唱机一样重复着令人不安的词句。

过了片刻，她深吸了一口气，缓缓地吐出，用颤抖的声音说：

"必须冷静下来，把事情解决。"

里子用双手拍了拍自己的脸颊，站起身来，整理了一下仪容。她舔了舔指尖，轻轻捋了捋短发。

"好！"

她握紧拳头为自己鼓劲，接着垂下了视线。

"尸体该怎么办呢?"

里子仰起头，就这样闭上了眼睛，好似雕像般沉默了数秒。

然后，她猛地睁大了眼睛。

"对，我不是故意的，只是意外砸到了她，而且是彻头彻尾的正当防卫。更何况这个女人可能是自己把头撞上来的，因为她是蠢货嘛。蠢货就是该死，就连这具尸体看起来也是那么愚蠢，真是活该。"

像是要说服自己似的，她使劲点了点头。

"总而言之，错不在我。说到底，是她不该突然找上门来。不，问题的根源还是出在神冈桐仁身上。对，都是神冈的错。是他把我这个老实的打工人逼到了绝境。让我出来担罪，这种事天理不容。而我还肩负着为出版业和文化产业竭心尽力的责任，不可能因为杀了个蠢女人，就让这些化为乌有。我做的事跟拍死一只苍蝇没什么区别。毋宁说是为社会做了贡献。"

说着，她好似被附身般高举着双手，像是在接受神谕的巫女。

她握紧双拳放在胸口，盯着虚空中的一点。

"对，我没错，我还有很多要做的事。错的是他，神冈桐仁。再说了，他早已下手杀了人，早已是有罪之身，多背一个罪名也没什么。一旦开了杀戒，就会上瘾似的杀第二个人，第三个人，所以就让那家伙来背锅吧。好，凶手就是神冈，这是最好的，嗯，就应该这样。上天啊，引导正直的人吧。"

她的眼中迸发出一道强烈的光芒，这道光几近疯狂，没有一丝迷惘，清澈深邃，形同湖水。

里子搓了搓双手。

"好咯，开始行动吧，一定得把杀了这个女人的罪责推到神冈头上，然后赶紧离开这间被诅咒的宅子，向警方报案，挥下正义的铁锤。首先必须把尸体移到图书室，做成连环杀人的案发现场。那么，该比拟成什么呢？反正各种工具和线索一样不缺。"

里子一边喃喃自语，一边走进接待室，从收纳柜中取出了钥匙，然后折了回来。

她走向图书室的门，把钥匙插入了门把手的中央。

随着"喀嚓"一记悦耳的金属声，门锁被打了开来。

里子转动把手往里拽了拽。

门打开了。

她跨入房间，往前走了几步，然后突然停了下来——应该说是迈不开脚了。她全身僵硬，仿佛化作了一根木棍。

"没……没了。"

她像是支撑不住般屈起了膝盖，以防万一似的窥探着桌子底下。

那里什么都没有，唯有绵延的地毯。

里子的表情满是惊恐，用颤抖的声音说着：

"不，不见了……之前的玛丽小姐，那个旧版玛丽小姐已经不见了……"

她双手抱住了瑟瑟发抖的肩膀。

"尸体没了，尸体不见了……"

她边说边盯着刚刚做成了比拟爱伦·坡的案发现场。

没错，悬挂着的圣甲虫下方空空如也，唯有地板，没有尸体。

里子的表情写满了惊惧，嘴里念叨着：

"尸体去哪儿了？呃，尸体复活了，自己走掉了吗？难不成我刚刚杀死的玛丽是复活的尸体？难怪她的脸上带着深深的怨恨，好不容易回光返照，却又被我杀了，这也太快了吧？不对，我在说什么啊，怎么会有这么荒唐的事情。"

她错愕地揪着自己的头发，好似不堪滚滚而来的困惑和恐惧，摇摇晃晃地站起身来。

为了逃避眼前的怪异，她缓缓地往后退去。

就在她退到未曾掩上的门前时，却骤然停下了脚步。

被挡住了。

整个身体像是触碰到什么东西，再也无法后退一步。那是某种柔软的触感，耳边传来了衣料摩擦的声音。

里子扭过头来。

"……"

她一个字都说不出来，取而代之的是一声惨叫。

就在那里。

消失的尸体就在那里。

是先前的玛丽。

旧版玛丽就站在此处，脸上带着微笑。

在她身后的地板上，有着另一个玛丽的身影。那个新来的玛丽依旧横卧于此。

里子眼前一黑，当场瘫倒在地。

第二幕
血腥喜剧

十二

里子躺倒在地板上。

玛丽站在一旁，低头俯视着她。

是先前的玛丽，即里子口中的旧版玛丽，被施加了爱伦·坡比拟装饰的那个先来的玛丽。

她身穿带大毛领的黑色羊皮大衣，红色的头发格外醒目。略显浓厚的口红勾勒着嘴角的微笑，那张嘴正喃喃地说道：

"大获成功。"

她的语气好似唱歌一般欢快。

就在这时，掌声响了起来。

鼓掌的人是神冈。

不知何时，他已从书房走了出来，一边拍手一边靠近，只听见他用响亮的声音说：

"精彩！太棒了！"

掌声越来越响。

站在图书室门前的玛丽则报以更加灿烂的笑容。

接着，她用双手抓住黑色的喇叭裙摆，右脚微微后退，左脚微曲，摆了一个舞台剧演员般的谢幕姿势。

"这是我的荣幸。"

因为是刻意扯尖了嗓子，听上去有些破音。

神冈忍不住笑出声来。

"哈哈，太棒了。够了，谢幕吧。"

"是啊，该谢幕了。"

玛丽用低沉而沙哑的声音说着，变回了原本的声音——是男性的声音。

然后他把手放在脖子底下，猛地向上一拽，随着揉搓报纸的声音，脸上的皮肤被扯了下来，红色的头发垂到了背后，取而代之的是一头黑发，脸之下出现了另一张脸。

女人化身为男人。

头上的面具被脱了下来，微微冒汗的皮肤闪着光泽，泛起一层微醺般的红晕，看来是因为捂得太热的缘故。

男人的脸鼓了鼓腮帮子，呼出了一口长气。他两手摊开，注视着佩戴至今的女人面具，用带着鼻音的声音说道：

"整形外科和化妆技术的进步也很惊人，我看着戴着面具的自己映在镜子里的样子，忍不住看得入迷。"

"该不会不知不觉勾起了邪恶的情欲吧。"

神冈苦笑着说。

"推倒镜子什么的？不不，我还没自恋到这种程度。"

"不如说这已经是变态了吧。"

"这变装真是太厉害了。"

"变态和变装在现实中都很可怕。"

神冈一边说着，一边向面具投去了惊叹的视线。

男人扬扬得意地举起了面具。

"早些年主要的材料是乳胶，但自从引入硅胶后，逼真度大大提升了，当然了，这是制作面具的特殊化妆师告诉我的。"

"哎呀，亏你能搞到这种东西，人脉可真广啊。混得这般风生水起，很快就能周游世界了吧。"

"哪里哪里，只是厚脸皮罢了。"

"这倒是不假，相比之下，搞不好还是戴在脸上的面具要薄一些。"

"话说回来，真是热得不行，"他用手擦了擦额头，盯了会儿已然皱皱巴巴的手帕，将其塞进了口袋，"突然摘下面具，一下子就觉得冷了……"

他呼哧呼哧地哼哼着，打了个响亮的喷嚏，抽着鼻子说道：

"在有点感冒的情况下扮死尸，果然对健康不利。"

他这般说着，每吸一口气，鼻腔里都咕噜作响。

然后，男人走进了图书室，来到收纳柜前，打开最下层的门，取出一条白毛巾，又返回了客厅。

"借用一下。"

他一边说，一边用毛巾擦了擦脖子，抹了抹脸，还擤了擤鼻涕。

"没了，刚好只剩这一条毛巾。"

"用完了记得扔洗衣机里。"神冈皱着眉头说道，仿佛在看厨房里的厨余垃圾。

男人将后脑勺擦拭了一遍，盯着毛巾上的红色污渍。

"嗯，看来调鸡尾酒时用的甲鱼血不仅没给我带来活力，还帮我扮演了一具死尸，人生真是矛盾啊。"

他似乎自以为说了句俏皮话，盯着染血的污斑咧嘴一笑。

后脑勺的伤口也是乳胶材质的伪装物，在男人表演倒地时，将双手捂在后脑勺上，左手贴上伤口的立体贴纸，然后右手则用藏好的滴管涂上"鲜血"。

在男人擦脸的时候，神冈从厨房拿来香槟和玻璃杯。

"且让我们喝酒庆祝一下吧。"

"前辈，看不出来，你也挺周到的嘛。"

"自从秘书不在之后，什么都得自己来了。"

"这是在讽刺我吗？"

"哦，你也挺敏锐的嘛。"

神冈带着挖苦的笑容，将香槟倒入酒杯，香槟的气泡宛如一阵猛烈的暴风雪，将推理小说的现场推向高潮。

两人把酒杯举到面前。

"为成功干杯！"

"为诡计干杯！"

玻璃碰撞的清脆响声回荡在现场。

神冈先喝了半杯酒。

"声音配合得真是不错。"

"是的，都是按照剧本来的。"

对方一口气喝完香槟，从大衣内袋里掏出一个银色的物件。手掌一摊，原来是一个录音器。他伸出手指按了几个按钮。

"阿桐——"

"对对，完全按照剧本来的，打架的效果音是用鞋尖使劲踹地板。"

"灵活应对里子小姐则是靠这个。"

他秀出了藏在左手的小型麦克风，然后把手靠近嘴边。

"哎呀，没听说过吗？阿桐没提起过我？"

右手边的手机传出了玛丽的声音。

"是变声器软件加上扬声器功能哦。"

说着，男人得意地笑了。

"真是能干，不愧为我的秘书。"

"这是最好的褒美。"

不错，这个男扮女装的人就是神冈的前秘书尾濑淳司，正是先前神冈和里子的对话中提到的男人。

如今的地位已然逆转，神冈被后辈尾濑远远地甩在了后面。

就在刚才，里子以编辑的身份提议神冈借助尾濑的力量。然而，事实上神冈和尾濑早已以另一种形式展开了合作。

"我尽量按前辈的意图构建剧本了，感觉如何？"

尾濑笑着问道。

神冈故作倨傲地点了点头。

"不错，虽说还有需要用演技遮掩的地方。"

"即兴发挥非常重要，师父，这可是您之前教我的创作秘诀。"

"真是个事事较真的家伙，不过这也算是你的性格，也是一种处世的诀窍吧？"

"无论如何，被人夸赞总是件值得高兴的事，相比之下，这个女人……"

说着，他低头看向了躺在地板上发出细小鼾声的里子。

尾濑歪着嘴角嘲讽道：

"真是的，她也太小瞧前辈了，说什么三文作家①，如今哪还有三文这种面值，起码也得是一枚硬币作家，一百日元作家什么的。"

"你这也太较真了。"

"哪里哪里，前辈的事就是我的事，我只是对竹之内里子这个

---

① 特指不卖座的作家，三文有低俗廉价的意思，"文"为江户时代的面值。

103

编辑的态度感到愤慨。她真的完全不懂作家的价值。提起神冈桐仁，那可是过去风靡一时的推理大师啊，可这个女人却把火凤凰当成烤鸡。"

"那个，她的态度确实不怎么样，但应该没说过这种话吧。"

"可她对前辈的态度是如此鄙夷，如此蔑视，就像对待在厨余垃圾日丢出去的不可燃垃圾一样，太过分了。有时候是大件的湿垃圾，有时候是非法倾倒的工业垃圾。"

"我说，你是不是太专注在垃圾上了。"

"不不，垃圾分类必须细致，所谓细微之处有神明，垃圾也需要合理再利用。所以前辈若想东山再起，务必小心谨慎才行。"

"我是被回收利用的垃圾吗？"

"当然不是，我的意思是'物尽其用'的精神才是最重要的。以神冈先生的才华，这样被糟践实在是太可惜了。"

"你是在夸我，还是在嘲笑我？"

神冈一脸困惑地歪过了头，尾濑则盯着他说：

"您要更有自信才行。"

说着，尾濑的脸上浮现出一抹浅笑。

这个男人虽是一副推销员般亲切的态度，但本性却透着狡狯。眼球骨碌碌地转个不停，不放过任何一个机会。微微前突的下巴让人联想到童话里的女巫。他的嘴角虽然带着笑意，眼神却很冷漠，像是微笑的蜥蜴。

神冈喝干了酒，将杯子放在桌上，望着虚空说道：

"我本以为只要按照最初的剧本来就可以搞定，不料还挺费事的，真没想到里子会朝那个方向暴走。"

"确实，她对本格推理小说表现出异样的执着，真让人意外。"

"嗯，没想到她对本格推理研究还挺深的。"

"虽说仍有欠缺。"

"不，能研究到这个程度，还能讲出那么多道理，已经很不错了。"

"是吗？真是意外，您还挺袒护她的。之前还一直抱怨她无知啊鞭子啊什么的。"

尾濑露出戏谑的笑容，接着抬头看向神冈。

神冈有些支支吾吾地说：

"不，这个嘛，一码归一码吧。她确实把我称作二流作家，对我呼来喝去，这是事实，我不会原谅她的。所以才布了这个局，稍稍惩戒她一下。"

"是啊，计划奏效了，以受虐的姿势被罚躺在这里的施虐女。"

"行了，别再鞭尸——哦不，鞭编辑了。我们的陷阱是如此完备，小里也受到了足够的惩戒。"

"就这样算了吗？"

"嗯，她对本格推理的热情超过了我的预期，所以在吃了苦头的同时，应该也会感到幽默吧。就像推理小说的结局一样，觉得自己被摆了一道。"

"嗯，确实多亏了她，比起先前的剧本，推理程度还要更上一层楼。"

"是啊，"神冈加重了语气，"一开始设定的情节要简单得多，你乔装成玛丽，也就是黑井真梨亚，来我家拜访。"

"然后我俩发生了激烈的争执，最终大打出手，假扮成真梨亚的我拿刀刺向了你。"

之后神冈夺走了刀，在扭打的过程中打死了尾濑扮演的玛丽。

再然后，在报警之前，神冈向里子提出了最后的请求，希望能先把稿子写完。出于怜悯和编辑的野心，她应该会同意这个请求。不，必须把她说服，直到她同意为止。

即便不做到这个地步，里子应该也乐于见证神冈作为推理作家的最后挣扎，甚至还指望着神冈能凭借火场逃生的蛮劲取得意想不到的成果。此次的写作是既定的剧本，一如落幕之舞。

于是，神冈如愿得到了缓刑的时间，将玛丽的尸体安置在了图书室里。这个计划包含了重要的目的，当然了，这也是为了释放扮演尸体的尾濑。

然后，神冈就窝在书房里，竭心尽力地完成稿子。其实初稿早已完成，但仍需继续表演写作。

这是他们最初的剧本。

但是，他们不得不立即更改剧本，那是因为里子对本格推理的追求竟到了这种程度。

单纯的杀害恋人，配不上本格推理作家的名号，在这样猥琐的欲念中犯下的草率谋杀中，根本感受不到一丝推理作家的才能。也就是说，这样的作品根本无法让人期待，写成书肯定卖不出去。这是绝不能容忍的。作为编辑，更不能坐视不理。好不容易出了桩杀人案，却要白白浪费掉，简直难以置信。

里子激愤不已，强烈要求神冈犯下符合本格推理作家之名的罪行。

神冈也受到了鼓舞，必须拼上自尊心来回应。

因此，平庸的情杀升级成了满溢着密室诡计的比拟杀人，为此，神冈耗费了大把的智慧、劳力和时间。

就这样，杀人剧本变得面目全非，登场人物也不得不做了相应的表演。

神冈擦了擦额头上的汗水，在周围环顾了一圈。

此刻地板上横躺着两个女人，竹之内里子和黑井真梨亚。毫无防备躺倒在地的肢体显得异常娇艳。

而另一边则是不堪入眼的情景，女装的尾濑让人看着直犯恶心，他的身上依旧穿着裙子。

神冈移开视线，长长地叹了口气，仿佛要将胸中郁结一并吐尽，然后再度垂下了视线。

"真的，修改剧本太辛苦了，把人折腾得七荤八素的。感觉就像踩着钢丝走在薄冰上。非但如此，真正的真梨亚居然也来了，而且还真被打死了。"

尾濑轻轻拍打着自己的头。

"嗯，我也没料到这出，现实往往比小说还要离奇。"

"我快被搞疯了。"

"那也是没办法的吧，"尾濑露出了冷笑，"不过，在接连不断的意外事态之下，您也能妙用奇想创造奇迹，真不愧是前辈。"

他摆出了鼓掌的姿势，嘴角带着笑意，眼眸却像爬行动物一般冰冷。

神冈狐疑地皱起了眉头。

"真是令人不适，现在奉承得越狠，后面下的套也就越深，你想捧杀我是吧。"

"啊，真是讲究因果啊，推理作家总是用怀疑的眼光看待一切，结果就变得越来越乖僻了。"

"正因为有你这样的人在，所以才没法安心吧。"

"嗯，这不恰好说明您在接受磨炼吗？我是在提升前辈的能力哦。进一步来说，就像女性的自我磨炼一样，我正在为磨炼本格推理作出贡献。”

"你总是能把话说圆了。真是的，马屁拍得好，道理还不少，你就是靠这个打败了竞争对手。不愧是传闻中的'穷追猛打的尾濑'。"

"哎呀，说我是'激励前辈的尾濑'才对嘛。"

他扯了扯嘴角，露出了一丝浅笑。

神冈不满地咂了咂嘴，将身子转了过去，随即垂下了视线。

他看向了躺倒在地的里子。

她仍处于昏迷状态，紧闭的眼皮时不时微微颤动，把耳朵凑过去，还能听到小小的呼吸声。

"没想到她会表现出如此强烈的热情。"

神冈一边说着，一边单膝跪地。

"什么热情。"

"推理小说啊，小里执着于本格推理的热情。见她如此拼命地说服我，真是吓了一跳，甚至都被感动到了，"神冈把手轻轻地滑到了里子的脖子底下，"差不多该叫她起床了，总不能让年轻姑娘一直躺在地板上吧。"

"嗯，等她起床后听到这幕戏的真相，怕是又要吓昏过去吧。"

尾濑露出了不怀好意的笑容。

"得小心点，千万别真的变成那样。"

神冈带着微妙的表情，右手托起里子的后脑勺，左手支撑着她的后背，像搬运贵重雕像般小心翼翼地将她抱起，用温柔的眼神俯视着她。

"这次的演出效果超出了预期，真没料到会这么出色，甚至都有点可怜她了。"

尾濑露出了冷笑。

"现在还说这些做什么。最初放话要给这个不可一世的女人一点颜色瞧瞧的就是前辈您吧？谁提议谁动手不是吗……不，换个角度来看，也证明了这出戏的效果好得出奇，我也很高兴能帮上忙。"

把责任甩给对方，把功劳揽给自己，尾濑擅于钻营的作派一览无余。

然而神冈并不在意这些，而是把全部的注意力都集中在了怀中的里子身上。

他目不转睛地盯着里子说：

"在揭露这出戏的真相之际，我还想向她表达我的感激之情，正是她唤起了我的本格推理之魂，而且在诡计和比拟杀人上如此配合，总算让我有了种作家和编辑同心协力的实感。"

"喂，前辈，你是不是失心疯了？"

尾濑流露出在鱼塘里钓到深海鱼般的惊诧之色。

"不是不是，"神冈用力地摇了摇头，"不是发疯，是热血沸腾，本格推理的热血在我的体内沸腾。"

"那是因为推理小说总是躺尸一地，血流成河吧。"

"我说的是血脉，本格推理的血脉，在作品中代代相传。而且，为了创作，这样的血脉也传承到了作者身上。对，就是生活方式。本格推理就是生活，是她教会了我这点。"

神冈把里子紧紧地抱在怀里。

就在这时，里子轻轻"嗯"了一声，微微睁开眼睛。

见神冈就这样凝视着她，尾濑投来了讶异的眼神。

"哎呀，前辈，难不成你对这个女人……"

他歪过了头，却没能把话说完。

有人打断了他。

如同疾风般，一声尖叫划破了空气。

"果然，你跟那个女人是这种关系啊！"

说出这句话的真梨亚冲了过来。

她的手里闪过了一道银色的反光。

那是水果刀的刀刃。

十三

真梨亚的眼睛布满血丝，目光锐利如刃。

"你果然和这个女人在家里幽会啊！"

伴随着刺耳的吆呼声，她飞身袭来，高举着右手握着的水果刀，整个身子扑向前方。

"危险！"

神冈把抱在怀中的里子护在身下，以防守的态势往旁边一跃。

真梨亚扑了个空，一下子失去平衡，脚步跟跄，但高举到额头的刀子仍挥了下去。

跳向一旁的神冈肩膀着地，他尽可能把里子往远处推，推开了里子的身体。自己却被挤在墙边，无路可逃。

"受死吧！"

真梨亚大吼着冲了过来。

神冈向前一滚，来到了真梨亚的脚边。

真梨亚被绊了一跤，腰部着地摔了下去，由于翻滚的力量，她和神冈一起滚了过去。两人仿佛缠绕在一起的毛线球，手脚纠缠在一起，一起挣扎，一起弹跳，就这样滚了两圈。

待动作终于消停下来，两人僵固在原地。周围一片寂静，耳中唯有粗重的呼吸声，却只有一人份的。

骑在上边的神冈缓缓抬起身体，他气喘吁吁，面色僵硬。

被压在下边的真梨亚同样紧绷着脸，睁着眼睛张着嘴，表情凝固。整个身子好似大型的物件般毫无生气，动弹不得。

神冈支起上半身，双手缓缓从真梨亚身上移了开来，右手微微颤动，这只手刚才碰到了刀柄。

而刀刃则深深地刺入了真梨亚的侧腹，血泊好似阿米巴虫似的在周边慢慢扩散，她的嘴巴和眼睛缓缓地闭合了。

神冈用左手按住颤抖不止的右手，伸直膝盖坐起身来，静静地凝视着伤口。

"喂，这回搞不好真的搞砸了。"

他语气呆滞，仿佛已经习惯了这样的情况，似乎是被兴奋麻痹了感性。

像是在确认理科试验的成果般，他淡然地伸出手，颤抖已经停了下来。

他先用右手摸了摸真梨亚的脖子，接着又按了按手腕。

"脉搏没了。"

神冈淡然地说着，像是望见下雨后告诉别人自己没带伞。

反倒是尾濑这边慌了神，只见他半张着嘴，脸颊的肌肉痉挛不止，纤细的胳膊和腿好似提线木偶的四肢般微微颤动，明明是严峻的表情，脖子以下却是女装，简直滑稽。

"哇，死了第三个了！喂，杀人是不对的！"

尾濑扭曲着脸一通胡言乱语，显然是惊慌至极。空洞的眼睛向上吊起，活像一只流露出情绪的蜥蜴。

他踉踉跄跄地跑了过来。

"真，真梨亚，真梨亚小姐，你可不能死啊！"

他握着真梨亚的手腕，不停地晃动着，把嘴凑近了她的耳边。

"喂，真梨亚小姐，你可不能死啊！这也太不凑巧了，真梨亚小姐，真的别死啊。"

尾濑的声音越来越细。

他缓缓吐了口气，然后摸索着真梨亚的手腕，检查起她的脉搏。稍后松开了手，又摸向了她的脖子。

"再怎么说都不行了。"

他颓然地垂下了脸，耷拉着脑袋。

神冈靠了过去，把手搭在他的肩膀上说：

"不行就是不行，不是说过了吗？不行的东西再怎么样都是不行。"

他仿佛丢了魂似的，毫无感情地说道。

尾濑摇晃着肩膀，甩开了神冈的手。

"前，前辈，事情变成这样，要，要怎么办才好。本想吓得别人口吐白沫，结，结果自己倒口吐白沫了，唔，哇哇哇哇。"

"我现在只想变成一只螃蟹。"

"什么啊？你是想摆剪刀手，做个和平手势吗？"

"不，是螃蟹，但我现在很怀念和平。"

他目不转睛地盯着自己的两根手指。

就在这时，又一只手从旁边伸了过来，做出了相同的和平手势。

是里子的手。

一直倒在地上的里子站起了身，像初生的小马驹一样摇摇晃晃地靠了过来。

"我没事，耶!"

她眨巴着眼，比出了和平手势。

神冈转过头来。

"啊，你醒了啊，小里。"

里子眼神迷离，用懒洋洋的语气应道：

"嗯，算是清醒的初期阶段吧，还有些昏昏沉沉，但感觉很快就会完全清醒，要是我现在看到的不是梦境而是现实的话。"

"这是现实。"

神冈生硬地应了一句。

里子又眨了眨眼。

"那果真是现实吗?"她战战兢兢地伸出手指指向尸体，"那边的，果然是真货吗? 那是真梨亚的尸体……凶手是我?"

"嗯，半对半错。真梨亚是被杀了，但并不是你干的。"

"凶手不是我?"

"对，凶手是……"

神冈指向了自己。

里子把圆溜溜的眼睛瞪得更圆了。

"是神冈先生杀的?"

"对，是我。"

"对，是他。"

尾濑在身后把神冈往前一推。

里子避开神冈，指向了身后的尾濑。

"啊，你……"她用嫌恶的视线仔细打量着尾濑的面孔以及脖子以下的女人身体，"你是变态，还是变性失败的人妖?"

"之前你还误以为我是性感而美丽的女人。"

"啊，你果真是尾濑先生？真的是尾濑先生啊。只要接受了这张脸，无视脖子以下就行。"

里子毫不掩饰地移开了视线。

尾濑皱起了鼻子，狠狠地咂了咂舌。

"真是的，得赶紧换身衣服。"

里子的视线飘到了地面。

"那边的女人是真的吧？"

"对，真实的女人，真实的尸体，而且是真实的玛丽，也就是黑井真梨亚。"

尾濑俯着脸不住地点头，像是在确认一般。

此处并无营火，三人围着身上插刀的尸体谈天说地。

里子把手按在头上，呻吟着说道：

"我不记得用刀刺了这位真梨亚小姐，也就是说，我并没有刺死她，凶手果然不是我。但我记得我打死了她，用的是那个爱犬大赛的奖杯。"

"不是！是巴斯克维尔奖，准确地说，是巴斯克维尔推理小说大奖的奖杯。"

神冈当即插嘴道。

里子摇了摇头。

"喂，这个'不是'根本无所谓吧。比起这个，我更在意的是人究竟是'不是'我打死的。当时我仔细确认过真梨亚的手腕，已经没有脉搏了，应该是死了。这究竟是怎么回事？"

她的双眼深处似乎闪着大大的问号。

尾濑给出了将问号转变为惊叹号的解答。

"好吧，脉搏是有可能不动的，左手的脉搏暂时消失，这种事简单得很，就像变戏法一样。只是腋下被勒紧了而已。"

"啥？腋下的血管被压住了？"

"对，虽说是偶然的。"

"等一下，究竟发生了什么？"

"胸罩。"

"胸罩？什么胸罩？"

里子边说边把双手按在了自己轮廓虽美却略显单薄的胸脯上。

尾濑淡然一笑。

"没错，就是罩在上面的那个，不过里子小姐是行不通的，只有真梨亚小姐才行。"

说着，他垂下眼睛，视线落在了真梨亚的胸口，一对巨大的山峰向着天花板傲然挺立。

里子放下双手，把嘴噘了起来。

"啊，原来是这么回事！"她皱着脸说道，"比起这种多余的事，请你解释一下！所谓胸罩造成的意外，呃，也就是说，是胸罩勒住了血管？"

"嗯，在和你扭打的过程中，真梨亚的胸罩移了位置，罩杯被夹在了腋下。然后她就这样摔倒在地，勒住了血管。"

"咦？你说罩杯夹在腋下，暂时止住了脉搏？"

"没错，魔术师通常会使用橡皮球。"

"偏偏是胸罩替代了这个。"

"而且，真梨亚穿的是带有垫片的丰胸款。"

里子突然放松了脸颊。

"什么啊，原来是丰胸胸罩。"

她边说边挺起了胸膛。

尾濑却冷笑着说：

"没错，真梨亚为了掩饰她的胸部，才特地穿上了丰胸胸罩。"

"什么，特地？"

里子的声音显得有些无力。

"是啊，特地穿的，"尾濑的眼神中流露出讥讽，"你看，世人常说胸大无脑，所以她才故意宣称自己的是胸罩垫出来的。虽说显得更大了，但正是这般刻意的尺寸才凸显了丰胸胸罩的存在。"

"这算什么！真是恶心到家的诡计！"

里子发自内心地宣泄着愤慨。

尾濑黏腻的笑容变得更深了。

"哈哈，比起脉搏停止，你更关心这边的诡计吗？"

"啊，什么？你想说啥？"

里子眼角一吊，步步紧逼向尾濑。

神冈像是要挤进两人中间似的插了句话：

"好了好了。现在更重要的是真梨亚的脉搏真的已经永远停止了。"

或许是重新认识到了现状，里子和尾濑双双叹了口气，总而言之，三人似乎总算摆出了考虑善后对策的姿态。

首先开口的是眉头紧锁的里子。

"话说，目前究竟是怎样的状况？一会儿尸体消失，一会儿男扮女装，一会儿打死了人，一会儿尸体复活，简直莫名其妙，"她不服地诘问着男人们，最后又抛下一句气话，"唯一搞明白的就是丰胸胸罩。"

她的语气显得有些自暴自弃。

由于先前已经解释过内衣的机关，尾濑后退一步，表示不再参与。

神冈被留在了里子跟前。

神冈挠着头，露出无可奈何的表情，不情不愿地支吾道：

"其实，这最初是我和尾濑为了吓你一跳而编排的一场戏。"

他说明了直到干杯为止的剧本和现场表演的始末。

神冈"杀害"了乔装成真梨亚的尾濑，但由于里子提出了出乎意料的提案，剧本被修改了，变成费尽心思布置密室诡计和比拟杀人的展开——神冈把整件事的来龙去脉都告诉了她。

看着里子严峻的表情，神冈话声中的怯意也越来越强。偶尔被拽出来帮忙解释的尾濑也紧张地弓着背。

听完大致的解释后，里子一脸愤然，锐利的眼神变得更加扎人。在短暂的寂静之后——

"哦？你们是为了教训我才演的这出戏啊！太过分了！"

她发出了堪比鞭子抽打的声音。

神冈尴尬地翻着眼睛说：

"可就在我觉得戏演得不错的时候，发生了意料之外的事情，没想到真的真梨亚竟找上门了，还对我们发动了袭击，完全超出了预期。正因为如此，事情才会发展到这个境地。我真的杀了人，本应是剧中角色的杀人犯，竟然在现实中成真。"

他一脸憔悴地垂下了肩膀。

"这是遭报应了。"

"或许是吧。"

神冈细声细气地应了一声。

"居然把我吓成这样。"

里子的声音显得格外有张力，然后，她拍了拍神冈的上臂。

"真是吓我一跳，太厉害了。这不是挺有本事的吗？完全看不出是三流作家。"

"难道不是二流吗？"

"记得可真清楚，你唯独这方面的讲究是一流的。"

"啊，居然夸我了。"

"没志气，脸皮厚。"

"我是乐天派。"

"不过是把麻木不仁换一种说法罢了。"

里子把头扭向一边。

这时，女装男人骤然闯入视野。

尾濑战战兢兢地用手扇着风。

"唉，神冈前辈也积攒了很多愤懑，这回只不过是他排遣情绪的恶作剧，你也别太苛刻了。"

然而，里子还是狠狠瞪向了他。

"啥，你以为一切都会朝你期待的发展，所以才没心没肺地跟进吧。归根结底，一切都是为了自己，这才是尾濑先生吧。"

"哇，真是自讨没趣，"尾濑畏畏缩缩地说道，"我这么快就自取灭亡了。"

"你也是个厉害的共犯，和神冈先生一起设局对付我，而且那个剧本正是出自尾濑先生的手笔。"

"哎呀，这事能承认吗？这样做会不会对我不利，在目前的状况下很难判断。"

神冈赶忙插了一句：

"喂喂，主体构思可是我想出来的。"

里子即刻指向了神冈。

"啊，果然你才是主犯，这么简单的陷阱都往上踩。"

"哎呀——"

神冈做出了古怪的反应。

尾濑伸手指向神冈。

"啊，前辈，这可不行。趁我不知道该怎么回答的时候趁虚而入，太狡猾了。那个剧本的创意基本是我想出来的。呃，这种情况下我该不该承认呢？"

他自说自话地烦恼着，扭动着身子，像是个得了怪病的人妖。

里子似乎已经没力气发怒了，她满脸无奈，不耐烦地说道：

"好好，尾濑先生，我承认你的功绩，你这钢丝走得太漂亮了。"

她像应付小孩一样敷衍地说道。

尾濑则指向了里子。

"喂，走钢丝的不仅是我，还有你吧。当真梨亚拿着刀冲过来时，你可是千钧一发，命悬一线。"

"什么情况？当时我晕过去了。"

"是啊，所以你不知道吧？是神冈前辈挡在你前面保护你，奋不顾身地救了你的命。"

"这，这样啊。"

里子一脸惶恐的表情，似乎不知该作何回应，只得将害怕且羞涩的视线缓缓转向神冈。她先是俯下脸，接着又抬起了头，就像是刻意放松紧绷的嘴角似的开口道：

"啊，那个，原来是这么回事。多谢您救了我。"

她似乎还想说些什么，但话卡在了喉咙里。

神冈依旧耷拉着头，脸上带着苦笑。

"嗯，"他用夹杂着紧张的高亢声音回应道，"那个，真梨亚拿刀的手动作有些迟缓，好像行动不便的样子，大概是胸罩的带子卡在肩膀上了吧。丰胸胸罩的稳定性不太好，真是侥幸。"

"是，是吗？"

里子把头扭向一边，嘴角大约还挂着一丝微笑。

"可是——"神冈的语气骤然一转，用极其冷静的声音说道，"没想到真的真梨亚会来啊，这才是超出预料的地方。"

他感慨似的摇了摇头。

"这就是超出剧本的意外性啊。"

尾濑也随声附和，带着故作惊讶的表情。

"不，不是哦，意外也要有个限度，倒不如说显得意外过头了。"

他将锐如箭矢的视线转向尾濑。

"嗯，我也是这样的看法，太巧了。"

尾濑不堪压力似的说道。

"太巧了。也就是说，这事有点古怪。真梨亚为什么会来呢？偏偏选在今天，时机很不对吧。"

"是，是啊。"

"真是古怪。换句话说，这或许是最糟糕、最倒霉、最凶煞的事态。"

"是啊，真梨亚小姐偏偏选在这个时间上门。"

尾濑叹了口气。

神冈的目光愈加犀利，眼神像箭头般寒光闪闪，语气也强硬起来。

"喂，刚才你说了'这个时间'，是时间的问题吗？问题是在于今天这个日子本身吧。我之前说的是真梨亚为什么偏偏选今天过来，这很奇怪。我之所以说凶煞，也是指到了凶日的说法。但你似乎更关心时间而不是今天本身。仿佛真梨亚选在今天出现并不奇怪似的。"

他的视线仿佛直接贯穿了对方的咽喉。

尾濑后退了一步，颤着声回答：

"不，我说的'这个时间'是指今晚。"

"真的吗？你所谓的'这个时间'，就是指我恰好在照顾小里的时候吧？"

"呃，好吧，是的。"

"那就不对劲了，相比于'这个时间'，真正的问题在于'今天'这个日子，先前的对话一直在强调这个，而你却一点都不注重'今天'的意外性，好像根本不足为奇似的，反倒理所当然地接受了。"

"啊，我没有。"

"而且，你刚才跑向真梨亚的尸体时，说了句'也太不凑巧了'。刚开始我还以为你是指她今天来访的事，但总感觉有些不对劲。现在我明白了。你所谓的'太不凑巧'，并不是指某一天，而是指某一小时或某一分钟。你的关注点在于今晚真梨亚出现的时间。那个时候，在你的意识里，真梨亚选在今天登门并不是件奇怪的事。明明是最该感到意外的情况，你却并不觉得意外。那是因为你早就知道了，对吧？"

"……"

尾濑颤抖不休，陷入了理屈词穷的境地。

就在这时，里子迅速插了进来，将食指指向了尾濑。

"我也看到了哦。刚醒来的那会儿，我还在想这究竟是怎么了呢。你看，尾濑先生冲向真梨亚，摇晃着她的身子，像极了电视剧

121

里的爱情戏。但事实上确实是这样的场面吧。当时尾濑先生凝视真梨亚小姐的眼神，颇有些'啊，这个男人，对那个女人——'那种腻腻歪歪的感觉。"

这一幕仿佛早熟的小学女生在戏弄班上的男生。

"喂，喂，这也太轻率了吧。"

尾濑似乎被这种气氛牵住了鼻子，焦虑得像个小学生，明显乱了阵脚，一副丧失自我的模样，狼狈之色溢于言表。

神冈立即伸出了食指。

"瞧吧，果然是这样，你跟真梨亚是串通好的，两人是共犯，演了另一出戏。你表面上跟我策划演戏，幕后还跟真梨亚搞了别的戏码。事到如今没法否认了吧，喂！"

"嗯，嗯，没办法了。事已至此，我也没法否认了。"

尾濑的声音颤抖不止，像是要吐露一切。

他瞪大眼睛，用嘴吸气，肩膀上下起伏，最后使劲点了点头。

"是的，没错，正如你说的那样，这是我一手策划的。是我和真梨亚合伙设下的圈套和戏码。"

他既像决心已定，又像破罐破摔。

神冈似乌龟般伸长了脖子。

"设下圈套？针对我？"

尾濑深深地叹了口气，又点了点头。

"嗯，是啊。为了破坏你和真梨亚的关系，虽然已经到了崩溃的边缘，但我还是想补上最后一刀。"

"哦，我明白了，你向真梨亚灌输了一些不该有的谣言。"

"是的，我告诉真梨亚，神冈先生和编辑里子有不正当的关系。你利用闭关写作的机会，把这栋宅邸变成幽会地。所以我建议她趁你俩独处的时候闯进去，抓个现行。"

尾濑露出带着讽刺意味的假笑。

"什么呀，太冤枉了，简直就像晴天出门却被暴雨淋头一样冤枉！"里子探出身子，像猛兽一样瞪着圆圆的眼睛，"我可不能当作没听到，请别把我卷进这样的事情里。再说了，我为什么要和神冈先生搅在一起？"

尾濑把身子向后一仰。

"因为他没有其他的编辑了。"

"就算现在没有，以前的某个编辑，或者其他出版社的女性也可以啊。"

"不不，因为你也是一样的状况。"

"啊，我？"

"你现在还有其他负责的作家吗？我说的是现役作家，正在写作的作家。"

"唔，有是有的，只是那些人都要稍微充会儿电……"

"也就是说，没有现在正在活动的作家了吧。"

"……"

"瞧吧，所以最适合当神冈的编辑的人就是你了。你是最具说服力的，也可以说是最有存在感的。"

"这完全不是夸奖吧！"

里子悻悻地撇着脸，却没能说出更多反驳的话。

尾濑交替看着里子和神冈。

"没错，你俩真的很般配，彼此适合，条件绝佳，从旁观者的角度看，有种互舔伤口的感觉，真实感扑面而来。这就是为什么我要设这个局。真梨亚听了我的提议，立刻点头同意了，也很有干

123

劲。恰逢神冈先生和真梨亚的关系迎来危机。由于工作不顺，前妻索要损失费，经济状况相当不好，恋爱之路也走不通了，与真梨亚的关系迅速恶化。在这种状况下，她对神冈先生的信任也会动摇，只会一路坠向悲剧的结局。"

"这么说来，你之所以设局演戏，就是为了再添一把火是吧。"

"嗯，是的，我不想再隐瞒了。"

他的语速渐渐变快，甚至透着几分强硬。只见他抬起下巴说道：

"我想尽快拆散你和真梨亚，前辈也想这样做吧。我还希望你能感谢我呢。"

听到这厚颜无耻的发言，神冈显得万分诧异，不住地眨着眼睛。

"哎呀，居然被卖了人情，可真是太厉害了。你真的很会处世，看得我都想拜你为师。从这层意义上说，你这个人精真的是冲着真梨亚来的吗？"

"对，没有其他理由了，她是个好女人吧。"

"你该不会还想说'给前辈真是可惜了'。"

"连你自己都这么说了，这就是你的短板。"

"你甚至还为我提供了生活方式的建议，让我觉得你是难得的朋友，真梨亚也被你的魅力吸引，参与了你的计划。"

"非常顺利呢。我的计划是假借工作的名义，把前辈和里子小姐单独凑在一起，然后让真梨亚闯进现场，来个人赃并获。"

"你必须选择一个小里会来的确切日子，为此，你又布了另外一个局。"

"没错，被称为三文作家，前辈很想发泄心中的郁闷吧。所以你很配合地安排好里子上门的日子，并确保没人会打扰。"

"你打扮成真梨亚，和我一起演了一出谋杀剧，假装变成尸体然后复活，把小里吓一大跳，这就是我和你拟定的剧本。但这出戏幕后的剧本是，变成尸体的你迅速离开屋子，让我和小里独处，然后真梨亚就此登场。"

"没错。但里子小姐做出了意料之外的举动，事情就变得不对了。你们居然要把这里改造成本格推理小说的杀人现场。"

"也就是密室的比拟杀人吧。"

"这样做耽误了时间，导致我来不及逃跑。"

"你不知道我们什么时候会进图书室，所以身为尸体的你没办法移动。是啊，我们还在那里解说诡计，确认犯罪步骤，甚至还做了练习。"

"没错，里子还在客厅里念叨着什么'香颂歌手'，直到她停下念叨，好不容易安静下来。我心想就是现在，正准备打开窗户逃跑。可正在这时，真梨亚恰好赶来，于是就发生了那场骚动。嗯，我和真梨亚是用手机联系的，但她等得不耐烦，就擅自行动了。我很担心事态的发展，就在一边观察，结果闹剧超出了预期，我误以为里子把真梨亚打死了，真梨亚没法按计划质问前辈，而且前辈肯定也在一旁观察着异常状况。至于该用哪边的剧本，我毫不犹豫地做了选择，结果你们也知道了。"

"所以你便回到了我的剧本，继续演戏。但你的演技非常不错，居然准备了两个剧本，随机应变，左右逢源，我真想跟你学学你的处世之道。"

"虽然这么说，其实你很生气吧。"

尾濑抬起眼珠观察着对方。

神冈的脸颊松弛了下来。

"不，到了这个地步，我连生气的力气都没了，说佩服什么的，一半是讽刺，一半是真心。"

"那我接受后面的一半吧。承蒙夸奖，荣幸之至。"

"这一半啊。真梨亚这样的女人为何会被你吸引，我也有点理解了。你打算邀请我参加你们的婚礼吗?"

"啊? 那倒没有。"

"太冷漠了。"

"不，我从一开始就没打算结婚。当然了，真梨亚是个好女人，我想跟她交往，炫耀这段关系，享受各种乐趣。这就够了。"

"真是的，我已经深切体会到了你的节能人生，环保又不失自我的生活。活在当下的人就是不一样啊。"

神冈一边感叹，一边露出了苦笑。

尾濑耸了耸肩。

"嗯，说的是善待地球，自给自足吗?"

说着，他赧然地笑了笑。

"太差劲了。"

里子以扔石头般的狠劲说出这样的话，将冷冰冰的视线投向了尾濑。

"真的，与其说是差劲，倒不如说是死猪不怕开水烫了，尾濑先生。"

"随你怎么说。最重要的是能笑到终盘。而且要像电视剧一样，每回都能活到终盘，每回都能笑到最后。"

"真是个让人笑不出来的家伙，随你便吧。"

里子把鼻子微微上扬，背过了身子。

尾濑依旧是那副皮笑肉不笑的表情。

就在这时，神冈清了清嗓子。

"那现在该怎么办呢？让人笑不出来的，正是现在的状况吧。"

这话把众人拉回了现实，这语气，正如一个自觉犯下杀人重罪的现行犯的发言。

听到这话，尾濑和里子像是骤然清醒过来，光亮重新回到了眼里。

三人再度环顾四周，犯罪现场狼藉一片，真梨亚的尸体并非幻梦。当这般真实感涌上心头，每个人都发出了沉重的叹息，空气冷冽无比。

夜风吹动树木的声音愈加增添了寂静，将人引入了被黯淡阴影包围的错觉。

里子的声音打破了这般黑暗的沉寂——

"果然还是得靠本格推理啊！"

十四

里子用坚定的语气继续道：

"没错，让本格推理小说的杀人案继续推进，这一点从未改变！还有别的办法吗？难道要把这般猥琐的谋杀放任不管吗？这是有悖道义的！"

她双手握拳，一遍又一遍地上下挥动着。

神冈一边承受着责备，一边歪着头问：

"道义什么的，毕竟是杀人啊。"

"我说，杀人已经是既定事实了，如今追究的不是事前的道义，

127

而是此刻的道义。作为本格推理作家，要是放任这种幼稚拙劣的杀人，和之前又有什么区别？如此无能的推理作家出的书，又有谁肯掏钱呢？别让我再说一次，你只有一条路可走，那就是犯下符合本格推理作家身份的杀人之罪，还是说，你宁愿被看作一个犯下了拙劣的杀人之罪的无能男人？本格之人还是无能之人，快说，你选哪边？"

"本格，我只能这样回答吧。"

"是吧。"

"哎呀，怎么说呢，小里真是个超级乐观的人啊。与其说是暴力，倒不如说是活力十足。"

"什么时候变成暴力了？不是虐待狂吗？"

"啊，上套了。这是你自己说的哦，承认了，跟招供一样。"

"为什么要较真这种无谓的事情，眼下的首要之务是较真眼前的案发现场，对吧？"

"看来只能这么做了。"

"那是当然的，你还在犹豫什么？就算发生了真正的杀人案，又有什么可动摇的？"

"当然会动摇了，要是真的发生了杀人案，肯定会动摇的吧。"

"哈？我起初就把这当成真实的杀人案，从来就没变过。正是因为你们的这出戏，我深信那就是真正的杀人案，并在此基础上进行思考、判断和行动。"

"哦，对啊，你一直都是当真的。"

"当然了，我可不像你们这些小屁孩，啥事情没经历过。所以比起胆小怕事的你们，我更冷静，也更客观。正因为如此，我才提议应该贯彻本格推理。你们能反驳吗？在真正的杀人案面前，你们都不过是处男!"

"呃,你要是这么讲,那我还真没法反驳⋯⋯"

"啊,怎么变得这么被动了?这可不是言语羞辱哦。"

"这样吗?"

"神冈先生,你应该采取更积极的攻击态度。刚才的热情到哪儿去了呢?你刚才不是还在振臂高呼本格魂吗?"

"哦哦,是啊。"

神冈瞪大了眼睛,看来终于醒悟了。

看到那道光芒后,里子继续鼓劲:

"而且你已经是罪犯之身了,神冈先生。你真的杀了人,负有最大的责任,所以理应由你来打头阵。"

"的确责任重大啊。"

"非常值得一试吧?而且这次是真实的,正经的、正式的、正宗的本格推理!"

"哦哦,再说一遍!"

"正经的、正式的、正宗的本格推理!"

"啊,太棒了!"

神冈像捏糖人一样扭动着身子。

"嗯?"

里子困惑地看向了他,随后用训示的语气说:

"所以不能被动,要采取进攻的姿态。"

神冈立刻点了点头。

"会,会的,必须得这么做啊。没错,正经的凶案,正式的现场,此时此刻由正宗的本格推理作家神冈桐仁来实现真正的本格推理!"

他展开双臂，拉成了一条直线。

里子在眼前挥舞着双拳。

"对，就是这个气势。"

"嗯，我们同气连枝，怀抱着一样的目标，要做的事情并无改变。"

"对，要完成的任务是一样的，只不过受害者从真梨亚的替身变成真梨亚本人。而这原本就是主线。"

"只是案子的关键点不同，任务是一样的。"

"正因为关键，所以才要迎难而上。这就是推理的宿命。"

里子一边说着，一边望向神冈的眼睛。

两人互相点了点头。

接着，他们双双把视线投向了另一个人。

尾濑似乎已经做好了心理准备，他似乎放弃挣扎了，以混杂着叹息的声音说道：

"果然还是得这么办啊。"

说着，他像投降一样举起了双手。

里子往前迈了一步。

"当然了，尾濑先生，你是逃不掉的。你也是我们出色的——不，虽然算不上出色，但仍是我们的同伴。"

在这之后，神冈也走了上去。

"你懂的吧。事情之所以变成这样，都是因为你写了那个幕后剧本，是你把真正的真梨亚带到这个地方的。如果没有你的剧本，真梨亚也就不会来这里，也就是说，她也不会死去。你要意识到自己的责任。"

言毕，他伸出手指，比出枪的形状。

尾濑挠着后脑勺，满脸厌腻地说道：

"好好，我知道了。看来逃避责任是一件苦差事。嗯，我准备好了，很荣幸能够参加此次践行本格推理的任务。那么，任务的具体内容呢？先前我扮演尸体的时候，大概听到了一半。"

"本次的任务都在这里。这边总结了密室杀人和比拟杀人的概况。"

神冈把一本笔记递给了尾濑。

那是他刚才给里子看过的解释犯罪步骤的灵感笔记。

对于曾经担任神冈秘书的尾濑而言，这是再熟悉不过的东西，因此他很快就领会了。

"哦，原来如此。这个密室诡计是可以用。而且尸体上的刀的位置和角度只能判断为他杀，简直太幸运了。"

"对对，伤口在左肋靠近胸口的位置，刀刃以从下往上的角度刺入，自己刺是很困难的，也就是说，自杀的可能性极低，应该被视作他杀。"

"没错。"

"简直就像命中注定要完成一个充满魅力的杀人现场，我感觉自己现在充满了干劲。"

"运气真是不错。"

"运气什么的……"

"而且这个密室诡计还没在实际的作品中使用过，真是幸运。"

"啊，不好意思，近来的工作量追不上我的想法。"

"一般来讲作家的烦恼都是相反的吧。"

"悖论是推理小说的基础。"

"哦，还在犟。"

"少讲歪理，你都记住了吗?"

"啊，这不就是之前我提供的点子吗?"

"是有一部分吧。"

"难怪我一下子就记住了。"

"只是最初的一部分而已，剩下的都是我想出来的。"

"用不出来就没有意义了。"

"所以我们马上就用，来吧，开始!"

神冈从尾濑手里接过了笔记本。

"好吧，比起开会，更重要的是案发现场。对吧。"

尾濑边说边搓着双手。

两人似乎配合得相当默契，立刻着手开始实行。

剧本和表演是先前场景的重拍。图书馆的密室是施加比拟的陈尸现场。现场的道具早已准备就绪，在此处安置新尸体的过程，似乎跟全套盘下店铺后重新开张差不多。

"也就是说，就像把拉面店的店面改成寿司店一样。"

"说反了吧。应该是寿司店改成拉面店才对。"

听到神冈提出的反驳，里子即刻插话道:

"请把这种较真精神更多地用在写小说上。"

"啊，别松劲，尸体的腰快要碰到地面了。"

神冈呵斥尾濑。

为了制造真梨亚尸体的比拟杀人现场，三人正在苦心竭力地搬运。

由于搬运时必须保持刀插在侧腹上的状态，所以要尤其慎重。

神冈抬着右手，里子抬着左手，尾濑端着两个脚踝，小心翼翼地进入图书室，向着比拟现场进发。

由于神冈和里子是倒着走的，所以必须时刻留意脚下，动作也相应迟滞，独自捧着双脚的尾濑不堪重负，开始感到疲惫，肩膀也垂了下来。

　　"你瞧，尸体的屁股擦到地上了。"

　　神冈提醒道。

　　尾濑不情不愿地挺直腰杆。

　　"好好，能不能走快点。"

　　"我们这头也很重啊。"

　　"哦，因为有胸。"

　　"嗯，或许是这个原因。"

　　"什么啊！这是在讥讽我吗？"

　　里子气冲冲地把脚一跺，瞪向了两个男人。

　　神冈险些失去平衡。

　　"哇，别晃，拿稳点。"

　　尾濑也险些栽倒，勉强稳住了身形。

　　"真的呢，尸体的胸部摇来晃去，越来越重了。"

　　"等，等一下，别说了！"

　　"哇！"

　　"喂喂！"

　　这个光景与其说是在搬运尸体，倒更像是在抬神舆。

　　三人好不容易到达了目的地，开始了安置尸体的步骤。他们轻手轻脚地放下尸体，微调位置，确保悬挂在半空比拟《金甲虫》的圣甲虫恰好位于脸的上方，再往口袋、靴子和手套里插入比拟《失窃的信》的信封。

　　"还是真货好啊！"

神冈用陶醉的眼神俯视着这一切，自我称赞着比拟杀人的成果。

里子也在一旁低头看着。

"嗯，确实更好，毕竟尸体就应该是真正的女性，男扮女装的假货到底是没法比的。"

"喂，哪里比不上了？"

尾濑挤出女人的声音问道。

"胸部，嘿嘿，被我抢先了，"里子用小孩子的口吻回答，"而且，以这种样子站在尸体旁边，看起来倒像一种很新颖的游戏。"

她将目光仔仔细细地从尾濑的头打量到脚尖。

顶着一张男人的脸，脖子以下却是凌乱的女装造型，没人喜欢在杀人现场撞见这种类型。

"真是多管闲事，哦不，那可真谢谢您了，"尾濑调整了语气，"不过，正如两位所言，的确是这样比较好。那就按过来人的经验，浅谈一下我个人的看法，尸体并不是用来'处理'的，而是用来'观看'的。"

"很有说服力。"

神冈用力点头。

尾濑也点头回应。

"尤其是在这种比拟杀人的情况下，因为要用作展示，所以更应如此。嗯，真的很不错，爱伦·坡的比拟再加上乱步主题的组合也足够和谐。"

"哦，是吗？被你这么一夸，反倒让我有种不祥的预感，感觉这份赞美背后藏着什么代价。"

神冈微笑着口吐讥讽之言，一脸傲娇地歪着脑袋。

一直默默旁听的里子走了过来，拍了拍神冈的上臂。

"哎呀，我可以放心了。尾濑先生似乎也大体上给出了赞许，我原本就期望得到第三方的意见，像评论家那样的认可，要是反应不如预期，我都不知道该怎么办才好。毕竟，立志做本格推理的我要是被人看轻，那就糟透了。真是太好了。"

"唉，真不可信。"

"那是当然，不过，只要动手去做就能实现想象中的效果，这样看来，说不定还能做得更好，我也突然来了干劲。"

她把紧握成拳的双手举在眼前。

神冈则是一副战战兢兢的样子，伏下了略显困惑的眼睛。

"哇哇，好像要从竹之鞭升级成带刺铁丝的鞭子了。"

里子斜眼瞪了过去。

尾濑啪地一下拍了拍手，将注意力引向自己。

"我觉得神冈前辈，无论是比拟、密室还是诡计都做得非常不错。"

他在乱步主题的艺术品上跷着二郎腿坐了下来，语气有些凝重。

"但是不能忽视的是，本格推理小说还需要更重要的骨架。"

"瞧瞧，来了吧，看来果然还得付出代价啊。"

神冈不安地盯着对方。

尾濑露出黏腻的笑容，眼中闪着猫逗弄老鼠的光芒，只见他舔了舔嘴唇，从艺术品上站起身来。

"那就是解答，通过推理来解决案子，要是没了这个，那就不构成本格推理了。"

"没错，首先得有凶手，这倒有现成的，那就是我。"

神冈伸出食指指着自己的面孔。

尾濑带着嘲讽似的笑声说道：

"对，就是这样。指出凶手才是本格小说的基本，而本案的凶手就是神冈先生，感谢您的辛勤付出。"

"哪里哪里。"

"可是，本案的解答就只有神冈先生的自白吗？"

他的视线如藤蔓般紧紧缠络上来，发出的笑声也愈显黏腻。

神冈半张着嘴，过了数秒方才闭上，然后用力摇了摇头。

"不行不行，突然来段自白什么的。光是这样根本不像本格推理小说啊。这里需要有符合逻辑的推理才行。"

"说的也是，果然这才是本格推理小说的传统。"

"这才是王道，用逻辑推理指出凶手，也就是把我指出来。再以此为线索，勘破密室诡计之谜，让真相水落石出。"

"哦哦，这才是本格推理小说啊。"

"是吧。"

他得意扬扬地挺起胸膛，但脸色旋即附上了阴霾。

"呃，总有种感觉，不知不觉间，好像把自己逼到了墙角似的。"

"啊，这是前辈自己提议的吧，说什么需要逻辑推理。"

"嗯，这倒也是。那我就必须安排和准备这个过程了。"

"那是当然。"

"哎，要做的事情变多了，这不等于增加了工作量吗？"

"这不是嘴上哀号心中窃喜吧，这种情况已经是久违的了。"

"都是因为你说了这些，不知不觉就忙碌起来了。"

"毕竟我是前秘书嘛，还肩负着以经理人的身份接活的职责，或许就是这个原因。"

"关键时候拍拍屁股辞职走人，偏偏在这种时候见风使舵，哎，你也来帮忙逻辑推理吧。"

"啊，是要我出大纲吗？那可是要另外收费的哦，我现在是独立的剧本作家，不再是神冈先生的秘书了。"

"喂，你这见风使舵的家伙！算了，我自己想办法。"

"这才是推理作家的工作嘛。"

"哦，对了，就像之前的密室诡计一样，去翻翻之前写的灵感笔记吧。"

"真不愧是老江湖。"

"哼，就算脑袋没了，该动也得动。好吧，我会想办法的，办法总比困难多，总能行的！"

神冈用双手挠着头，大声喊出来似的说着。

尾濑在一旁气势十足地帮腔道：

"哟，本格推理大师。"

他鼓起掌来，岂止是半戏弄，简直全是揶揄。

神冈似乎已经破罐破摔了，学着舞台演员的模样张开双手。

"胜者为王，那只要得胜就好了。猪被挑唆都能上树，这不是很厉害吗？你见过能上树的猪吗？这才是神秘乃至奇迹的具现，这才是本格推理小说。"

他向前伸出右手，摆了个人亮相的动作，嘴里发出了莫名其妙的呼喊。

"好，神冈桐仁，神杀者，yes！扣杀！命中！"

现场似乎呈现出热闹的景象，欢声雷动，没有半点陈尸的杀人现场的影子，就连室内的空气都翻腾着热流。

或许是被这猛烈的热风席卷的缘故，里子的脸涨得通红，眼睛闪闪发亮。

"就是这个，这个创作现场的热气，像是要吹走不景气的热风——不，是冲击波，这才是我求索至今的东西。"

她吐露出好似疟疾病人的呓语，但能量的确填满了全身。

里子摊开双手走上前去。

"密室杀人，比拟现场，逻辑推理。啊，这才是本格推理小说的妙趣，以及王道所在。以传统为基石，开辟出独创的道路。遵循过去的规定，创造出新的写法。这番痛苦试炼的成果才是本格推理啊。"

"与其说是痛苦，不如说是疯狂。"

神冈言之凿凿地说道。

"疯狂？"

里子鹦鹉学舌似的应了一句。

神冈用力地点了点头。

"没错，这是疯狂的创造，必须通晓推理界前辈留下的众多灵感，必须时刻关注过去。但在此基础上还必须投入心血创造新的点子。必须勇往直前。就像是，一边回头望着背后，一边不顾一切地向前疾驱。"

"这岂不是很危险。"

"是啊，很危险，但我还是要做。"

"要是我在大街上看到这样的人……只能说是疯了，但搞不好还有几分可爱……啊，疯得可爱。"

"是吧，这很疯狂。但正因为如此，才会望着背后一路向前狂奔。"

"眼睛向后看，是只看过去吗？"

"不，必须望见全局，所以要全方位地看，看到过去，看到现在，看到将来。"

"这太难了，不知道能不能做到。"

"正因为如此，本格推理小说才有了奇迹之名。"

神冈凝望着虚空说道。

里子一步又一步地往前走，斜向穿过客厅，来到了东侧的壁炉旁，然后转过身，停下了脚步。

"眼观全局，扭头向后，往前奔跑……"

她像念咒似的重复了两遍。

接着她蓦然扭过头，把脸转向后方，就这样深深地吸了口气，然后又念叨了一遍：

"眼观全局，扭头向后，往前奔跑。"

她像决心已定似的抬了抬脚后跟，双手按在腰间，倾斜上身，释放了膝盖的力量。

里子起跑了。

脚步向前，脑袋向后。

目视身后，冲向前方。

她斜穿客厅，沿着对角线的路径，勉力维持着平衡狂奔。

"哇啊!"

随后传来了惨叫般的声音。

"这，这就是本格推理啊!"

以及感叹的喊声。

她就这样撞上了西侧的墙壁，似乎没能把握住刹住脚步的时机。

里子宛如昆虫标本般贴在了空无一物的白色墙壁上，就这样缓缓跪倒，瘫倒在地，唯有双手的指甲懊恼地抠着墙壁。

"本格推理，真的很痛。"

她把脸贴在墙壁上喃喃地道。

然而，一抹微笑正挂在她的侧脸之上，荡漾着感知到诀窍的喜悦。

尾濑观望着她的样子，冷笑着说：

"一个人玩得很开心啊。"

神冈跑了过去，眼神中流露出担心。

"喂，你没事吧？这样与其说是本格推理，倒不如说是傻瓜之壁吧。"

"是啊，不过我有了一个点子。"

或许是不服输的天性使然，她一边揉着撞到的肩膀，一边表现出刚毅的态度。

"所谓的解谜就像打破难攻不落的墙壁一样，是一项高水准的工作。"

"这个比喻确实不错，名为谜题的壁障。"

"是啊，这面墙让我意识到了一件事。"

神冈两眼放光地说道。

"意识到什么了？"

"本格推理需要配上解谜专家，必须找到有此神技的人。"

尾濑把头一抬。

"名侦探吗？"

"是的。"

里子应道。

然后，三人面面相觑，同时点了点头。

十五

“我觉得还是需要侦探。用逻辑推理解开谜题的名侦探。”

里子边说边站起身来，用指尖戳了戳脑袋。

神冈也跟着站起身来。

“嗯，说起本格推理，名侦探是必不可少的。”

“对，报警之前果然还得先找侦探呢，”尾濑也没有异议，抬头看向了天空，“要是警察中也有这样的名侦探就好了，但似乎指望不上啊。”

“嗯，对啊，”里子不满地噘起嘴巴，“警察应该会大举出动吧。侦探对决凶手，这种个人战的气氛就没有了，根本不像本格推理。”

尾濑带着冷笑，劝诫似的说道：

“不，相比这个，最先进的科学调查应该会优先进行吧，很可能逻辑推理都没登场的机会，案子就已经解决了。这岂不是更成问题吗？”

“这我当然知道。除了这些客观的理由之外，我还要从现场的情况出发，再加上一条。”

“还有一条？”

“对啊，这是有理由的，那就是我们的人数，是三个人吧？”

里子指了指自己，又指了指神冈和尾濑。

神冈和尾濑对视了一眼，对里子投去了讶异的目光。

“哦哦，对啊，三个人又怎样？”

“这是关于‘谁是凶手’的问题。嫌疑人有三个，这是侦探小说能够成立的最低人数。要是两个人的话，与其说谁是凶手，不如说哪边是凶手，比起 who，which 的感觉还要更强一些。就像《谁杀了她》这样的作品，两个人的话，与其说是侦探小说，倒不如说是终极的二选一这般特殊的主题。"

"原来如此，侦探小说要有三个人。"

"对，神冈先生起初自然会隐瞒自己是凶手的事实。再加上尾濑先生和我，这样便能看成是三个嫌疑人了。所以侦探小说的构想可以成立。找个名侦探登场是最合适的，不是吗？"

"对，名侦探的本行就是找出真凶，为此最少要准备三个嫌疑人。"

神冈竖起了三根手指。

尾濑也使劲点了点头。

"反过来讲，正因为有了三个嫌疑人，才需要名侦探，双方是互相需要的关系。"

"所以说，三个人凑在一起就是一部侦探小说。"

里子斩钉截铁地说道，眼睛盯向了两个男人。

而神冈和尾濑也以同样闪亮的视线回应着她。三人仰起了头，像三剑客的剑一样对视着。

里子得到了认可，似乎心情大好，她抓起神冈的胳膊一通摇晃。

"要是现在写的作品能成书出版，就邀请那位名侦探写篇推荐文吧。"

"原来是这样的打算。"

"嗯，那是当然。解决了本案的名侦探，获得了如此辉煌成绩的名侦探，居然写下了'连我这样的名侦探，在这本推理小说面前也只能甘拜下风。佩服！'之类的话，怎么样？"

"能说出'连我这样的'这种话的人，我觉得不怎么值得敬佩。"

"哎呀，刚才就只是举个例子，我们还是应该积极一点。"

里子注视着虚空中的一点，好似看到了写有名侦探推荐文的腰封。

可她立刻摇了摇头，从脑海中抹去了腰封的幻影。

"既然决定好了，那就执行具体的操作吧。"

里子紧握拳头，深深地吸了口气，压抑着自己激动的心情。

"那该找谁呢？在网上搜索名侦探吧。"

说着，她从口袋里掏出了手机。

尾濑面露冷笑。

"就算搜索，也只能找到推理小说里的名侦探。我们需要的是真货。在现实世界中，那些自称名侦探的人，会在名片上印名侦探的头衔吗？"

"就好像在名片上印了'间谍'，立即暴露身份的傻瓜一样。你在说什么呢？"

"是里子小姐先说的吧。"

尾濑赌气似的说。

"名片上印'干练刑警'的刑警也有问题吧。"

神冈插了句话。

"你们两个都给我好好干！"

里子像幼儿园老师似的责备道。

神冈挠着头说：

"哎呀，不好意思。唔，从数不清的私家侦探和信用调查所中找人恐怕很难。毕竟我们要挑选的不是擅长跟踪和蹲守的侦探，而是擅长逻辑推理的侦探。"

"是啊，反过来讲，只要具备这方面的能力，其他不行也无所谓。但话说回来，这样的人去做私家侦探能吃得上饭吗？"

里子困窘地瞪着圆溜溜的眼睛。

"啊，啊啊！"

突然，尾濑发出了绝不像他的兴奋之声。

"哦，对啊，不一定非要以侦探为职业，是侦探的角色就行。只需具备逻辑推理能力，有面对诡计和解谜的才智与好奇心，让这样的人当侦探就可以了吧。"

他的语气里充满了自信。

里子圆溜溜的眼睛闪闪发光。

"不是职业侦探，而是业余侦探啊。本格推理小说中的侦探大多数都是这样的人。原来如此，与其说是侦探，倒不如说是扮演侦探的角色，这样不是挺好的吗？更何况我和尾濑先生也是扮演嫌疑人的角色。"

神冈摸了摸鼻子，有些害羞地说：

"而我不是角色，我是真正的凶手。不过就这样吧。那么，关于那个扮演侦探角色的人，尾濑，你好像有眉目了哦。"

"对，就是那家伙，哦不，是那个人。"

"嗯，你说了那个，难不成是那个人吗？"

神冈眯起了眼睛。

尾濑苦笑着点了点头：

"说对了，还得是那个人。"

"哎，果然。"

"哦，看你那混杂着期待和厌恶的表情我就懂了，但你不觉得他很适合这个角色吗？"

"嗯，没错，非常合适。我再也想不出其他的人了。"

他露出了姑且认同的表情。

跟不上谈话的里子似乎面露愠色。

"喂，喂，那家伙指的是谁？"

她逼近了两人。

神冈和尾濑互相点了点头，异口同声地给出了答案。

"千石光也。"

他们报出了同一个人的名字。

数秒钟后——

"那是谁？"

里子问道。

尾濑用平静的语气回答：

"嗯，你不知道也是自然的，毕竟他的本职工作也很小众。"

神冈补充道：

"他的本职工作是导演，主要做的是所谓的小剧场喜剧。原本是演员，受伤后才转行干了导演，积累了一定的成绩。嗯，就是那种只有圈内人才认识的人，但遗憾的是，我并不认识那个圈子里的人。"

"神冈先生和我都不是通过戏剧结识千石的，而是因为他是我们大学推理研究会的前辈。"

他学着老外的模样摊开双手耸了耸肩。

"然后呢？他熟谙推理小说，擅长逻辑推演，难不成过去也解决过疑难案件，被警察们高看一眼吗？"

里子不住地眨着眼。

"只猜对了前半部分，虽然他在逻辑推理方面很出色，但并没有被警察高看一眼，而是被重点盯梢了。"

"对，"神冈跟进道，"虽然不是凶杀案，他也曾指出禁药失窃案的犯人，并巧妙地破解了复杂的犯案手段。只是后来那个盗窃犯二进宫时，供出了分发药物的同伙，其中就包括千石。嗯，他倒也不是上瘾，只是出于兴趣而已。"

"可以说是个有前科的侦探吧。不过像莱克特博士①那样的名侦探也是可能的。"

"那人不会咬人，或者吃掉人的某个部位吧？"

里子有些忐忑地追问了一句。

神冈哈哈笑道：

"嗯，确实会咬人，不过指的是跟别人说话时会咬文嚼字。"

"最多就是嘴巴比较厉害，会说些目中无人的发言。不过正如我刚才说的那样，他原本是演员，所以扮演侦探再合适不过了。"

"对。而且他还是导演，现场处理能力和适应能力应该也足够强大。"

"把案发现场当作舞台处理，而且还是主演，以尸体为对象，这不就相当于太平间的劳伦斯·奥利弗吗？"

说着，尾濑哼笑了一声。

两人又进一步描述了人物形象和简介，内容如下所述——

千石光也，现年五十出头，或许已离六旬不远。即便上网搜索，网页上显示的年龄也各不相同，似乎每次接活时都按对己有利的申报，结果导致了数据混乱。

他是A大推理研究会的成员，比神冈和尾濑年长十岁左右。他们在偶尔举办的校友会上结识。后来，在神冈和尾濑的作品影像

---

① 指汉尼拔·莱克特博士，《沉默的羔羊》中的著名反派。

化的过程中，与千石所属的剧团在临时演员方面多有合作，遂保持了距离微妙的交流。当然了，他们也会在推理小说的相关活动乃至旧书集市上碰面，有时还会一起聚餐。

千石原本立志拍摄推理电视剧，求职时去了电视台，但全以失败告终，也没有被其他行业录用。于是他一边打工，一边加入了某个剧团。

起初他从事演员工作，但因为在打工的建筑工地受了伤，演不了动作戏，故而转到幕后，踏上了导演的道路。或许是原本就小有才能，再加上运气和努力，他逐渐崭露头角，在小剧场领域成长为小有名气的导演，一直干到了现在。

尾濑虽然显得十分快活，却皱了皱鼻子，说道：

"千石先生这个人总是傲慢自大，自我中心，而且从不把人放在眼里，非常适合这个角色。"

"对，就像电视剧里挑剔的婆婆一样。"

神冈带着微笑皱起了眉头。

唯有里子显得颇为不安。

"他的个性就这么讨人嫌吗？"

"没办法啊。"

神冈突起下唇说道。

"他可是扮演名侦探的角色，想想福尔摩斯吧，他总是讥嘲地说'这可是基础哦，华生'。换作我是华生，早就跟他绝交了。"

尾濑也表示了认同。

"对，因为是推理研究会前后辈的关系，没办法才跟他打交道的。"

"真是孽缘啊，就像发酵的丝线一样缠络在了一起。"

里子的表情黯淡下来。

"哎，那这算是朋友关系吗？"

面对这个简单的问题，神冈用自然的口吻说：

"这在推理圈中是常有的事。"

"放眼整个业界，这并不是什么新鲜事吧。"

尾濑也表示了赞同，就这样耸了耸肩。

里子圆溜溜的眼睛里闪烁着不安的神色，小心翼翼地说：

"是吗？那今后我会留意观察的。"

尾濑竖起了食指。

"嗯，业内的人际关系非常重要。"

"说到重要的事情——"里子冷静了下来，"话说这位千石光也先生愿意接下侦探的角色吗？还有最根本的一点，他能来这里吗？"

她一脸认真地问道。

于是，尾濑露出了酷吏般狡猾的表情。

"会来的，我会让他来的。首先时间上应该没有问题，他最近没有演出，所以不会因工作抽不开身，整天无所事事。前几天刚听校友会的干事说，闲得无聊的千石先生想为纪念推理研究会成立七十周年搞一幕文士剧忠臣藏①，邀请他碰头喝一杯，被他婉言谢绝了。"

神冈又皱起了眉头。

"什么七十周年，不是八年以后的事吗？再说了，文士剧忠臣藏，要凑足四十七个人吧，我们推研出身的作家哪有这么多。"

---

① 文士剧是以作家、新闻杂志记者等文学家为中心上演的业余戏剧。《忠臣藏》，全名《仮名手本忠臣藏》，日本传统歌舞伎，讲的是赤穗四十七义士为主君复仇的故事。

"好像是在社团杂志上投过稿的都算。"

"啥意思，这不就是所有人吗？算什么文士剧啊？"

"看样子千石先生闲得很。"

"嗯，他基本上都很闲。"

"没错，我考虑到了这点，才提了千石的名，"尾濑撇着嘴角笑道，"即便他临时有个聚会或者其他安排，也可以直接把他叫到这里，反正他还是单身。"

"记得他上没老下没小，父母都已经去世了。"

"对，他的家庭没有不幸。"

"放心吧，那就让他掺和进我们的不幸。"

"是啊，这边优先。"

尾濑理所当然地断言道。

里子再次提问：

"好吧，我知道他很闲，但仅凭这点就能把他叫来吗？"

"可以。"

尾濑即刻应道，他煞有介事地原地转了一圈，然后竖起食指说道：

"那得靠女人的力量。"

"我？不会吧？啊，尾濑先生……"

她狐疑地打量着女装的尾濑。

"不是我！"尾濑咂了咂嘴，用强硬的语气说道，"所谓女人的力量，指的是真梨亚小姐。"

他转向了图书室的方向，像是对尸体做礼拜般垂着头说：

"谢谢你，我亲爱的女人。哪怕死了，还能为我效力。"

"啥？"神冈插了句嘴，"明明只是贪恋肉体的好色之徒。"

"说什么呢，真梨亚小姐也是存心利用我们，有水就有鱼，一个处于上升期的编剧，在演艺圈就一定有着巨大的影响力。"

"不好意思，我这边是在走下坡路。"

"好了好了，这种时候就别唧唧歪歪了。让我们合作解决迫在眉睫的问题吧。据说真梨亚小姐为了在演艺圈建立人脉而四处奔走，前辈不过是其中的一个资助者而已。"

"说啥呢，这方面也在走下坡路。"

"这可不是值得自豪的事，前辈不是送了她车子和戒指吗?"

"对啊，快被榨干了。最近哪怕她求着我买，我也拿不出钱，所以关系就冷了下去。老实说，我也受够了。"

"真梨亚觉察到了神冈先生变了心，想在分手前再狠狠地榨取一番。"

"别说得那么直白啊，搞得我好像冤大头似的。"

"这样的冤大头还有一个哦。"

"冤大头，这可是你自己说的。"

"嗯，顺应谈话的内容，那就换个说法吧。不是冤大头，而是受害者之一。"

"你说的是千石先生吧。"

"原来你早就知道了。"

"算是吧，或许是为了煽动我的嫉妒心，真梨亚曾暗示过自己和千石先生的关系。"

"嗯，那个人在圈子里还是很有名的，和演艺圈的大人物都有交集。"

"可是大部分关系都断了，或者存在裂痕。"

"就是这么回事。所以真梨亚小姐很快就甩了他，而且还掌握了他的秘密。"

"嗯？掌握了什么证据吗？"

"没错，就在这里。"

尾濑走向沙发，从真梨亚的链条包里拿出手机，用手指划了几下，然后露出了刻薄的笑容。

"瞧，就是这个。"

"哇，千石先生被偷拍了吗？喂，不要有那种部位的特写啊。"

神冈恐惧地脱口而出。

"让我看看让我看看。"里子冲了过去，圆溜溜的眼睛闪着光亮，然后——

"什，什么啊。别给我看这个。"

她扭过了脸，好似要抹去记忆般不停地甩着头，接着从手指间露出了含着泪的眼睛。

"这究竟是什么东西。"

"斯波克。"

尾濑说道，嘴角充满了嘲笑。

里子面露讶异之色。

"啊，斯波克？是《星际迷航》吗？在那个科幻电影里登场的斯波克先生……完全不一样好吧。"

"嗯，不过正如你所见的那样。"

"我不想看，啊啊，别拿过来。"

尾濑向前伸出了手机。

"瞧，就像幼儿园小孩穿的那种罩衫，英语是 smock，剥光光，简称'斯波克'。"

"这是啥游戏？"

"没错，幼儿园小孩和保育员的角色扮演游戏。"

"很流行吗?"

"不，只是千石先生限定，而且愿意扮演保育员的女性也很难找吧。"

"当然了。"

"这种东西可不想被公开吧，"神冈再度端详起了照片，"罩衣外边挂着一块手帕名牌，上边是用平假名写的'千石光也'。"

说着，他用两根手指放大了图片。

尾濑得意地晃了晃手机。

"我会附上其中的一封，以真梨亚小姐的名义发给千石先生，就说有要事商量，什么都不要问，也不许跟任何人提起。请尽快赶到。"

"那他当然会来了，这已经是命令了吧。又或者说，相当于遭到了真梨亚的胁迫。"

"就是这么回事，来了之后，让他和尸体面对面吧。"

里子立即插嘴道:

"要是他看到尸体后，马上说要报警该怎么办?"

她的不安立即被神冈打消了。

"所以千石的前科在这里就派上用场了，他平时就极度厌恶和警察打交道，这样一来，哪怕在杀人现场，怀疑的目光也只会指向他自己。"

"嗯，再加上刚才的照片。原来如此，他不得不接下侦探这个角色。"

"而且他一定很想去演。他就是那种人，早就染上了喜欢出风头的戏剧人体质。"

"哇，二重、三重的束缚，真是最完美的人选。"

"也就是天选之子嘛。"

"天坑之子还差不多。"

"也可以说是掉进坑里了，在解开谜题之前，他没法离开这里。"

"啊，想走也走不掉，这就像是暴风雪山庄，活脱脱的本格推理啊。"

"对吧，就是心理上的暴风雪山庄。"

神冈笑着说道。

在两人交谈的同时，尾濑正事不宜迟地发着短信。

少顷，千石的回信就发来了。

尾濑盯着手机屏幕，脸上浮现出不怀好意的笑容。

"哈哈！千石先生看起来相当慌张呢。"

"那还用说。"

神冈也露出了酷吏般的笑容。

"反正闲着也是闲着。"

"听说他从中午开始就一直在看 CS 频道的大河剧，以防万一我又确认了一下，包括快递在内的访客都没有哦，真是无聊到死。"

"要是以真梨亚的名义给他看这张照片的话，很多事情都能顺利解决，简直再好不过，就连无聊也能烟消云散。"

"听说他马上就赶过来，从立川市内出发，坐电车大概三十分钟吧。"

"或许他并不认识从车站到这里的路吧。这几年由于地域开发的缘故，景观变化很大。"

"哦，这个没问题。我已经指定了会面地点，待会儿开车去接他过来。"

"嗯，拜托了。"

"你就穿成这样去？"

"怎么可能，我会换衣服的。"

尾濑走向玄关附近的杂物间，去取放在那里的随身物品。

神冈拍了拍手。

"在名侦探到访之前，我得去准备好逻辑推理的线索。"

言毕，他走向了书房。

里子挥舞着手帕欢送着两位策划者。

"加油哦，我也会努力塑造角色的。"

她正为下一幕戏的准备雀跃不已。

十六

二十分钟过后。

"真是的，你终于打扮得像个正常人了。"

里子说道。

"不过现在早已不是什么正常状况了。"

尾濑回应道。他已经脱掉了女装，换上了自己的衣服。棕色皮夹克，白色衬衫，再配上灰色的法兰绒裤子，完全是男人的模样。

他摩擦着自己的大腿。

"不再滑溜溜的，真是太好了。"

说着，尾濑用鼻子发出了呼噜呼噜的声音。

"而且——"

他刚一开口，里子就迅速伸出右手挡在了尾濑的嘴前，打断了他的话。

"够了，请你闭嘴。"

里子绷着脸别过了头。

神冈从半开的图书室门里探出头说：

"好，我这边已经准备妥当了，从灵感笔记中挑选了点子，根据目前的状况进行了调整。"

他边说边把门完全打了开来。

尾濑刻薄地笑了笑。

"哦，前辈，你的本事比以往任何时候都要高明，人被逼急了就是不一样。"

"是啊，希望写稿子时也能这样。"

里子回应道。

神冈面带不悦，眼中却闪烁着一种挑衅的光芒。

"听好了，我设置了这几条线索。"

说完这句，他面带得意之色，像酒店的侍者一般指向了图书室的内部。

里子和尾濑扮演着客人的模样，挺直脊背大摇大摆地走了进去。

接着，神冈举起了那本笔记。

"关于准备好的线索和逻辑推理的计划，我已经一一罗列在了这里，你们两个轮流阅读一遍，同时确认一下实物。"

言毕，他先将笔记递给了里子。

里子一边读着笔记，一边跟在带路的神冈背后，一旁的尾濑像乌龟一样伸长脖子窥视着笔记，这副模样令人联想到了小学社会课的参观活动。

天花板上的吊灯已经熄灭，取而代之的是东墙的壁灯，形状为半球形，直径相当于拖车的轮子，与吊灯相比，亮度显然差了很多。

"小心点慢慢走，保持现场完整是原则。"

神冈叮嘱道。

"哇，居然能听到你说出这么正经的话，看来真的很努力呢，"里子的话声里混杂着惊诧，"喂喂，你该不会在耍什么阴谋诡计吧。应该是为了达成目的才摆出的正经样子。"

"不管做什么，理论武装都很重要。"

"那这里就是逻辑的要塞。"

"神冈先生为了能导出正确的逻辑推理，设置了各种线索，对吧？"

"你自己看吧。"

说着，他走向房间深处，指向了东边的墙壁。

这里自然也排满了书架。

在书架夹缝的地方靠墙摆放着一个收纳柜，上层是玻璃柜，陈列着一些小饰品和纪念品。此处也能看到几只圣甲虫，与比拟用的那只颜色不同，形状和样式都一样。

里子指着这些东西说：

"这里边的金色圣甲虫被用作比拟，对吧。"

"没错，还有呢，看看这里。"

神冈指了指齐胸高的玻璃柜的下层，大约在膝盖附近。

那里摆放着便签本和笔筒。

笔筒是模仿大象样式的陶制品，上边插着十多支笔和小尺子。

神冈弯下腰伸手去取，戴着手套的指尖轻轻捏住了某个黑色的物件，乍一看是一支圆珠笔。

"这个是指示杆。喏，就是教授展示研究成果或者公司职员做演示的时候，用来指向屏幕的东西。"

说着，神冈的双手左右张开，圆珠笔化作一根一米长的银色笔杆。

神冈再次将笔缩回原来的长度。

"笔尖的另一头，这个地方可以当作手电，瞧。"

说着，他轻轻拧了一下，前端射出了光束。

里子一边伸手遮挡着光，一边说：

"那块红色的东西，是血迹吧。"

她指向了指示杆。

在灯光附近有个约一日元硬币大小的红色污斑，推测是用手指接触时附着上去的。

"哦哦，没错。为了不让它消失，我一直小心地拿着，刚才就差点碰到，还是放回原位吧，保持现场完整是很重要的。"

说着，神冈把指示杆放回了原先的笔筒，接着往前走了三米。

同侧墙边摆着一个落地灯，约有两米高，形状像竖立的箭头，顶部的白色伞形灯罩包围着灯泡。

"现在我把这个打开。"

他边说边打开了落地灯的开关。

黯淡的灯光似雾霭般散开。

"然后——"

神冈退回到入口附近，站在了嵌入东墙的壁灯前，白色的半球形灯罩发出光亮。

"把这边的灯关掉。"

神冈关掉了壁灯。

整个房间仿佛沉入了黄昏。

里子站在陈列着圣甲虫的收纳柜前，用困扰的声音说：

"灯光照射不到这边，太暗了，看不清楚。"

"嗯，这样就可以了，这个现场的状况非常重要，听好了，真梨亚在这个图书室的时候，以及她的尸体被发现的时候，照明就设定为这样的状况。"

说着，他满意地抱着胳膊，转过身去，沿着室内的对角线走动起来，然后把手按在了门边的墙上。

开关按下，枝形吊灯亮了起来，室内顿时变得明亮，令人产生了时光飞逝的错觉。

光线洒满窗外，甚至照射到了庭院，能清晰看到灌木树叶的轮廓。靠近建筑物的地方仿佛沐浴在阳光下，晴空万里。

客厅里也是一样的光景，庭院的光亮通过常开着门的陈列室窗户透了进来，图书室的吊灯亮与不亮一目了然，若是傍晚以后就更明显了。

"果然很亮啊。"

神冈出了门，走进了客厅，环顾四周确认了一圈后，满意地点了点头。

接着，他又回到了图书室。就在这时，他从客厅的带轮小桌上拿了一个饼干盒。

"小里，这个我要了哦。"

"哦，请便。反正已经开封了，也向上司报告过了。"

她的语气中夹杂着些许自暴自弃。

神冈拿起一个环形的饼干送进嘴里。

"那我就不客气咯。"

说完，他向着房间深处走去。

接着，他在壁灯的墙壁跟前把饼干盒翻了个底朝天，饼干转瞬间撒了一地。

看到这一幕的里子只能"啊，啊"叫个不停。

"我明白你想说这也太浪费了，但这个方法本身还是挺有效的，这就是弃车保帅的实例，也是对食物的感恩。"

神冈对撒在地上的饼干表示了谢意，就这样行了个礼。

他又晃了晃手里的空盒子，把饼干屑也抖了个干干净净，然后轻巧地抛下盒子，任其滚落在地。

"搞定。"

说着，他从地板上拾起一把饼干，从壁灯底下走到中间那张大桌的旁边，每走一步就扔下几片饼干。

"嗯，就这样吧。"

他耸了耸肩，挥动双手，抖落了附着在手套上的饼干屑。

接着他前往了西边的角落。

里子已经抢先一步在此等候，她用恶作剧般的眼神看了过来。

"这是很重要的线索吧。"

"指的是涂了清漆的地方吧。正好是我午后刚涂的，能派上用场真是太好了。为了去掉马克笔的污斑，我用砂纸打磨了一番，结果只有磨过的地方变白，看着挺奇怪，有些扎眼，我就涂了清漆，没想到可以在犯罪现场派上用处。"

"嗯，你为了转换心情，做了一些不大习惯的事呢。"

"啥叫不大习惯？我以前可是立志考美大的，所以才这么熟练。"

"所谓不习惯，就是没能考上美大的双关罢了。"

"啊，借口倒是找得挺快，喂，你这话我可不能当作没听

159

到啊。"

里子一边用手扇着风，一边说道：

"好了好了，好不容易涂上的清漆确实发挥了作用，真是毫不浪费的杀人啊。"

言毕，她吐了吐舌头，欲盖弥彰地笑了笑。

两人讨论的涂了清漆的位置，位于房间西侧一隅，右侧是墙，左侧是书架。这个缝隙约三十厘米宽。

涂有清漆的位置在左侧书架的侧边，并非整个面，而是下半边的位置，约莫和膝盖的高度相当，面积大致等于一张 A4 纸。在带木纹的书架一侧，唯有涂了清漆的部分异样地反射着光，漆还没有干。倘若靠近，就能闻到空气中飘着清漆的刺鼻气味。

"这三条痕迹很重要吧？"

里子瞪圆了眼睛问道。

清漆的表面有三道划痕般的条纹，是被某物擦过的细长痕迹，虽然不到十厘米，但长度和方向都不一致。

神冈的脸上浮现出目中无人的笑容：

"对，小里，你没有错过关键点哦。"

他显得十分快活。

就在这时，一个声音从房间的另一头飘来。

"话说这边的这个也是线索吧。"

尾濑隔着房间中央的桌子喊道。

神冈和里子朝着那里看了过去。

桌面上放着一个托盘，上头摆着十来个玻璃杯，都是随处可见的普通样式，旁边放着真梨亚的装有日本茶的塑料瓶。瓶里的水几乎没有减少的痕迹。

尾濑一边抬着下巴点数，一边说道：

"总共有七个杯子是湿的，上边还留有水滴，记得真梨亚被杀之前，这杯子并没有湿。杯子的数量应该是这样没错吧？"

他用讽刺的口吻问道。

对此，神冈配合似的说道：

"嗯，够了。事实上我真的试过了。要是你不放心，还能再试一次。小心谨慎总不会错，来吧来吧。"

"不，既然前辈试过了肯定没错，算了，还是稳妥一点。"

尾濑边说边在眼前摊开双手，露出浅浅的笑容。

"哎呀，险些忘了。"

说着，神冈从桌上拿起一块白色的抹布。抹布湿漉漉的，攥在手里就能挤出水滴。确认完毕后，他拿着抹布往前走去。

前方是比拟的现场，只见他用抹布包裹住吊着的圣甲虫，停留了数秒后取了下来。

被水濡湿的圣甲虫滴着水，落到了地板之上。

神冈往后退了一步，看着眼前的景象，满意地点了点头。他称心地转身回到桌旁，放下抹布，然后看向了尾濑。

"我刚才注意到你的脸上满是汗水。"

"于是你就联想到了应该进行的操作，看来我的脸还是挺有用的。"

尾濑脸上挂着卖了人情的微笑。

神冈哼了一声。

"别给我说什么'水灵灵的男人'之类的话。"

"怎么可能，这也太老套了。"

"神冈前辈的叫法难道不老套？"

"也不必这么跳脱吧。"

尾濑露出了刻薄的苦笑。

一个无忧无虑的声音插入了两人中间。

"这个冷水瓶是德国产的吧。"

里子的话声里夹杂着笑声。

在她面前的桌子上，摆着一个奇形怪状的玻璃冷水瓶。

冷水瓶是大烧瓶的形状，上半是圆柱形的颈部，下半是圆锥形，像裙子一样向下展开。高度相当于一升瓶，圆柱颈部的直径约为十厘米，圆锥底部的直径约为三十厘米，底部呈弯曲状。此刻，水已经注到了瓶颈的根部。

神冈回答道：

"对，德国慕尼黑的玻璃工坊做了很多造型独特的冷水瓶，这就是其中之一，据说养章鱼会很有趣。"

"看它爬到哪里，用来占卜是吧。"

"就是那种感觉，养水母也好看，不过我讨厌这种麻烦的生物。"

"那么人造水母呢？"

里子指向了放在烧瓶旁边的铝盘。

那里躺着几只水母，都是展示用的模型，似乎像是水族馆的装饰品，可以随着水流漂浮，令冷水瓶变得华丽。

"很能缓和气氛啊，水流的话只要用这个就够了。"

她指着与水母躺在一起的胶囊状物体，那是个玩具水下马达，顶端装有螺旋桨，可以吸附在塑料模型的潜水艇上当玩具用。

神冈打算用这个装置制造水流，让水母游起来。

里子似乎正在想象那个场面，只见她颤抖着脸颊，在硬忍着大笑的冲动。

"哦，神冈先生一边让水母在这个烧瓶里游泳，一边用它来治愈写作的疲劳是吧。"

"嗯，真的能治愈哦。"

神冈一本正经地说道。

在透明玻璃的对面，里子那笑盈盈的脸映入眼帘，仿佛她整个人都沉入了烧瓶之中。

然后那张笑脸开口说道：

"烧瓶的内侧明显有血迹。"

"当然，是我小心翼翼弄上去的。"

神冈透过玻璃以微笑回应。

烧瓶的上部，圆柱形颈部的内侧有一块鲜红的血迹。

尾濑的声音插了进来：

"这边也有血呢。"

他站在东侧墙壁的书架旁边，高举着一本书。

那是一本硬皮封面的厚书，上边写着《夏洛克·福尔摩斯冒险史》，字号颇大，开本是 B5 的大尺寸。

尾濑用右手吃力地举着，左手指向了从书脊到封底的下端。

果然如此，上边可以窥见小小的红色污斑。

他又翻开了书页。

"还有，这也是，这是擦拭手套上的血迹的痕迹。"

他像拉洋片一样，从书的背后解说道。

在翻开的页面上掠过了数条红线，好似要抹消掉上面的铅字。

神冈靠了过去。

"就是擦了两三下手，因为手夹在了书里，所以对开的书页就染成了红色。"

"早知道就改成《红发会》的页面嘛，这里不是《歪唇男人》吗?"

"不，要是选择《红发会》，看起来就太刻意了。而且再加上《歪唇男人》的页面正好在书的正中间，于是便选了这篇。"

"啊，也是。如果为了擦手而打开书本，翻开的往往是正中间的那页，可以理解。"

尾濑使劲地点了点头。

就在这时，里子伸出双手走了过来。

"啊，借用一下。"

她从尾濑手里接过了书，将其摆在了房间中央的桌子上。

她扫了一眼桌面。

"啊，有了，"她把《夏洛克·福尔摩斯冒险史》轻轻地挪到了桌子旁边，又说了一声，"刚好合适。"

里子指着书的封底下端。

桌面上也有一小块红色的污斑，一边呈直角状。

"这是把书放在桌上的痕迹，对吧? 污斑的形状也差不多。"

里子侧过了脸，瞄着书本和桌子间的空隙。

神冈也把视线转向了红色的痕迹，嘴里说着:

"这本书的书角被印上了红色吧? 这是福尔摩斯喜欢的线索。"

"还有福尔摩斯的哥哥。"

"微软是吧。"

"迈克洛夫特。"

里子一字一顿口齿清晰地回答完毕后，转身离开桌子，把书插回书架。那是摆放着许多"福尔摩斯"系列书籍的一隅。

神冈拍了拍手。

"好，大致情况你们也都看到了，从这些线索中，名侦探千石光也会发现恰当的线索，构建逻辑推理，从而指出凶手——也就是我。然后，他再说出以密室诡计为首的案件真相。"

"案件真相和展开是怎样的设定呢？"

里子兴致高涨，眼睛里充满了光亮。

"接下来我会详细说明。"

神冈扬扬得意地抬起了头。

"听好了，首先，案件状况的设定是这样的，表面上，嫌疑人是我们三个。"

"对，三个人凑在一起就是侦探小说。"

里子伸出三根手指举在空中。

神冈也跟着伸出了三根手指。

"听好了，杀人案的状况是这样设定的，首先，从四点左右开始，这座宅邸就只有我们三个，是吧？我当然在，里子当然也在。"

"对，我在，正被你使唤来使唤去，一会儿泡红茶，一会儿打扫卫生。"

"嗯，我也 OK，"尾濑点了点头，"事实上，当时我在宅邸外边，正在车里换女人的衣服。但这部分设定应该没必要吧。"

他像人妖一样把手捂在嘴边。

神冈继续说：

"嗯，似乎没有问题，我们三个四点的时候都在这间宅子里，就是这样的设定。然后，大概六点半的时候，真梨亚来了，我和她爆发争吵，一度闹得不可开交。在那个时候，真梨亚用刀划破了客厅的墙壁。"

"墙上有洞，还有划伤，其中之一便出自神冈老师的手笔。"

"嗯，不过在面向观众的舞台上则全都是真梨亚做的，就是这样的剧本。然后你们介入制止了争吵，说服真梨亚冷静下来以后再商量。之后她就窝在图书室里平复心情。那是七点前后的事，在这之后，我们三个就各回各处了。"

"这也是剧本，也就是表面舞台的情况。"

"我在书房写作，小里，你按照刚才的密室诡计安排，在休息室里查找资料。"

"明白。"

"还有尾濑，你就在接待室里看书吧，你的设定是为了创作游戏或者电视剧的剧本，来我这里借阅推理小说的。"

尾濑用冷淡的语气说道：

"必须是绝版的稀有推理小说吧。因为极难入手，本打算向前辈借阅，结果只允许在这里读。换句话说，你对我并不那么信任。"

"唔，好吧，就当是一本无论谁都不能带走的珍贵书籍。"

"嗯，怎样都行。"

"我准备了两三本书，放在接待室了。"

"对了，离开的时候还要检查随身物品是吧。"

"总而言之，你就在接待室读书，可以吧。"

"明白。"

尾濑竖起了右手的拇指。

神冈交替看着二人，确认似的点了点头。

"然后，九点过后，小里开始担心起了关在书房里的真梨亚，敲门也没有回应，于是就叫来了我，尾濑也在好奇心的驱使下过来查看情况。门似乎上了锁，没法打开，于是我们走出大门，从宅邸的外边透过窗户往里窥视，就这样发现了尸体。与此同时，我们还确认了门把手上的旋钮是横着的，门是上锁的状态。此外，在离开宅邸走到庭院之前，我们三人还确认了图书室钥匙的位置，两把钥匙分别在接待室和我的书房里，以防万一，我将它们都带了出来。因此凶手不可能趁我们尚未抵达图书室的窗户时迅速离开图书室并从外边锁门，就是这样的设定。"

"好的，"里子精神抖擞地回应道，"然后神冈先生回到宅邸，用他手上的钥匙打开了图书室的门。"

"我是用线和门把手实施比拟的，透过窗户能看到不可思议的光景，因此要小心翼翼地开门，这点非常重要。"

"在这段时间里，因为担心潜伏在密室里的凶手会趁机脱逃，我和尾濑先生一直在窗边监视着。"

"对，这样就可以了。接着我们三个一进图书室，就围在了真梨亚的尸体边上，讨论接下来该怎么办，我们在手机的便签应用上发现了一个未完成的文档，上边写了千石先生的名字，差不多就是'倘若我遭遇不测，就找千石光也'。不知道是她写的，还是出自凶手之手。不管怎样，这都值得一试。于是我们决定请千石先生过来。等千石先生到了这里，再这样解释给他听。"

"好了，我已经在真梨亚的手机上写好了。"

他迅速操作着触摸屏。

里子举起手说：

"那个，要是千石先生来了，我们也稍微透露一点真相吧。"

"透露多少?"

神冈问道。

"唔，就是有关即将出版的书，也就是说，要是加上一些真实情节，比如在本格推理作家的宅邸里，发生了不可思议的杀人案，一个业余侦探将之解决。那么这本书应该就能卖得很火。这点程度的实话还是可以说的。此外还想邀请名侦探写几句评语，日后刊登在腰封上。"

"原来如此，如果说邀请千石先生是为了扮演名侦探的角色，应该更能激发他的干劲。"

"而且，就像我刚才说的，千石先生是因为斯波克的照片才不得不来到这里，再加上他有前科，又是心理上的暴风雪山庄，所以要是没法在报警前解开谜团，陷入困境的就会是他自己。我觉得应该把他当名侦探一样对待，稍微奉承几句比较好。"

"真不愧是糖果加鞭子，太棒了，就这么办。"

"啊，可以是吧，太好了。"

里子摆出了鼓掌的动作。

"那么，接下来就是开幕和现场演出了。就按我刚才给你们看的灵感笔记，请名侦探千石先生根据上面的线索和逻辑推理，指出凶手。"

里子圆溜溜的眼睛闪着光亮，但仍流露出一抹不安，歪着头问：

"只是，千石先生这个人，真能做出如此出色的推理吗?"

神冈有些含糊地说：

"我们正是看中了他的才智才邀请他来的，即便他的性格方面实在没法深究，我们依旧对他抱有足够的期望。"

"我就是太担心他的性格问题。"

"没办法，在逻辑和性格之间找到平衡点，这就是名侦探啊。"

"明白，我们这些嫌疑人要团结一致，努力引导和支持这位名侦探，令他做出正确的推理。"

"没错。侦探，凶手，嫌疑人，每个角色的配合是成败的关键。"

神冈交叉着双手的手指。

"让我们加油吧！"

里子在他面前举起了拳头。

"再确认一下，按照程序，首先要指出凶手，然后再查明凶手用了什么样的手段杀人，解开其中的诡计。也就是先确定是谁，再确定实施手段。"

"对，首先是谁来干，然后是怎样干，一旦确定了凶手，便以此为线索，向解明密室诡计推进，就是这样的剧本构成。"

"首先解明凶手，然后解明手段，而且还是现场演出，真是太奢侈了。"

就像苦等取到票后的舞台剧开幕一般，里子的脸涨得通红。

尾濑瞪大了眼睛，兴奋地说道：

"啊，没有比这更有临场感的戏了吧。我都开始有点紧张了，不管怎么说，我也是嫌疑人之一。"

里子不住地点着头。

"是啊，可要是侦探认为尾濑先生是凶手，又该怎么办呢？"

"别闹了，从那些线索来看，怎么会是我呢？"

"对啊，那也不会是我。老实说，我还挺害怕的。"

里子颤抖着肩膀，仿佛在享受刺激。

看到两个人的反应，神冈面露微笑，似乎仍嫌不足。

"嗯，这样的紧张感应该能带来好的演技，正因为是这样的角色，有现实感才会起效。"

尾濑恶作剧般地抬眼看向了他。

"原来如此，这样一想，前辈的剧本倒是最好的。"

"那你之前是怎么想的？"

"哦，看样子时间快到了。"

他举起手机查看邮件，脸色显得异常明亮。

"千石先生好像出发了，那我去接他吧。啊，外边好像挺冷的。"

尾濑带着鼻音说道。只见他一边晃着捏在指尖的车钥匙，一边小跑着冲向大门。

"拜托你了。"

神冈抱着胳膊对他的背影说道。

里子则在一旁挥手送别。

第三幕
螺旋式解谜

十七

大约三十分钟后。

狱门岛时钟的钟声响了十次，宣告十点已至。

渐渐传来汽车的引擎声，声音越来越大。

里子收拾好茶杯，往壶里重新注入开水，像管家一样忘我地工作着。

最后，她在图书室的柜子里放置好全新的白毛巾，整理工作终于宣告完成，她深深地叹了口气。

神冈则亲自准备迎宾饮料，他先在平底锅里轻轻翻炒珍藏的香草茶。清新的香气充盈着整个客厅。

汽车的引擎声消失了，取而代之的是脚步声逐渐靠近，说话声随风飘散，没法听清。

玄关传来了两个人的气息。

尾濑摆出带路的架势，打开并支撑着客厅的门。

千石光也随后登场。

与名侦探亮相的感觉相去甚远。

破旧的卡其色夹克配着一条带有明显污渍和褶皱的茶褐色工装裤，像极了午休时间的施工人员，大抵是弓着背的缘故，令人下意识地联想到了猴子。除此之外，他还梳着中分头，头发虽短，但鬓角很长，再加上内陷的眼睛，丰满的脸颊，微凸的下唇，低垂的嘴

173

角，总是一副愁眉不展的样子。

身形纤瘦的他作为男人来讲算偏矮的，个子只到神冈和尾濑的眼睛附近。里子若穿上高跟鞋，估计就能和他差不多高。

尽管如此，千石还是散发出一股居高临下的气场。眼窝深处射出令人窒息的光，似乎总在诉说着不满。而突出的嘴又仿佛迫切地想要发泄牢骚。

他那脱去黑手套的左手的中指上戴着星形银戒指，似乎在彰显着他那强烈的自我意识。

尾濑将千石请进客厅，随后将其介绍给神冈和里子。

"初次见面。"

里子彬彬有礼地打了招呼，并做了自我介绍。

千石从头到脚露骨地打量着里子。

"貌似是薄命的女子啊。"

"啊？为什么突然说这种话？"

"原来如此，应该是胸的原因。"

"喂，太没礼貌了吧，损人损得那么直接，我可没道理被醉鬼说三道四。"

"我清醒得很哦。"

"那这股柚子烧酒的气味是怎么回事？"

"唔，是刚泡完澡的味道而已。据说这对我的老毛病很有效，连续三天泡柚子澡是不是过头了？啊，泡涨的柚子。"

说着，他又看向了里子的胸口。

里子立刻双手捂住胸口，当即把愤怒的目光投向千石。

"究竟怎么回事？这人真是名侦探吗？"

"好了好了。"

尾濑站了出来，试图缓和气氛。随后，他让位给神冈。

神冈深深地垂下头做出最高级的敬礼，摆出夸张的姿势以示迎接。

千石却嗤笑一声，移开视线，环顾四周。

"照顾得如此周到，真是谢谢你了。"

神冈抬起了头。

"好久不见，千石前辈。"

"呵呵，你还是一如既往，看不起世间万物吧？什么叫好久不见，不是半年前在试映会上才刚见过吗？那会儿隔了两年没见，你也说'好久不见'。你当这种说法是万金油吗？"

"呃，前辈，您还是跟之前一样爱挑刺呢。不过，您醉酒与清醒的状态分不太出来，或许倒也方便。"

"哼，我有糖尿病，必须控制喝酒，最近一段日子都没尽情喝过。"

"那么今晚就请尽情沉醉在智力游戏之中吧。我有件要紧事要有劳前辈。"

"突然不容分说地喊我来，你所谓的'要紧事'究竟是什么？"

"其实您也可以拒绝的。"

"那种情况下你要我怎么拒绝？"

"哎呀，那个很羞耻吧？"

"废话真多。那么，有关事情的来龙去脉，我在车里也听说了一些，听说真梨亚气势汹汹地打上门来，似乎惹出了什么大乱子。那她现在人在哪里？你们是要找我帮忙吗？是不是碰到什么麻烦了，所以，现在轮到我登场了？果然，到了关键时候，还是得选最靠得住的男人。你看，火灾发生的时候，人们会本能地冲向重要之物的所在，就像《波希米亚丑闻》中，福尔摩斯对宿敌艾琳·艾德勒设下的陷阱一样。"

"没错，眼下正是关键时刻。"

千石流露出不耐烦的表情。

"什么关键时刻？赶紧告诉我。"

"好，这边请。"

神冈打开了图书室的门，引导千石进入室内，在这个过程中，他小心翼翼地操作着门，以免弄乱了连接在门把手上比拟用的琴弦。

接着，神冈将右手转向了亮着微光的房间。

"当我们发现现场时，照明就是这样的。"

他指着东墙前点亮的落地灯。

"只凭这个就能看清现场了，但无论如何，我还是希望您稍后能看清整个房间。"

说着，他将右手贴在门边的墙壁上，按下了开关。天花板上的枝形吊灯发出光亮，整个室内仿佛从凌晨一下子前进到正午。

或许这就像舞台上亮起的一束聚光灯，宣告主角的登场。

千石保持着威严，将手插进口袋，悠然地踱进室内，嘴里哼着类似香颂的曲子。

"这边请。"

神冈在前边领路，尾濑和里子则陪伴在千石的两侧，借此观察他的反应。

神冈伸手指了指。

在此之前，千石早已瞪大了眼睛，脸颊微微颤抖。

他的目光像被粘住了一样，死死盯着真梨亚的尸体。

那是一种好似被诅咒的构图。

千石全身上下瑟瑟发抖，恍然出神，从半张的嘴里哼出的香颂转为了单纯的吐息声。

他跌跌撞撞地往前走了一步，慢慢地又迈出一步，一双脚好似被尸体所吸引。

"真，真梨亚，你怎么了？"

他盯着真梨亚那插着刀，鲜血淋漓的侧腹。

"没错，是致命伤。"

尾濑冷冷地指出了状况。

千石停下脚步，弯下了腰。他的肩膀兀自抖个不停。他把畏缩的左臂从下巴上拿开，将眼睛眯成了一条缝。

"已经凉透了。"

他伸出手，轻轻地从真梨亚的脸颊一直摸到脖子，吐出细微的叹息。然后缓缓站起身，尽力让自己的语气显得坚定一些，说道：

"可是，她好像没受什么苦，遗容不是很平静吗？"

他的声音微微颤抖，显然是在拼命压抑着情绪。

"原来各位都在为真梨亚而哭泣，她的遗体周围的地板都被泪水打湿了。"

没错，地毯上可以看到刚濡湿的痕迹。

"也不晓得是不是泪水，我们发现尸体时，都吓出了一身冷汗。"

尾濑插了句嘴，他的眼神里似乎蕴含着幸灾乐祸的情绪。

千石狠狠地瞪向了他。

"喂喂，难得的流泪场面，别破坏气氛啊。"

他抛下了恰合舞台剧导演的批评。

"啊，真梨亚，你的表情是如此安详，如此柔美，真梨亚，玛丽亚，圣母玛利亚。"

"圣母？保姆？"

里子在旁边插了一句，她旋即意识到说错了话，赶忙用手捂住了嘴。

千石斜眼瞪向了她。

"喂，小姐，你怎么能说出这种话？"

"啊，不，真梨亚小姐的胸怀真的很宽广，我是这个意思。"

"确实，真梨亚看起来虽是这样，但其实是个宽大为怀，情深义重的女人，其心胸之宽广，单从外表就能看出来。"

"什，什么？"里子双手交叠，按在了自己的胸口，"可，可真梨亚小姐用了丰胸胸罩。"

"是啊，这是何等的惹人怜爱，为了掩饰胸部而用丰胸胸罩，简直太优雅了。这样的女人，还能找到第二个吗？"

"一般来说是没有的。"

"是吧，她是举世无双的。现在却变成这样，此世唯一的花凋零了，这是人类的损失。啊，真是太可惜了。"

他的眼神就像小孩看着不小心弄掉的蛋糕一样，眼看着就要叼住了大拇指。

望见这样的表情，里子用哄小孩子的口吻说道：

"虽然已经是晚上了，但你怎么不穿着工作服陪真梨亚小姐小睡一会儿呢？"

"你，你这家伙！"千石怒气冲冲地伸出了脸，"你是在取笑我吧？"

"不，真没有。我是替千石先生着想哦。"

"什么，和尸体一起小睡？这种事，啊啊，痛痛痛。"

说着，他扭动起了身子，脸上的表情瞬间扭曲，露出痛苦的神色，同时抱起了左脚。

神冈慌忙上前扶住了千石的肩膀。

"喂，前辈，你怎么了?"

"千石大前辈，你可不能死啊! 好不容易才把你请过来，要是侦探的角色死了，那真是太可惜了。"

尾濑用双手捧住千石的脸颊前后摇摆。

千石一边抓住左脚踝，一边像狂风席卷之下的稻草人一样摇晃不定。

"好疼，脚抽筋了。因为得了糖尿病的缘故，一兴奋就会变成这样。最近经常发作，哎哟哟。"

他抓住脚趾，不停地往前拽着。

神冈的眼睛里流露出同情的神色。

"哎呀，那可难受死了，脚抽筋真的很痛，要是用'腓痉挛'这个词来形容，痛感还会加倍。"

"所以你到底想怎么样?"

千石因痛苦扭曲着脸，好似即将停转的陀螺般一阵猛晃。

尾濑赶忙用肩膀支撑着他。

"哎呀，大前辈，你要是倒了，比拟的现场也就毁了。最终还是要交由警方调查，这是保护现场的原则。名侦探因为脚抽筋而破坏了现场，那也太拙劣了。"

"我怎么会做这种事，保护现场的重要性我还是知道的。"

"对，没错。我们还是去那边的客厅喝杯咖啡，休息一下吧。"

"更重要的是按摩。"

"好好，那您自己做吧。"

言毕，尾濑把千石暂时带出了图书室。

千石扶着尾濑的肩膀，单脚一蹦一跳，向着接待室走去。

里子目送着他的背影，叹着气说：

"话说，那个名侦探的角色真的没问题吗？"

"嗯，千石先生虽然精神状态不太稳定，但名侦探本身就是多种多样的，也有病得比他还重的侦探。"

"那是小说里的吧，我们这边是现实。而且他的形象也跟本格推理的名侦探差距太大了，不仅是个容易脚抽筋的糖尿病患者，嘴巴还很刻薄。"

"哎呀，福尔摩斯不也是个讽刺家吗？"

"可那个千石先生看起来只是在耍流氓。整个人就像在演 B 级犯罪片，而且半点都不像侦探，倒像是个被侦探痛扁的黑帮。"

"好了好了，不管怎样，只要他能用逻辑推理正确地解开谜题，就能营造本格推理的气氛。不是有句老话吗？本格推理，结局好就一切都好。"

"才没有吧。哪怕真有这种说法，一旦作家言之凿凿地说'只要写好结局就行'，就会引发很多问题，所以请谨慎发言，至少在和我共事的时候。"

里子严肃地说道，圆溜溜的眼睛里布满血丝。

神冈像是被她的气势压倒，原本就微微下垂的眼睛愈加心虚地垂了下去。只见他举起双手，摆出了投降的姿势。

"好好好，我懂了，你说的我都心中有数，你是说本格推理离不开人物塑造吧。"

"哎，如此随意地提高门槛，只会让自己受苦。所以提意见的时候务必保守一些，写本格就该追求默默创作，一鸣惊人，保持低调的立场会比较方便。"

"哦，你也考虑得挺深嘛。"

"那个，我有些在意，你平时是怎么看待我的呢？"

里子闹别扭似的抬起眼睛瞪了过来，嘴巴像小鸭子一样噘起，可爱得不行。

神冈骤然放松了脸颊，眼神柔和起来，目不转睛地盯着对方。

"怎么看待你，那个，我对你……"

"什么？"

"唔……"

话讲到这里就没了下文。

一个响亮的声音盖过了他们的对话。

"好咯，归来归来。"

千石从接待室跑了出来，抽筋的腿似乎已经恢复如常，快活得连蹦带跳，甚至炫耀似的一跳老高。

"归来，奋发，杀人魔，这就是名侦探的复活。"

他毫无意义地竖起了中指。

没错，正如里子刚才说的那样，这是B级犯罪片里的黑帮才有的行为。

尾濑也紧随其后走出了接待室。

"好吧，你也该沉着冷静一点，这样才更像名侦探。"

他作为代表陈述了意见。

里子使劲地点了点头，神冈也无声地鼓起了掌。

"是啊，尾濑先生说得没错。通过逻辑推理破解谜团，千石先生正是被赋予了如此重要的角色。如今舞台已经准备就绪，可以开幕了吗？"

她恭维似的鞠了一躬，眼中仿佛流露出疲惫的神色，似乎是在泪眼婆娑地恳求对方——拜托了，好好干吧。

　　千石带着傲慢的表情哼了一声。

　　"你们这些外行没资格对角色塑造指手画脚，我可是戏剧圈的人。"

　　"哦，确实也是。"

　　"尾濑那家伙刚刚在接待室里告诉我了，事情的来龙去脉我已大致掌握。这是一个被不可解之谜包围的密室杀人案，嫌疑人是你们三个，我需要从中指出凶手，解开密室的诡计。如此重任必须由相应的人承担。所以，你们希望我能接下名侦探的角色。"

　　"啊，自称名侦探的人来了。"

　　里子插了句嘴。

　　还没等千石瞪他，神冈就迅速把里子推到了身后。

　　"没错，就是这样，我们希望你能担任名侦探，怎么样，这个现场行不行？"神冈用手指从客厅到图书室画了一条直线，"有没有激起解谜的兴趣？"

　　"怎么了，好像在挑战我似的。"

　　"嗯，也能这么说吧，我们选的是能接受挑战的人，并且应该指名了一个必定能破解谜题的人。"

　　"呵呵，这不是说得很明白吗？"

　　他露出了并无不可的笑容。

　　"真梨亚小姐也写了遗言，说是自己若有不测就找千石先生。"

　　"看起来是这样。不过这究竟是她本人的意思，还是凶手发来的挑战书？"

　　"又或者，既然无论如何都要指出凶手，那就别通过警方的调查，而是侦探的推理。这是她拼死的诉求，最后的愿望，人生的遗言。无论如何，千石先生都值得接下这个角色，不是吗？"

说着，神冈比了个胜利手势，挑唆着千石。

"这也是为了真梨亚小姐。"

尾濑也掺和进来，试图增添些许情绪性的气氛。

千石把鼻孔撑得老大。

"唔，为了女人，不走冷硬路线，反倒开始偏向温情了是吧。说起名侦探，果然还是本格推理的角色啊。"

为了不让千石听见，尾濑小声咂了咂嘴，然后故作轻松地露出微笑。

"那是当然的，情感只是调味剂。有了这种隐秘的味道，就能衬托出纯粹的解谜中所蕴含的禁欲主义。"

"嗯，也可以这么说吧。事实上，比起冷硬派的侦探，专职解谜的侦探更冷酷无情。"

"是啊，所以才想让千石先生去做。"

"被你说冷酷什么的，我可不敢当，"千石苦笑了一下，然后再度环顾四周，"话说回来，这确实是本格推理的案发现场。"

"是吧是吧？"说着，里子又探出身子，把手臂张了开来，"这般充满谜团的不可解杀人案居然发生在推理作家的宅邸里。想象一下，当这样的凶案发生以后，在案发现场的宅子里写下的推理小说，是不是会引发热议呢？"

"嗯，是会引发轰动呢。"

"是吧？而且解决这桩案子的人并非警察，而是完全业余的侦探，这人也会颇受瞩目对吧？"

"啊，是，是呢。"

他绷紧了看似已经松弛下来的嘴角，漫不经心地应了一声。

里子的眼睛闪闪发光，就像凝视着糖果屋的汉塞尔和格蕾特一样。

"而这样的名侦探，在这部推理小说的腰封上写下推荐文案，肯定效果绝佳，必定大卖。"

"哦，哦哦，对对。"

"为爆款推理小说撰写推荐文案的名侦探，其真实身份居然是戏剧界的鬼才，这样的人也会备受关注吧。"

"也是呢。"

千石故作冷静之态，声音却有些雀跃，亮光逐渐充盈了他的眼睛，脑海里似乎已经开始盘桓着各式各样的计划。他装腔作势地点了点头。

"没错，这里适合施展成年人之间的博弈，不为感情所动的理性交涉。这种冷静而干练的对话，更加适合逻辑至上的本格推理，不是吗？"

"啊，果然很擅长编排理由，快对你刮目相看了。"

"你刚才的话很有问题，但我提一点，不是编排理由，而是讲述道理，'这是理由'和'这是道理'给人的印象完全不同。"

"原来如此，修辞确实也是很重要的。"

"没错，真想不到年纪最小的你理解最快，是那种一点就通的类型。"

"不胜荣幸，我总是被人当作打人的工具，"说着，她朝神冈和尾濑瞪了一眼，随即转向千石说，"那么，在谜题解开之际，请务必写一篇推荐文。"

"嗯，只要是推荐文案就够了吗？我喜欢这种纯商业化的做派，所以尽管大胆提要求吧。像电视节目的宣传那样，有一些公开宣传活动会更好吧。比方说，在贵社的杂志上，刊登一篇名侦探和某个名人讨论这本书的对谈，我这边都可以哦。"

说着，他佯装不知地抬头望着天花板。

里子露出了顽皮的笑容，眼角微微上挑。

"对，真是厉害。当然了，也要谈谈千石先生的舞台剧，并借机好好宣传一番。"

"嗯，这就是所谓的合作共赢。"

"哇，真是前所未闻，由谋杀案促成的合作。"

"就叫尸体合作。"

"啊，在杂志采访里可不能写这个。"

"哇，校样还没出，居然已经有红笔批注了。好吧，事情就这么定了。"

"好耶。"

里子歪着头露出了微笑。

千石则夸张地鼓了鼓掌。

"好，那我马上以名侦探之身展开活动吧。构建好解谜，然后交给警察。"

他发出了咆哮一般的声音，也摆了个胜利手势。

里子盯着千石的左手。

"这是警察的徽章吗？难不成……"

千石把戴在中指上的戒指举到了眼前。

"说什么呢，是五芒星。"

银色的圆形底座上雕刻着星星的图案，五个角上都镶嵌着珠状的金色装饰，不清楚是不是真金。

里子目不转睛地盯着那枚戒指。

"啊，五芒星，就是阴阳师的纹章上用的那个。"

"对，阴阳师。我从步入导演这行开始就一直戴着这个。"

"像是什么咒术。"

"嗯，从某种意义上讲真是这样，这样就可以随心所欲地操控演员们了。"

"那么，在这边的杀人舞台上也请发挥出它的威力哦。"

千石露出了微笑。

"嗬，真会说中听的话啊。你们这些做编辑的果然很擅长捧人。"

"也擅长让人跌倒，让人粉身碎骨。"

神冈在一旁插话道。

十八

图书室、客厅、过道、楼梯、二楼走廊、玄关，庭院的石板路，房子的周围……千石侦探的调查在宅邸的各处展开。

他身形矮小，动作敏捷，容光焕发，整个人像极了从山间温泉里爬出来的猴子。此时的他似乎已经完成了一轮调查，只见他抿着嘴长长地叹了口气，接下了重要任务以后，他显得信心满满，干劲十足。

起初，神冈、尾濑、里子三人一直紧跟在他身后，充当回应疑问的对象。当然了，每个人都戴着手套，要是戴上臂章，甚至会被误认为是警方的调查员。

千石完全进入了状态，像是搜查本部的指挥官一样干脆利落地下着指示，这应该得益于他平日里在舞台上以导演的身份向演员们发号施令的经验。再加上他有过演员的经历，所以发声也相当清晰。

"听着，按照保护现场的原则，别做无谓的举动，要尽可能地拍照，这样就不必反复触碰有可能成为线索的东西。"

他边说边用数码相机到处拍照。平时为了获取舞台演出的灵感，他总是随身带着数码相机。

其他三人也跟在他的身后。

"在调查活动中，要是发现任何可能成为线索的东西，要积极拍摄下来。"

在千石的指挥下，这样的指令被传达了下去。

因此，神冈、尾濑、里子各自捧着数码相机，四处拍摄起来。顺带一提，神冈有两台相机，他把其中一台借给了里子。尾濑则用自带的。果然是从事编剧工作的人，相机从不离身。

在通往玄关的走廊上回荡着千石的声音。

"喂，都过来。"

分散在各处分别调查的三人聚集在了一起。

千石正在厕所里，只见他双膝跪坐在马桶盖上，指着后边的冲水箱。水箱的盖子已经被打开，可以窥见水箱的内部。

"此刻像这样调查内部，应该会有所收获，是真正意义上的线索。"

千石扬扬得意地说着，用下巴下了指示。

三人按照他的命令，张望着水箱内部。

只见水中沉着一副手套，是白色的朴素样式。

神冈开口道：

"这是我放在图书室里为了取阅贵重书籍用的。平时都放在图书室正中间的桌子上，难怪找不到了。"

"是吗，先把它捞起来瞧瞧，"千石摆了个钓鱼的姿势，"用手也没事哦，被水泡了这么久，指纹和其他证据早就消失了。"

"嗯，还是先捞起来看看，看过后再放回去比较好。"

"我知道。"

"好咯——"

神冈脱下自己的黑手套，把长袖 T 恤的袖子卷到肘部，将右手探进水箱。

伴随着滴落的水，左右手的两只白手套皆被打捞上来，并排放置在了水箱边上。

千石跪坐在马桶盖上探出脑袋，凝神观察着。

"只要把手套泡在水里，时间足够久，就能抹消很多线索。"

"而且厕所里早就混入了好多人的痕迹。"

"不过尽管变得很淡，手套上仍旧残留着一点血迹，而且若是仔细观察，还是能发现一些有用的东西，瞧。"

千石指着左手手套的背面，将鼻子凑了过来。

"这是清漆的痕迹，还留有气味。"

"啊，看起来是这样。"

神冈一边把伸到他面前的手套推开，一边点了点头。

千石将手套放回了水箱边缘。

"不错，这与先前看到的情况完全吻合。"

他刚把膝盖从马桶盖上挪开，就猛地冲了出去。

三人也紧紧地跟在后边。

千石站在了图书馆西侧一隅，凝神注视着书架侧面——那块刚涂过清漆的部分。

"看来这个与尸体大衣口袋里的信封似乎有所关联，那个信封上也沾了油漆。"

他边说边挥舞着比拟用的信封，然后向前递出。

果不其然，那个信封的正面与上下两端都有茶褐色的污渍，正是油漆的痕迹，两者都呈带状，宽约一厘米。

而且信封上端的油漆附着了灰尘，看起来就像长了眉毛。但另一个信封的下端非常干净。

千石单膝跪在地上。

左侧书架和右侧墙壁之间的缝隙里确实落满了灰。

"幸好这里没被彻底打扫，灰尘上这个长方形的小凹痕和信封上的这块污斑大小是一致的。"

他看起来心情大好，伸出左手，将信封贴近了地板的缝隙。

神冈上前轻轻地拍了拍千石的后背，向他伸出了右手。

"呃，名侦探千石先生，我还发现了这样的东西。"

千石不耐烦地转过身来。

"这是啥？圆珠笔吗？"

"不，是指示杆，"神冈拉长了杆子，"是演讲或者讲解时指示用的杆子，前端带有灯光。"

他拨开开关，让灯光亮起。

被晃到眼睛的千石赶忙用右臂遮挡。

"喂，那又怎样，我这边很忙。"

"不，这上面有血迹，"他指向了某个地方，"凶手碰过这个。"

"哦，那肯定是凶手碰过的吧，如果是死者弄的，那就成恐怖片了。"

"呃，好吧，也是啊。"

神冈变得支支吾吾。

面对丝毫不关心指示杆的千石，神冈流露出了困惑和焦躁。

就在这时，里子像是递上救援之船般插话进来，伸手指着东侧的书架。

"那边收纳柜的玻璃上也有吧，就是收纳比拟用的圣甲虫的那个。"

千石怫然地皱起了鼻子。

"嗯，我知道。"

"那个收纳柜的下方放着笔筒，指示杆就插在里边。"

"嗯，是啊，我也发现了。好吧，尸体死而复生变成僵尸去碰了指示杆什么的，简直太可怕了。"

他说着这样的话，一副爱搭不理的样子。

接着他立刻转过身去，将视线投向了书架上的清漆，关注点似乎尽数集中在这里。只见他眯着眼睛，一副陷入沉思的样子，根本找不到插话的机会，仿佛完全沉浸在自己的世界里。

对于千石的侦探作派，里子无奈似的摊开了双手。

"好像打扰到他了。"

"啊，都说名侦探和油轮一样，一旦点燃了就停不下来。"

神冈一脸轻松地小声说道。

接着，尾濑探出了下巴。

"但是侦探和匕首一样，都要收回鞘里。"

他边说边歪起嘴角，露出了一瞬间的冷笑。

对于这三人的反应，千石完全没有介意的样子，他似乎确信了什么，从涂过清漆的书架前站起身来，愈加精神地继续着侦探活动，情绪似乎相当高涨。他有时会跳着走路，然后突然站定，小心翼翼地挪着脚，似乎仍在警惕糖尿病引发的腿抽筋。尽管如此，他仍显得兴奋无比，意气风发。

刻意扮演名侦探的动作也多了起来。他时而眯着眼睛抚摸下巴，时而用右手拍打墙壁，左手乱抓头发，捏着并不存在的胡须，一脸满足地尝试着各种似曾相识的演技。

此外，指手画脚的次数也增多了。他传达着各式各样的指令，诸如打开柜子，拿出钥匙，开灯关灯，用人方式正如传闻一样粗暴，有时候，他似乎只是在享受下达命令的乐趣。名侦探的地位和权力对他而言似乎非常受用。

"汗！"

千石上下抬着眉毛，焦躁地用右手叩打着墙壁。

作为回应，神冈用手肘戳了戳里子。

"啊，好的。"

里子一脸困惑，拿出手帕擦了擦千石额头上的汗。

千石不悦地斜眼看了过去。

"太慢了，差点就流到眼睛里去了。"

"不好意思，但这又不是手术中的外科医生，而且你的左手不是空着吗？"

里子噘起了嘴。

"算了算了，"神冈安抚着里子，"你看，进行逻辑推理这种脑力劳动最要紧的就是集中精神，这是非常精妙的工作，他是不想因为擦汗而分心。嗯，实际写过书的我是能理解，但要是没有亲身体验过就很可能不会明白。"

"那个，神冈先生，你只是单纯想利用这个状况使唤我而已吧。"

"不，没有，你是这么看的吗？"

"是的。"

"回答得这么直接，我都不知道该怎么反驳了。"

神冈似乎不知道该说什么，唯有跺脚。

看到这一幕，里子似乎有些泄气，只得撇着嘴露出了微笑。

就在这时，尾濑把头探了过来。

"那个，两位，不好意思打搅你们了。不过重要的场面似乎马上就要开始了。"

他边说边用眼神示意着千石的方向。

神冈和里子慌忙摆正姿势，小心翼翼地把脸转向千石。

十九

千石一边发出呜呜的声音，一边一刻不停地转动着按在太阳穴上的十指，看来是拧足脑内的发条做好准备。确如尾濑所言，空气中弥漫着即将上演重要场面的气息。

神冈率先插话道：

"千石先生，你是不是灵光一现，找到了解决谜题的重要线索?"

对于这样的话，千石似乎等待已久，只见他做作地抬起头，就像突然回过神来似的。

"我可不喜欢被人说成'灵光一现'，听上去仿佛全凭直觉解谜似的，我希望别把这个跟逻辑推理混为一谈。"

"你刚才提到了解谜和逻辑推理，对吧?"

"没错，我说了。"

"难道说你已经弄清楚了?"

"'难道说'根本就是多余的。啊，汗，"他蹙起了眉头，"真是的，都到了这个时候，可不能没眼力见啊。"

里子噘着嘴快步走了过去，用手帕擦拭着千石的额头，随后退了回来。

千石一边用手指摩挲着长长的鬓角，一边凝望虚空，似乎沉浸在成就感中无法自拔。他的瞳孔深处闪烁着宝石般的光芒，而且显然是在吊三个人的胃口。

被视为嫌犯的三人焦急地注视着千石。

神冈如履薄冰地往前踏出一步。

"那结果如何？你进行了怎样的推理？得出了什么样的答案？"

他的脸上写满了期待和忐忑。作为真凶究竟该作何反应，思绪复杂也是无可奈何的事。

尾濑和里子也像乌龟一样伸长脖子，眼里闪闪发光。

千石似乎对此很是满意，瘦小的身躯像狗一样抖个不停，像是临阵时的紧张。他把眼睛瞪得老大，明明是仰望的姿势，却保持着一成不变的倨傲。

"好嘞——"

他拍了拍手。

"名侦探把各位召集至此，是该说'好嘞'吗？"

"我们明明从一开始就聚在这里嘛。"

里子吐槽道。

神冈抢先一步站在她的身前。

"没错，全体集合了。我们希望你能尽快说出'好嘞'之后的话。"

"嗯，明白明白。"

千石边说边高举双手，摆了个仰面朝天的姿势，扭曲嘴角面露微笑。

"黑暗的舞台之上，真理的聚光灯，名侦探的戏剧性表演，这就是'名侦探秀'。"

"你刚才一直在想这个？"

"少废话，你到底想不想听。"

"请开始吧，名侦探秀。"

神冈恭恭敬敬地鞠了一躬。

在他的背后，尾濑也跟着低下了头，迟了几秒，里子也鞠了一躬。

千石咂了咂嘴。

"喂，预备——"

说着，他瞪向了尾濑。

"啊，哦哦，明白了，"尾濑虽然被催促，但仍轻描淡写地说，"我只是在寻找时机而已。"

他一边做着辩解，一边走进了放映室。

不多时，他带着一个盖了白布的大件东西走出房间，耳边传来了轮子滚动的轻快之声。

这个物品大约到下巴的高度，宽度超过一米，上面的白布看起来就像沙发上的盖布，缓缓地滑行至客厅中央。

"好，预演就此开始。"

他鞠了一躬，摘下了白布。

那是放映室里的薄型液晶电视，是摆在带脚轮的架子上推过来的，屏幕跟前放了一台笔记本电脑，也是收在同一个房间里的东西。

尾濑得意扬扬地用戴着手套的手指迅速擦了擦屏幕。

"我已经连接好 HDMI 线了，这样一来，就能把电脑里的影像同步到六十五英寸的大屏幕上，在此进行解谜。"

"太棒了，理解得真够快的。你还是那么会做人，甚至到了惹人嫌的地步。"

面对千石傲慢的回答，尾濑面露苦笑。

"多亏了你各种使唤我们。但这样一来，我们也避免了很多无用功，因此千石先生的要求可谓是极其合理的，我将我们用数码相机拍下的线索存在了电脑里，这样就不必转移位置去查看实物，也有利于保护现场，警察应该也会感到高兴吧。"

"其实只要用我拍的就够了。"

"哎呀，毕竟大家都参与了调查嘛。而且这也是千石先生的指示，所以于情于理都应该逐一汇报嘛。"

"哼，好吧。判断哪些线索有用，这是侦探的职责。"

千石似乎非常注重自己的主角身份。

"用鼠标点击屏幕上的各个地方，就可以选择图片了。"

尾濑熟门熟路地解释着操作方法。

千石伸长脖子凝神细看。

神冈和里子也盯着屏幕，检查了包含他们拍摄过的照片的文件夹。

千石用力点头，然后傲然地站在了屏幕跟前，转身面对着众人。接着他右手叉腰，伸出左手，做了个驱赶三人的动作，以他特有的形式宣布开幕。

"表演时间到，是这么说吧。"

他瞥了一眼图书室的方向，仿佛尸体也是同台的搭档或舞伴似的。

"首先，这个现场是一月，又是真梨亚，我马上想到了这个比拟，新晋香颂歌手想上新春香颂秀。"

他流畅地说了出来。

"哇，没讲错，太厉害了!"

里子坦率地表示了赞叹，情不自禁地鼓起了掌。

神冈也流露出佩服的神色。

"千石前辈不愧是戏剧圈的人啊。"

"没什么，"千石羞赧地笑了笑，"那是老手艺了，不，单纯是技艺而已，我当年参加电视台的招聘考试时，报考的是播音员的岗位。"

"啊? 你的志愿不是两小时悬疑剧的演员吗?"

"播音员的竞争率是最低的，所以我原本打算先进公司，中途转到电视剧部门。"

"结果还没进门就败下阵来。如今的绕口令技巧便成了当年的纪念，真是空虚啊。"

"才没有，在进入戏剧圈后，这样的技巧终究还是派上了用场。"

虽然他眼神一凛，显得颇不甘心，但旋即恢复了笑容。

"而且，现在我正试图传达实际发生的案子，这让我想起了志愿成为播音员的往事，所以我才忍不住脱口而出，新晋香颂歌手想上新春香颂秀。"

"啊，虽然很厉害，但也很空虚。"

"嗯，事实上这个比拟并不是新晋香颂歌手想上新春香颂秀，所以在推理的过程中，我就不必说新晋香颂歌手想上新春香颂秀了。"

"前辈说得真轻松，我这边光是把话讲完就已经精疲力竭了。幸好用的是爱伦·坡的比拟。"

"那可真是帮了大忙，既然不是新晋香颂歌手想上新春香颂秀，那就开始我自己的表演吧。"

"拜托了，表演必须继续。"

神冈叮嘱道。

"没有比表演更美妙的职业了。"

千石回应道，他学着儿童剧团国王角色的样子，把瘦小的身躯挺得老高，然后清了清嗓子，调整好了声音。

"好吧，我先从最基础的信息开始确认吧，雨一直从昨晚下到了今早，地面似乎被冲刷得很干净，我们检查了庭院的地面，只发现了四种鞋印。毫无疑问，这些鞋印来自我和你们三个。我们刚才一起在庭院巡视的时候确认过了，若想不留下脚印从这里逃走，唯有经过从玄关到前门的石板路，但玄关的门是锁着的。当你们走进庭院，通过图书室的窗户发现尸体时，现场情况是这样没错吧？"

"没错，是这样，自从真梨亚闯入后，为了安全起见，就把前门锁上了。"

神冈即刻回答道。

"也就是说，外人犯案后是不可能从玄关逃走的，门并不是自动上锁的类型，而且钥匙就好好地放在指定的位置上。"

"没错，此外，窗户都是从内侧上锁的，所以没人能通过窗户出去，也就是说，嫌疑人就在这间宅子里。看来嫌疑人就是你们三个，凶手是其中一人。对吗？"

"太对了！"

里子竖起了大拇指。

这正是按照剧本，符合预期的发展。神冈、尾濑和里子通过事先的安排，引导出宅邸内的三人是嫌疑人的状况，千石正是在这条轨道上前进，可谓是一切尽在计划之中。

面对里子语调轻松的肯定，千石的脸色瞬间一沉。不过他还是决定优先保持谈话的节奏，就这样继续往下说道：

"刚才就只是序幕。好了，基础夯实之后，就是正题的第一幕了，我在现场调查的时候，发现了一些值得关注的线索，瞧瞧这个。"

千石操作着电脑鼠标。

"线索之一，是尸体外套口袋里的这个东西。"

他伸出左手食指指了过去。

六十五英寸的屏幕上出现了一个信封。正是用来比拟的物件。

"仔细看看这个地方。"

他指向了信封的两点。

两处都在边缘位置，顶部和底部都沾了轻微的茶褐色污渍，宽度约为一厘米，似乎被什么物体擦过，粘附着液体状的物质。

"这味道每个人都闻得出来，是清漆的气味。"

那正是他之前得意扬扬举起来的信封。

神冈、尾濑和里子凝视着屏幕上的图像。

千石向他们展示了清漆的污斑。

"都看仔细了，这两处污斑是有区别的，上边的污斑除去清漆之外，还附着了灰尘，肯定是清漆的黏性使然，而下边的污斑却只有清漆，不见灰尘。虽然看起来是微不足道的小事，但要记住这一点，后面它会派上用场的。"

他边说边环顾边上三人的脸，露出故弄玄虚的微笑。

"让我们通过清漆，查看下一条线索。"

然后千石再度操作电脑，切换了屏幕上的画面。

这次出现的是图书室西侧一隅的小小缝隙。

那是书架和墙壁之间的空间，宽约三十厘米，正面看过去的左边是书架侧面，右边是白色墙壁。

正因为有这样的地方，铺着地毯的地面才会积了一层灰色薄雪般的尘土。

"这边也看一下。"

千石切换到另一张照片。

还是那个位置，只是拍摄角度不同。

书架侧面的一部分涂满了清漆，大概在膝盖的高度，范围为A4纸大小。

"清漆还没完全干，应该是刚涂上去的吧？"

面对千石提出的问题，神冈点了点头。

"对。就在白天，大概是下午的时候，有人请我写签名卡。"

"这可不多见呢。"

"不劳关心。反正就是我拿着签字笔的时候不慎摔倒，弄脏了书架的那片位置，要是有汽油的话，倒是可以擦掉，但汽油用完了，我便用砂纸去磨，结果那一块的颜色就变得很奇怪，于是我姑且涂了层清漆。"

"该说是粗心还是细心呢。总之，涂了清漆是吧。现在请仔细看，清漆表面是不是有划痕呢？"

那边确实可以看到几毫米宽的线条，共有三处，长度为五到十厘米。

千石扫视了三个人的脸。

"好了，线索已经齐备，有没有人想挑战谜题？"

然后他形式上等了三秒。

"没有是吧，那就不浪费时间了，换我来解，行吗？"

三人全都默默地点了点头。

千石满意地垂下眼角，随即举起了左手。

"只要和刚才的信封联系起来，稍微一想就清楚了。信封上有清漆的污斑，就是这个书架上的清漆，图书室内的其他地方都没有这种半干的清漆，再看地面，也有信封掉落的痕迹。"

墙壁和书架之间的缝隙间的灰尘上，隐约可见一个长方形的凹陷。之前千石已经蹲在这里拿信封比对过，确认过大小是一致的。

"也就是说，凶手在准备比拟的时候，不小心弄掉了这个信封，掉在了书架和墙壁间的缝隙里，当凶手捡起信封用作比拟时，信封擦过书架，沾上了清漆。"

"这是非常自然的想法。"

神冈插了句嘴，里子和尾濑也点了点头。

千石见状也使劲地点着头。

"此处须注意书架清漆表面的线条，以及漆斑的数量，漆斑共有三处。信封上只有这上下两处沾了清漆。此外，就如刚才展示的那样，上端的清漆附有灰尘，下端则一尘不染，非常干净。也就是说，可以做出这样推断，信封掉落的时候擦到了书架，沾上了清漆，那部分清漆粘附了地板上的灰尘。然后，信封下端的清漆是拾起信封时擦到书架留下的，所以没有黏附灰尘。要是再度掉到地上，应该也会黏灰。没错，书架清漆表面划上的线条，一处是信封掉下时留下的，一处是拾起时留下的。这样的话就多出了一条。书架清漆表面一共有三条线。"

神冈的目光左右游移。

"确实，信封上只有两处清漆，墙上的线却有三条。三减二，墙上的线多了一条。"

"这意味着这条线并不是信封擦出来的，是凶手为了拾取信封，把手伸进缝隙里擦出的线。对，我想起来了，是手套。厕所水箱里扔着的手套，上边还残留着清漆，就在左手手背的位置。这才是书架清漆表面擦痕的真正来源。由此可以推断，凶手是个粗心大意的人，要是就这样用手背去蹭，搞不好连衣服袖子之类的地方都会擦上清漆。而在场的各位衣服都很干净，真是太走运了。但毫无疑问，弄脏衣服的可能性是存在的。要是清漆沾到衣服上，就很难去掉了。而且这种事情本身也是要极力避免的。在图书室里做这种可疑的行为，就等同于在杀人现场暴露自己，这般招人怀疑的举动也是大忌。此外还有信封，要是注意到了清漆的存在，就不会把手探进如此狭小的缝隙。但凶手还是拾起了信封，这就说明他并没有注意到清漆。但要是靠得够近，就会闻到清漆的刺鼻气味，理应能够注意到才是。但凶手并没有，那是因为他对气味并不敏感。"

说着，千石轻轻抹了抹自己的鼻子，接着咳嗽了一声。

"首先，比起鼻子不灵，那人并不知道清漆的存在。如果是在这个书架上涂漆的那个人，自然会把这事牢牢地记在脑子里，所以不会做出轻率的举动。"

说着，他对这栋宅邸的主人报以微笑。

神冈叹了口气。

"啊，我一直在等待你指出这点，不愧是名侦探。"

"奉承我也不管用，虽然这话有点不中听，不过神冈，你已经成功从嫌疑名单上除名了。"

"辛苦了。"

神冈轻轻点了点头。

千石怫然地哼了哼鼻子。

"还有，当我踏进这个房间的时候，里子，你说过'柚子烧酒的气味'之类的话，对吧？"

"嗯，不过那是泡过三天柚子澡的气味吧。简直是行走的腌菜了。"

里子皱起鼻子回答道。

千石厌恶地缩起了鼻尖。

"无论如何，你的鼻子似乎很灵。这对你而言无疑是幸运的，你不会漏闻清漆的气味，因此，我可以把你从嫌疑人名单中排除。"

"太好了，第三天的柚子澡，万岁。"

她表露出不合时宜的喜悦。

千石哼了一声。

"还有，我也一样。我从厕所发现的手套上嗅到了清漆的味道，是第一个发现情况的人。也就是说，我的鼻子也很灵，这样一来，只剩下一个人了。"

千石缓缓吸了一口气，又缓缓吐了出来。

"你的感冒如何了呢？喷嚏不断，鼻子咕噜噜响个不停，尾濑，鼻炎是不是很难受啊。"

说着，他指向了尾濑的鼻子。

尾濑用手帕捂着鼻子，眼睛睁得大大的。

千石接着说道：

"也就是说，凶手正是你这个冷酷而机敏的人精，把如此理性的杀人现场当作舞台，真有你的风格，对吧，尾濑。"

他缓缓伸出食指。

被指为凶手的尾濑一时间呆立不动，表情镇定如故，全身却陷入了僵直，令人联想到沐浴在杀虫剂中瞬间冻结的蚊虫。

然后他的胳膊像蚊虫一样开始微微颤抖，解冻开始了。只见他把颤抖的胳膊举过头顶，就这样挥了下去。

"等，等等，我怎么会是凶手，这是不可能的。"

他用带着鼻音的声音说道。

"这是事实，我刚才说的无一不是真相，你不是也很渴望通过逻辑推理来指出凶手吗？"

"可，可是，事情不是这样的。"

"没错，凶手是你，原本就是，肯定是你想接近真梨亚，却被她甩了，因此怀恨在心，走上了犯罪的道路。"

"你，你怎么能这么说，你自己也有被真梨亚抛弃的经历吧，别把我跟你混为一谈。"

"谁要跟你混为一谈，我可没有杀人，和你不一样。"

"这样分类也太胡扯了，我怎么可能是凶手，不是，真的不是。"

说着，他把目光转向了神冈，向他寻求救援。

神冈移开了视线。

"没错，根据千石先生的推理，凶手的确是尾濑。"

"喂，喂喂。"

尾濑急切地探出身子。

神冈背对着他，将目光投向了千石。

"可是，即便知道了凶手的真身，谜题也并未解开，对吧？"

"那是当然。"

千石用挑衅的眼神向上看去。

"我明白你想表达什么。作案手法是吧？你要我解释凶手尾濑是如何在密室完成杀人的。"

"你能做到吗?"

"我不会轻易提出做不到的事情。"

"看来你的头脑很犀利,那么且让我见证有多犀利吧。告诉我,凶手尾濑是如何使用密室诡计杀人的。"

他伸出手,示意对方继续。

尾濑则在一旁观察着两人的交锋,目光左右游移。

"喂,什么'凶手尾濑''尾濑杀人',请不要加上这些不实之词。"

他难掩自身的焦虑,平素冷冰冰的眼神就像玻璃杯里的冰块般摇来晃去。

"那么,且让我们开启解谜的第二幕吧。"

他的一举一动都带有演戏的味道,果然是戏剧人的天性使然吗?

二十

"嗯,凶手,也就是——"

千石指向了尾濑。

"尾濑淳司。"

他特地以全名和省略敬称的方式说出来,傲慢地挺起胸膛,抬头正视着对方,显然是有意指名道姓。

尾濑以怅然若失的口吻说道:

"总而言之,请快点开始吧。"

他平静地探出下巴,但眼神很是不安。

千石得胜似的鼻孔微张,挺着胸膛说道:

"好,首先要确认凶手作案时所处的位置,凶手尾濑在接待室阅读资料，即绝版的推理小说，而且他从未踏出受害者真梨亚所在的图书室。此外，图书室的门一直在里子的视线范围内。里子在对面的休息室里，面对办公桌，越过电脑屏幕可以随时望见客厅的一部分，结果就成了监视着图书室出入口的状况。她能证实没有任何人开关图书室的门。那么，凶手尾濑是如何杀死真梨亚的呢？这是一桩密室杀人案，同时也是透明人犯罪的谜题。"

他摆出双眼紧闭的架势，滔滔不绝地说着。他深谙如何让解谜更有魅力，导演的手腕毕竟不同凡响。

停顿了数秒，他的双手像郁金香一样张开。

"当然了，你不会被看到，那是因为存在着一件能化身透明人的斗篷，可谓是隐身衣一样的存在。正是在其庇护之下，凶手尾濑才能堂堂正正地闯入图书室。"

"什么？你的意思是，我虽然在看，却没有看到？"

里子眉头紧皱，流露出困惑的表情，圆溜溜的眼睛瞪得更圆了。

千石指着里子瞪大的眼睛说道：

"想看却看不见，这么说应该比较准确吧，因为视野被遮挡了。"

"怎么会，我确实能看到客厅的一部分，也就是图书室入口周边。"

"那是实像吗？"

"啊，什么实像？哦，相对于虚像的实像吗？"

"没错，就在你看到虚像的时候，凶手尾濑却以实像完成了谋杀。"

"啊，我看到的是虚像，那是什么，幻觉吗？我可没像千石先生那样喝酒。"

"喂喂，那都是陈年旧事了吧，这不是那种解谜的名场面，拜托，别再让我扮演迷失人生的迷侦探了。"

他略带慌乱地辩解道。

里子显然对解谜的兴趣超过了对千石的调侃，反而表现出了好奇心。

"嗯，都说选美大赛看样貌，推理小说看解谜，好吧，那就以解谜为先，请继续。"

"哎，真是折寿。"

千石叹了口气，然后定了定神。

"嗯，有关虚像的事，你看到的并不是幻觉，更确切地说，那个与幻灯机的原理类似，是影像。"

"影像？是指客厅墙壁上的影像吗？我看到的是图书室入口附近的影像？"

"对，瞧好了，这里的每个房间都有蕾丝窗帘，这个客厅也有，看那边。"

说着，他指了指南侧，通往庭院的拉门上挂着宽大的蕾丝窗帘。倘若有风吹入，就会像云朵一样轻轻舞动。

其他房间也有这样的窗帘，譬如图书室、书房和阳光房，二楼几乎所有的客房也有。也就是说，千石想强调的是这些帘子轻易可得的事实。

"没错，这里到处都有银幕，而且是又薄又白又轻又结实的那种，实在是很便利的东西。这里我们就借用储藏室里的备用品吧。"

说着，他走进储藏室，出来的时候单手托着一个白色的物件，从略微展开的手指缝中，白色的蕾丝布料如水般垂落下来。

三位嫌疑人好奇地看着这一幕。

"接下来——"千石把窗帘放在地上，边走边说，"还需要制造虚像的东西吧？我碰巧找到一个。"

他走进放映室，随即带着一个银色的箱形机器走了出来，上边附有镜头。

"这是投影仪，对，就是用来投影画面的，静态或动态的画面都能胜任，然后是这个。"

千石抓住了投影仪里伸出的数据线的插头，接着从胸口的内袋里拿出一台数码相机，是薄款的轻便型号，他总是把其带在身边，在先前的调查中用它拍遍了现场的角角落落。

他将数码相机连上投影仪，操作着小小的按钮。

"选这张照片就行吧，复制，打开。"

千石满意地确认完后，便转移至西侧的楼梯，楼梯背后堆放着纸箱等杂七杂八的东西。他把投影仪置于其上，用杂物盖住周围，只露出镜头，微妙地调整了角度。

随后，他拿起刚才放在地上的蕾丝窗帘，快步走向客厅。忙前忙后的样子让人联想到一只灵活的猴子。

一切就绪后，千石转过头来对三人说道：

"好，现在我要重现犯罪手法。里子是这样说的，下午七点一刻左右，她被神冈叫去泡了红茶，那段时间约为十分钟。在此期间，里子离开了休息室的桌子，出了客厅，在厨房准备红茶，然后返回客厅，给书房里的神冈送去红茶，之后回到了原先的休息室，对吧？"

"没错，正如我作证的那样。"

里子坦率地点了点头。

"好了，就是这十分钟，诡计就是在这个时候设下的。听好了，是这样，首先你去了厨房，对，就站在客厅的入口前，快点。"

"行行，就算你不催我也会快的。"

里子鼓着腮帮走到了指定位置。

千石似乎非常享受发号施令的感觉，或许是因为平时在舞台上经常被演员们顶撞或轻视吧。此刻的他流露出肉眼可见的兴奋。

"好了，在这段时间，监视被撤除了，凶手尾濑或许一直在等待这样的机会。于是他从接待室走了出去，爬上楼梯。快，上去。"

"啊，被说成凶手还要上楼？"

尾濑沉着脸表示了反抗。

千石咂了咂嘴。

"尾濑，上去，快点。"

"好，我会勉为其难地配合的，反正你肯定会说'无端反抗的人就是凶手'这种奇怪的理由。"

"这不是理由而是道理，好了，快上，我也会上去的。"

"千石先生自己上去不就行了？"

"哦，抗拒的那个就是凶手。"

"好好，我懂了，真是莫名其妙。"

尾濑不情不愿地上了楼，千石则悠然地跟在他的身后。

二楼的走廊好似一块突出的屋檐，正好位于客厅上方，下边是接待室，图书室，书房和储藏室的门，像极了商店街拱廊的构造。

千石先沉下腰，将窗帘挂在走廊的突出部分，保持卷起的状态横向展开。然后他从口袋里掏出绝缘胶带，将窗帘的两端固定在了地板上。

做完这些后，他站起身来，从扶手上探出身子，向下看去。

"好了，现在让我们来还原案发时的行动。首先，里子小姐从厨房回到客厅，然后走向书房。快。"

他啪地拍了下手。

里子抬头望着他，略显疑惑地说道：

"呃，怎么感觉像戏剧排练室一样。"

"哪里，这里布景道具一应俱全，所以不是排练室，而是剧场里的彩排，麻利点。"

啪，他又拍了拍手。

"好吧。"

里子困惑地挪动脚步，摆出双手捧着茶杯的姿势。

她在书房门前停下了脚步。

神冈站在她的身边。

两人双双抬头望向二楼的走廊，因为走廊恰好起到了屋檐的作用，所以此处并看不到千石的脸。

千石的声音传了过来。

"喂，里子小姐既然到了书房，就该好好报告。"

"啊，是，我现在站在门前。"

她嘟着嘴回答。

"那你就待在这里，给神冈递红茶，就是这样的发展。好，开始！"

拍手的声音响了起来。

里子像是在表演手势或小品里的某个场景似的，先假装敲了敲书房的门。

"老师，我给您端来了茶。"

"嗯，谢了。"

神冈站在原地，摆出了敲击键盘写作的姿势。

里子做了个开门的动作。

"打扰了。"

她又做了个把茶杯放在桌面上的动作。

神冈一声不吭地点了点头，继续写作。

里子鞠了一躬，假装掩上了门，从书房走进客厅，然后抬头望向了二楼的走廊。

"搞完了。"

她带着些许不耐烦大喊了一声。

在二楼的走廊上，千石从扶手上探出了身子。

"那你就按照当时的情况，从书房回到休息室，开始。"

他拍拍手发出了信号，然后弯下了腰。

从此处低下头去，可以望见里子正缓缓地穿过客厅。

千石一看到里子的背影，便立即把手放在了脚边，像卷轴一样卷成一束的窗帘被推了下来，从二楼走廊的一端似瀑布般飞落，直抵客厅的地板。由于材质轻盈，几乎没发出任何声响。一道薄薄的墙壁瞬间在此出现。

就像在和落下的窗帘竞速一样，千石迅速站起了身，跑过走廊，冲下楼梯，脚步声被地毯尽数吸收，并没有传出响动。

数秒之后，他已经站在了客厅的地板上，绕到了楼梯后方，接着，他触碰了先前设置的投影仪。

空中骤然出现了一道墙壁，是客厅墙壁的一部分，图书室的门周围的景象像是被抠下来一般，飘浮在空中。

没错，这正是投影仪的影像。

二楼走廊上垂下的蕾丝窗帘化身成了银幕。

就在此时，里子刚刚踏进休息室，并没有注意到身后的影像。

从休息室的角度看，这是银幕背面的影像，但由于蕾丝窗帘十分轻薄，因此正反面的影像的清晰度几乎没有区别。而那个影像被设置以反转的状态播放，也就是说，左右是颠倒的。就像将照片翻转冲洗一样，如此一来，屏幕背面的影像才呈现出和实际的客厅墙壁相同的状态，门把手的位置也在右边。也就是说，从休息室的方向看去，画面和普通墙壁并没有什么不同。

打开投影仪后，千石便立刻穿过银幕，打开了接待室的门，停下了脚步。与此同时，里子走进休息室的门，绕到原先的桌子旁落了座，面朝客厅的方向。

这个时候，她应该看到了银幕的影像。休息室的入口如画框般框住了投影。可她并没有任何反应，态度和先前一样烦躁。

"好，我已经回到原先的桌子上了，接下来该怎么做？"

她伸直双腿，仰躺在了椅子上。

突然，客厅的景观一阵荡漾。墙壁像超自然现象一样弯曲起来，左侧出现了裂隙，千石从彼处现身，像极了来自异次元的入侵者。

里子差点从椅子上跌落下来。

"喂，什，什么情况！"

她勉强用脚后跟撑住地板，将身体顶回了椅子上。

"你所看到的正是虚像。"

千石抓住了窗帘的一角。

"你在案发时看到的就是这个，轻而易举地就被诓骗了，还一脸傻气，哈哈哈。"

他像练绕口令般挤出了惹人嫌的声音。

之后，他解释了投影仪的作用和这个机关的原理。

"凶手尾濑准备了这样的虚像，接着迅速返回接待室等待时机，然后看准机会实施了犯罪。推测的作案时间是八点到九点之间，尾濑在其中的某一时刻化身为透明人。"

说着，他又发出了讪笑。

里子边听边懊恼地皱起鼻子，用噘得老高的嘴巴说道：

"这么说来，凶手尾濑是通过银幕后边进了图书室，在里边杀害了真梨亚，做完比拟的布置，从外边锁上图书室的门，再穿过银幕背后回到接待室，是这样的诡计吗？"

"哦，你很清楚嘛。就是这样，另外请再回顾一下，图书室的钥匙共有两把，一把在窝在书房的屋主神冈那里，另一把则在接待室的架子上。因此尾濑应该用了这把钥匙。这样一来，尾濑就会在你面前化为透明人，堂堂正正地行凶杀人。"

"请等一下，"里子双眼圆睁，目光犀利，"你的意思是，屏幕的背面是白色的墙壁，所以即便是薄如蕾丝窗帘的银幕，背面墙壁的白色也会起到迷彩色的作用，不会暴露虚像。而银幕背面门的轮廓并不显眼，门把手则是黯淡的银色，即便隔着薄薄的银幕也很难看清。"

"正如你所推测的那样。"

"可凶手要怎么办？尾濑先生可是个成年人啊。"

"难不成我是小孩。"

"请不要用自嘲来蒙混过关。一个成年人要是站在如此薄的屏幕后面，只要稍微动动就能看见吧。尽管有些模糊，但也有相当的大小，我肯定会注意到的。喂，你怎么看？"

她投来了刺痛的眼神，嘴角挂着一抹坏心眼的微笑，似乎对自己的反驳很有自信。

可千石并不为所动，径直转过了身去。

"那么，就让凶手实际演示一下吧。喂，尾濑，你站到屏幕后面。"

他下达了命令。

从刚才开始，尾濑好似影子般跟着千石东奔西走。从踏上二楼走廊的那一刻起，他就被下了各式各样的指令，无奈之下只好勉强遵从。

"啊？"尾濑腻烦地歪过了脸，"你刚才又喊我凶手了吧？要是我在这里对你言听计从，不就等于承认自己是凶手了吗？"

他冷静地提出了质疑。

千石不耐烦地说：

"好吧，那就叫你普通的尾濑。一切以试验为先，赶快遵照指令给我行动起来，普通的尾濑。"

"普通什么的……"

尾濑不情不愿地做出了妥协，服从了上面的指令。

然后他站在了银幕的另一边，举起双手用力地挥着。

透过屏幕便可看见那铅灰色的身影。虽说轮廓模糊，但确实可以看到人影。

里子指着那个幽灵般的图形说：

"瞧，这不是看得见吗？我是不可能看漏的。"

她得意地挺起下巴，圆溜溜的眼中流露出报了一箭之仇的喜悦。

与此同时，尾濑的灰色身影依旧在挥着双手，正好印证了里子的说法。

然而名侦探千石丝毫没有畏缩的样子，倒不如说这样的发展恰合他的期待，只见他悠然地露出微笑。

"对，里子小姐说得没错。这样就好，非常好。"

"你承认了吗?"

"对，我承认，因为诡计尚未就绪，此刻正是未完成的诡计。"

千石毫不介怀地说着，随后深深一笑。那张笑脸上荡漾着自信。

二十一

"未完成的诡计?"

里子眨了眨大眼睛，鹦鹉学舌似的重复道。

"没错，收尾的部分就是这个。"

千石从夹克后边拿出某个白色的物件，似乎之前一直挂在工装裤的皮带上，看上去就像叠好的手帕，但就手帕而言，体积似乎有些偏大。

他将这个递给了屏幕后的尾濑。

"这是什么?"

尾濑问道。

千石把头探到窗帘的另一边，小声对尾濑说了些什么。

对此，尾濑一个劲地摇着头。

"不，那可不行，不要，绝对不要。"

他抬高嗓门，表示出强烈的抗拒。

千石似乎对这个反应早有预料。

"哼，没办法，真是个死皮赖脸的家伙。好吧，让侦探亲自展示诡计的完全形态也算是一种美学吧。换我来，让开!"

言毕，他将身子挪到了窗帘的另一面，作为交换，尾濑被推了出去。

"真是的，开什么玩笑，被当成凶手也就算了，这种事情怎么做得出来？"

尾濑似乎是被硬塞了什么相当讨厌的事。

而窗帘那边则和先前尾濑做演示的时候一样，千石灰色的全身像昭然可见，此刻他正举着右手，挥手向众人道别。

稍后传来了开关门的声音，由于白色的窗帘变成了迷彩，相应的情景是看不到的。与此同时，千石的身影越来越细，最终消失不见。他似乎只把门打开了一点，从狭窄的缝隙里挤进了接待室。

他究竟意欲何为？神冈、尾濑、里子三个观众目不转睛地盯着银幕。

大约过了一分钟，又传来了开门的声音。

但这回仅有声音，银幕上什么都没有。

然而，千石的声音飘了过来。

"嗨，让你们久等了。"

屏幕猝然一阵摇晃，向这边鼓了起来，鼓胀的位置看起来像一个人的全身。

然后，千石从银幕下露出了脸。

"如青虫藏于绿叶。"

他边说边穿过银幕，缓缓地露出全身。除去脸以外，全身都是白色。

"全身紧身衣！"

里子发出了堪比尖叫的声音。

神冈则半张着嘴瞪大眼睛。

"所以我才拒绝了啊。"

尾濑大概在想象着自己穿上这身的模样，绝望的声音脱口而出。

没错，千石全身包裹着纯白的紧身衣，那是微带光泽的尼龙树脂全身紧身衣，外观很像潜水服，唯有脸的部分开了个圆洞。

这样一来，就能和银幕产生迷彩效果，事实上，刚才千石的身影确实消失得不留痕迹，成了看不见的透明人。

"怎样，如青虫藏于绿叶。"

他把刚才的话又重复了一遍，大概是有些害羞吧，为了掩饰这点，他转过了身子。

"这样一来，即便透过银幕也不会有问题。瞧好了，只要背对银幕侧着走，就连后脑勺也是白色的，整个身体都会产生迷彩效果。如此一来，凶手便化作透明人，可以自由出入图书室，完成密室杀人。"

他背对众人，发出高亢的笑声。兴许是在掩饰自己的尴尬，毕竟这身打扮着实很难为情。

里子似乎被眼前的情景吓坏了，圆溜溜的眼睛瞪得老大。

"看不见，还好看不见，我可不想目击这种凶手。"

她颤着声音说道，大概是在想象着自己回答警察讯问的场面吧。

"没错，那个可怕的杀人魔包裹在白色的全身紧身衣里……"

这样的回答一定尴尬得不行，在法庭上更是如此。

千石继续着他的解谜，即便身穿白色紧身衣的名侦探讲述真相的场面充满了诡异。

"在图书室做完杀人和比拟的尾濑，化身为隐形人，横穿到银幕的另一头，然后从里子这边完全看不到的位置走出去，就这样爬上楼梯，踏上二楼的走廊。"

千石边说边跑上楼梯。然后从二楼的栏杆探出包裹着紧身衣的身子。

"到了最后阶段，凶手尾濑开始回收诡计道具。他先望着屋外，等待强风吹来。没错，从下午开始这里就刮起了强风，庭院的树木剧烈地摇晃，因此时不时会遮住外边的灯光，令室内光线产生微妙的明暗变化。瞧，就是这样。"

强风伴随着剧烈的沙沙声呼啸不止，外部的灯光多次被遮蔽，亮光闪烁，明暗不定。流入室内的灯光浓度发生了微妙的变化，整个房间仿佛都在摇晃，墙壁也有了起伏荡漾的错觉。

"趁这个时候，把银幕移动到旁边。"

千石剥下胶带，将银幕轻快地往侧边一拽。

由于外部灯光的微弱闪烁，这幕无声的移形换位就这样被掩盖了，银幕的动作融入了室内摇曳变幻的灯光中。

屏幕被移开后，从楼梯底下的投影仪发出的灯光便沿着对角线投射至对面的墙壁上，那里正是里子所在的休息室的视觉死角，不会被人发现。

千石把移至一侧的银幕叠成细细一条，然后迅速拽起，再将其进一步折叠，夹在腋下站起身来，轻轻走下楼梯。然后他关掉投影仪并拿在手上，将其搬回放映室置于原位，转身跑上楼梯，再度穿过二楼的走廊，从东边的楼梯走下一楼。接着他去了储藏室收好窗帘，再回到隔壁的接待室把门打开，做出进门的姿势，最后转过了身。

"嗯，如此一来，你就完成了整套犯罪，呼——"

他倚在墙上，试图摆一个帅气的姿势，但视线却直勾勾地瞪着对面的窗户，那是因为上面映出了裹在紧身衣中的自己。

"啊，解谜就此结束。"

他慌慌张张地把手绕到背后，一把揪住拉链扣往下拉去，学着金蝉脱壳的样子，试图从紧身衣的束缚中挣脱出来。

但经过一番苦斗，虽然头和右手都从紧身衣中挣脱，但接下来的部分举步维艰。此情此景就像被白色的年糕缠住一样。

千石倾斜着整个身体。

"喂喂，谁，谁能过来帮帮忙，拉一下我的左手。"

"哦，可这样的场景我应该是看不见的呢。"

说着，里子跑了过来。

"难得的本格推理解谜场面……真凶应该很快就完成了脱衣吧。"

"当然了，这是再正常不过的，凶手要灵巧得多。何况我不是罪犯，而是侦探。"

他以某种奇怪的角度自夸起来。

在里子的协助下，千石终于挣脱了紧身衣的束缚，大口大口地喘着气，擦拭着额头上的汗水。

"尽管如此，推理作家的思路还是全然无法理解，"千石将卷起的紧身衣递给神冈，"我在储藏室里找到了这个，你究竟是拿来干什么的？"

他一脸严肃地问道。

神冈挠了挠头，以难以捉摸的态度回应道：

"唔，大概是为了试验某种诡计吧，比如变装之类。每当有了什么想法，我就会购买各式各样的东西，尝试各式各样的办法，这也可以说是推理小说作家的癖好吧。你看，国内外都有不少作家通过收集各种门锁和门把手来研究密室诡计的，凶器之类也是同样的道理，紧身衣就是这类东西的延伸。"

"确实，你的储藏室里堆放着各种东西，简直跟垃圾场没两样。"

"没错，不过你能在这些东西中找到紧身衣，也是够厉害的，甚至还能将其联系上密室诡计，我是真心佩服，真的。"

他的眼神中满是认真。

千石毅然地抬起了头，瘦小的躯体蕴含着伟岸的态度，自信填满了全身。只见他得意扬扬地说：

"好吧，既然被赋予了侦探的角色，就必须展示与之相符的成果。所以我自认为已经给出了答案。按照委托的内容，我解开了密室诡计，并指明了凶手，凶手通过扮演透明人来完成密室杀人。自不必说，这是为了利用在案发时不曾出入图书室的不在场证明来伪装自己无罪。对吧，凶手尾濑？"

他递出了长枪突刺般的有力视线。

仿佛真的被长枪贯穿一般，尾濑把腰弯了下去。

"请等一等，你是认真的吗？当真要把我当成杀人凶手指认？这也太荒谬了。"

"就是你用了如此愚蠢的密室诡计。"

"什么？全身紧身衣？那玩意本来就不符合我的美学，和杀人一样毫无可能。"

"唔，所以好不容易才登上如此盛大的舞台，你却拒绝穿全身紧身衣？"

"才不是什么盛大的舞台，而是羞耻的舞台。你该不会打算诬我穿上紧身衣，然后再把沾上毛发这种事当成我是杀人犯的证据吧？"

"你觉得我是那种人吗？"

"我觉得是才拒绝的。"

他直截了当地说道。

然而，千石并未表露出任何动摇。

"哼，你的心思我早就看透了，倒不如说，你打算把紧身衣上没沾毛发当成你无罪的证据吧。但储藏室里应该还有其他的全身紧身衣。"

说着，千石转过身来，抬头望向神冈的脸说：

"喂，你该不会只买了这一件吧？"

"当然不止了，好像还有三四套。"

神冈淡然地回答道。

千石满意地点了点头。

"应该就是这样，接下来就是警方调查的范畴了。只要仔细找找，应该就能锁定犯罪时穿过的紧身衣。哪怕藏在了储藏室以外的地方，以警察的力量也一定能找出来。哦，错不了，真梨亚遇害后，离开过这间宅邸的，就只有你一个人吧，尾濑。你还开车来接我呢。倒不如说，这种行为恰是你犯案的证明，肯定是为了在外边处理掉紧身衣才这么做的。被我说中了对吧，干脆老老实实地承认，就是你穿着全身紧身衣完成了密室杀人。"

"啊？你是来真的吗？等等！"

尾濑那平素冷静的脸上渗出了汗水，整张脸因焦虑而抽搐。他转向神冈，求救似的说道：

"喂，搞错了吧，不是这样的，对吧？"

他暗中向神冈示意。

但神冈并没有反应，而是摆出一副无法理解对方意图的模样，又或者是刻意无视吧。只见他波澜不惊地说道：

"哦，对。尸体被发现以后，离开宅子的确实只有尾濑一人，而且他主动提出要开车去接千石先生，可我和小里并没有要求他这么做。"

他的目光中蕴含着拒绝之色。

一旁的里子也微微点头，她的眼神无比冷漠，没有任何表情。

千石接过话头，啪的一声打了个响指。

"果真如此，你的行动果然不出所料。尾濑啊，你以为穿上紧身衣就能隐藏自己，结果却栽在了紧身衣上。"

他摊开叠好的紧身衣，抓住脖子的部分高高举起，就像是在重现绞刑现场的场景。

尾濑的眼神飘忽不定，只见他颤抖着嘴角说道：

"喂，喂喂，才没这回事吧。错了，事情搞错了，对吧？"他边说边探询着神冈的目光，"事情会这样发展，完全超出了预料啊。"

他时而歪头，时而眨眼，一刻不停地发送信号。很显然，这与他们事先准备好的剧本完全不同，他似乎在诉说着这点。

于是乎，神冈以一种飘然的态度回应道：

"怎么了，尾濑？你有什么反对意见吗？难不成你是想说，你有另一条解答路径？"

尾濑的脸上瞬间闪过诧异的表情，眼中随即闪过了一道光。

"嗯，是的，我想到了其他推理，有着不同的凶手和诡计，我认为这边才是正确答案。"

"尾濑，你貌似在声称自己的推理才是正确的。事已至此，要是你不这么主张，你就是真凶了。全身紧身衣的密室诡计就成了唯一的解答。"

尾濑使劲地摇着头。

"不，我不是在开玩笑。事情变成这样我可受不了。好吧，我也有我的见解，就让你们听听我的推理吧。"

"要是你有这个意愿，就该早点提嘛。"

"原来如此，是这样的发展啊。好吧，这里就由我来扮演名侦探……"

他强调似的说道。

"啊，这个人也自称名侦探呢？"

里子在一旁打岔。

神冈把里子挡在了身后。

"没错。虽然不清楚你是否能扮演名侦探，但确实应该由你扮演侦探的角色。"

他催促尾濑继续往下说。

尾濑一副决心已定的样子，紧绷着脸，他微微前伸的下巴宛如尖刀。他的眼睛深处似乎有一团苍白的火焰在燃烧，那是爬行动物寻找猎物的眼神。他逐渐恢复了那副适合冷笑的脸。

"好吧，现在该轮到我了。我没理由默默接受紧身衣杀人犯的污名。且让我揭示本应存在的真相，为本案做个了结。"

他言之凿凿地说着，然后转向了千石。

"可以吧，千石前辈。感谢您的辛苦付出，您的垫场戏完成得十分出色。"

尾濑报之以擅长的讥讽。

千石以威吓的眼神瞪着他，像极了猴山上演的猴王争夺战。

"呵呵，那我姑且听听，迷途的迷侦探的迷醉推理。"

他表情严峻地挑衅道。

二十二

尾濑的手里攥着门把手。

那是一个从门上拆下来的孤零零的部件，哑光银的圆形把手。门把手的根部延伸出一根细长的四角形轴，中间弯曲成 L 形。

没错，这正是大约两个小时前，屋主神冈准备好的东西，声称是密室诡计的道具。

此时此刻，这个道具正被尾濑拿在手里，只见他面带冷笑，嘴里说道：

"这才是密室诡计的真实面目。唔，有关那个储藏室是解谜的宝藏山这点，千石前辈的意见完全正确，就是这么回事。"

他抬起下巴，指了指堆满各色物件、堪比垃圾场的储藏室，这也是千石找到全身紧身衣的现场。

这回轮到尾濑从中取出了这个门把手。当然了，这也是神冈事先有意安排的。他本打算布置成稍微翻翻就能找到的状态，但名侦探千石好像并没有发现。又或者，他可能找到了，却没引起足够的重视。或许是那件全身紧身衣吸引了注意力的缘故，使他过早得出了自己的密室解答。

事情的结果，就是神冈他们预备好的剧本被打乱了。因而，接下来的舞台会如何发展，便成了未知数。而这场表演，已经开始了。

这次由尾濑饰演名侦探的角色。

“本格推理作家真是收藏了各式各样的东西，刚才神冈前辈也轻描淡写地提到过，自己为了研究密室诡计而购买了门把手和门锁，不料答案就藏在此处。”

说着，他朝神冈挑了挑眉毛。讥嘲和挖苦似乎是名侦探的特权。

神冈耸了耸肩，用眼神示意对方尽快推进。

“快接着说！”

这话从千石的嘴里蹦了出来。只见他站在原地，焦躁地晃着身子，让人联想到够不着香蕉的猴子。

尾濑也朝他瞪了一眼。

“我也是如此，先提出凶手是谁，然后再进行密室诡计的推理，这样比较容易理解。我并不是在模仿千石先生哦，这只是我个人的见解。”

他更加刻薄地陈述道。

千石用力喷了个鼻息，哼了一声，下唇高高噘起，毫不掩饰自己的不悦，简直和小孩没两样。

尾濑则露出了格外成熟的苦笑。

“好了，凶手是谁，指明真凶的线索就是这个。”

他操作电脑，选取所需的照片。

六十五英寸的液晶屏幕上显示出一个笔形的物件。

“这是指示杆，在讲座或演示中指示用的可伸缩杆子。请仔细看，靠近前端的位置沾有血迹，可以看出指纹的痕迹。这片血迹正好在开关上，而指示杆的顶端是灯光装置。凶手用过这个灯，像这样——”

他切换了屏幕的画面。

照片里的指示杆亮起了灯。

"这根指示杆是从图书室东侧的收纳柜上的笔筒里拿出来的，就在摆放那些圣甲虫的玻璃收纳柜的下一层。"

屏幕上出现了展示这一场景的照片。

尾濑按照最初的剧本铺陈推理，由于是刚刚确认过的内容，自然能够有序地把握住节奏。

他得心应手地推进着话题，节奏完美，就像说书人展示自己的看家本领一样。

"此外，值得关注的是图书室的照明。首先，凶手并未打开天花板上的吊灯。先前屋主神冈先生也解释过，那个灯光能抵达庭院。当吊灯亮起之际，即便身处一楼的其他房间，也能注意到庭院变亮了。然而，实际情况并非如此。另外，图书室的东侧装有壁灯和立式台灯。凶手或许希望光线越少越好，这样一来，万一有人走进庭院，透过窗户也看不清里边的状况，这是很自然的心理。当我们发现真梨亚的尸体时，比较明亮的壁灯是关着的，只有立式台灯开着。也就是说，室内的照明状况与真梨亚进入图书室时并无二致。然而，立式台灯光线太暗，照不到放置圣甲虫的玻璃柜。而我们在发现尸体巡视室内的时候，才打开了吊灯，对吧？"

他看向周围，像是在寻求同意。

里子即刻回应道：

"确实，光靠立式台灯照明范围太窄，摆放那个玻璃柜的架子非常暗，根本看不清楚。"

尾濑微微点了点头。

"没错，照明范围太小，从玻璃柜里取出圣甲虫应该很难。这样的话，即便不开吊灯，也该打开壁灯吧。可是壁灯前的地板上有

225

散落的饼干，应该是真梨亚被杀倒地时，整个盒子都打翻了。尸体的衣服上也沾了饼干屑。要是凶手碰了壁灯前的开关，饼干理应会被踩碎，起码也该有用脚扫开饼干的痕迹。但现场并没有这样的痕迹，也就是说，凶手没有触碰开关。如果凶手担心留下脚印，只需在饼干上垫纸或书就解决了，非常简单，尽管如此，凶手并没有这么做。但要是不开壁灯，从玻璃柜里取出圣甲虫就会变得非常困难。"

"所以，他借助了指示杆的灯光。"

里子插了句话。

尾濑点了点头。

"没错，但是装有指示杆的笔筒和玻璃柜放在同一个收纳柜上，那里同样昏暗，从一大堆笔中拿出指示杆应该并非易事，可凶手仍选择使用指示杆，这说明对凶手而言，这样的事并不困难。也就是说，凶手是非常熟悉这座宅邸，并通晓一切的人。"

"那样的人……"

"对，正是宅邸的主人。行动娴熟，对房间和物品的位置和手感了如指掌的屋主。"

说到这里，他压低了声音，补充道：

"这就是我的推理。"

对此，一旁的里子小声附和道：

"没错，太精彩了，不愧是名侦探的代理。"

尾濑若无其事地迅速换回了原先的语调，继续进行逻辑推理。

"也就是说，这事指向的结论仅有一条，杀害真梨亚的凶手，正是这间宅邸的主人，即神冈先生。感谢您带来如此惊心动魄的盛情招待。"

他带着讥讽的表情行了个礼，歪着嘴角露出了冷笑。

神冈摆出诧异的面孔。他指着自己的脸，眨了眨眼。

"嗯？凶手是我？"

他用毫无实感的语气说道，就像在兴致索然的水族馆里礼节性地询问鱼的名字一样。

"是吗？我怎么不记得有这回事，太奇怪了。"

他歪过脑袋，故作滑稽的模样。

尾濑目光犀利地说：

"既然逻辑推理指向这个结论，那就没办法了。哪怕主观上被说奇怪，只要客观上可以接受，那便与真相无异，"他的眼中闪过冷峻的光芒，"嗯，当然，正如我一开始说的那样，线索就藏在此处。我从那间垃圾场般的储藏室的宝藏堆里找出了这个。"

他的右手摆出了随时准备投球的姿势，银色的门把手在灯光下闪着银光，看起来就像个白色的球。

他摊开掌心，掂了掂门把手。

"这个密室诡计可以让另一扇门出现或者消失，可谓是'任意门'的密室。"

他有条不紊地讲述起来。

因为是某种程度上验证过的诡计，故而显得比较有底气，他也有了时不时加上夸张手势的余力。

解说进行得相当顺利，流畅的口吻增添了说服力，诡计的步骤被精巧地付诸言语。

"且让我们追随时间的流逝。重复一遍，六点半左右，真梨亚来到这里，和神冈先生起了争执，还发生一定程度的扭打。在那之后，真梨亚为了冷静下来而喝了些啤酒，然后在图书室休息，当时大概是七点。那之后的位置关系是这样的，神冈先生在书房写作，里子小姐在休息室用电脑收集资料，我则在接待室专心阅读珍贵的绝版推理小说，是这样吗?"

他向周围看了一圈。

"啊，虽然算不上特别珍贵，但确实绝版了。"

神冈应了一句。

"好，明白了。"

尾濑应了一声，继续说道:

"大约在七点一刻，神冈先生想要红茶，于是里子小姐去厨房泡茶，大概用了五到十分钟的时间。这正是设置诡计的宝贵时机，凶手神冈先生制造了第二道门，就像这样。"

尾濑走向墙壁，在图书室的门和放映室的门之间的白色墙壁上有几个小小的孔洞。

这正是神冈和真梨亚争斗的痕迹，真梨亚几度挥刀攻向神冈，神冈都勉强躲了开来。每次空挥的刀都刺入了墙壁，刺破的痕迹正是这些小洞。

"这里正好有个位置合适的洞，"尾濑指着一个齐腰高的洞，"或许这个洞正是神冈先生当时自己钻的。不管怎样，他把门把手装在了这个洞里。"

他再度举起了刚才展示的门把手。

作为一枚单独部件，轴的部分在中间弯曲成 L 形。

尾濑又从口袋里拿出了一块白布。

"什么布都可以，这里我就暂时借用了储藏室的手帕，把布缠在门把手的轴上……"

他把手帕缠了上去，再将轴对准墙上的洞，缓缓地推入。当推到一定程度后，他再从上方施加压力，门把手的金属轴和白布缓缓地没进洞里，似乎被牢牢地固定在其中。完全嵌入之后，看起来非常稳固，并无晃动的迹象。

里子瞪大了眼睛。

"啊，看起来像是原本就装在这里的一样。"

"好了，接下去是收尾。"

他从右后口袋里掏出黑色绝缘胶带。胶带似乎已经预先做了切口，撕下来仅有数毫米宽。

尾濑小心翼翼地把胶带贴在了墙壁上。

"仔细看就会发现，我事先用铅笔在四个角上各画了一点，用手指一擦就会消失，实际作案的时候应该也有类似的操作。"

贴在墙上的四条细长的黑色胶带，形成了一个长方形的黑框。

"这下看起来如何？"

"啊，"里子失声叫道，"多了一扇门！"

话音落下，她的嘴依旧没有合上。

嵌入墙洞的门把手，再加上贴在墙上的黑色长方形胶带轮廓。

此处确实凭空出现了一扇门。

一扇新的门凭空出现，看起来就是那样。

尾濑得意扬扬地说道：

"好了，魔术的准备工作已经完成了百分之九十。"

言毕，他一个人鼓起了掌。

接着，他移动了一盆观叶植物，遮住了图书室的门把手。

"接下来是白色绝缘胶带。"

他从口袋里取出胶带，贴在门的轮廓上，令其融入白色的墙壁。

真正的图书室的门消失了。

"然后，作为第一阶段的最后一步，凶手潜入休息室，调整了里子小姐工作用的桌椅位置，以及墙上张贴海报的位置，就像这样。"

他边说边进入休息室，迅速调整了几处位置，整个过程大概用了不到一分钟。

"准备完成后，他回到书房，摆出写作的架势。在这之后，里子小姐准备好了红茶，就这样离开厨房，返回客厅，前往书房。"

"神冈老师，我给你端了茶。"

里子再度扮演了自己的角色，她在书房门前做出了递出茶杯和茶托的动作。

尾濑则继续解说：

"里子小姐端完茶后离开书房，回到休息室，坐回了办公桌前，开始用电脑整理资料。这个时候，桌椅和海报的位置都发生了微妙的变化，可她并没有注意到，应该是她很少使用的缘故。门外依旧是图书室的门和其周围的墙壁。当然了，那个景象是假的，里子小姐把客厅白墙上的'门'错认成图书室的门。"

"啊？原来是这么回事。"

言毕，里子跑进休息室，绕过桌子坐在了椅子上，把圆溜溜的眼睛瞪得老大。

"哇，我望见图书室的门了，可这个门……"

"没错，就是'任意门'。你看到的是我准备的假门。"

尾濑双手交叉，面露笑容，满意地点了点头。

千石和神冈也进了休息室，他俩半蹲在里子身旁，凝望着门外客厅的光景。

千石摆出一副百无聊赖的表情，眼中却充盈着好奇。不安、懊恼，以及对抗意识，这些情绪似乎正以微妙的比例混合在一起。

神冈则是单纯觉得好玩，脸上带着无忧无虑的微笑。

看到他们的反应，尾濑流露出快活的眼神。但为了不露出微笑，故意绷紧了脸。

他摆出一副严肃的面孔。

"然后，八点过后，虽然不清楚准确的时间，不过应该在八点到九点之间吧。凶手悄悄地离开书房，蹑手蹑脚地移动观叶植物盆栽，留出空隙，再撕下墙上的白色胶带，打开真正的图书室的门，就这样进入其中。"

尾濑依言展开了行动，将观叶植物盆栽稍稍移位，留出挤进其间的空隙，将白色胶带撕去一半。然后，他轻轻推开了图书室的门，闪身钻了进去。

他先关上了门，然后立即打了开来，走出了图书室。

"你们瞧见我刚才的行动了吗？"

"没有，那是死角。"

里子从办公桌旁探出身子说道。

尾濑得意地说：

"你们也没看到，对吧。没人会想到真正的图书室的门被打开了，因为那边的假门是一直关着的。"

他指向了假门。

里子钦佩地点了点头。

"是的，它不可能打开。要是能够打开，就真成'任意门'了。"

尾濑似乎有些得意忘形，用蹩脚的音色模仿道：

"我，哆啦A梦。"

里子皱了皱眉头。

"不成，我才不要哆啦A梦的密室杀人。"

千石和神冈在她的两侧同时点了点头。

尾濑一时间有些动摇，但旋即恢复了严肃的表情，重新展开了解说——

"凶手进入图书室，继续实施犯罪。真梨亚可能因为啤酒被掺入安眠药而意识迷糊，但她并没有睡着，那是因为她平时常去精神内科开这种药，因此产生了耐药性吧。凶手，即神冈先生进入之时，真梨亚一定觉察到了。但由于半吊子的药效，反应有些迟钝，或许还做了些抵抗，留下了某种动作的痕迹，比如图书室地板上掉落的饼干盒。尽管如此，完成杀人并没有费多大力气，一眨眼就搞定了吧。总之凶手悄悄地实施了犯罪，并迅速布置了比拟现场。离开图书室后，他用随身携带的钥匙从外边锁上门，如此一来，密室就完成了。然后只需恢复原状即可。"

尾濑重新贴上白色胶带，抹消门的轮廓，随后移动盆栽，隐藏起门把手。

"就这样，在完成密室杀人之后，凶手回到书房。"

尾濑似展翼般张开双手，下巴自豪地向上抬起。

休息室里的三人此刻已转移到真正的图书室门前，围在了尾濑身边。

里子轻轻拍了拍他留着短发的头。

"原来如此，犯罪是在我看不到的地方进行的，我未能发觉。我一直以为图书室的门是关着的，没有人进出。"

"那是因为你看到了假门。"

"目击者的证词应该是一直监视着门，于是密室就成立了。"

"还有一个要点，那就是比拟。"

尾濑用两根手指比画了一个圆圈。

"金龟子上下移动，再现了小说《金甲虫》中的场面。它和真正的门被琴弦连在了一起，利用门的开闭来驱动机关。这就强化了真门的存在感。"

"从某种意义上说，真正的门恰是扮演了重要的角色。"

"没错。正如所见的那样，门、门把手、丝线、锁上的门锁，当这些道具组合在一起时，密室诡计怎么看都只能潜藏在此了。也就是说，机关一定在真正的门上。"

"原来如此，这也就掩盖了使用假门制造密室的事实。"

"没错，凶手通过布置比拟，误导了密室诡计的解答。假门像极了雾中的幻影，也就是说，诡计要是不被识破，神冈先生就能置于相对安全的境地。虽然密室诡计是使用真门完成的，但在行凶的时间段里，神冈先生被认为从未靠近过真门，因此他的不在场证明也就成立了。"

尾濑看向神冈，意味深长地点了点头。

神冈将视线移向虚空，看起来就似佯装不知，又像在戏谑地揶揄。只见他扭动着双臂，缓解肩膀上的疲劳。

尾濑对这样的反应无动于衷，他感觉自己的状态绝佳，为了不让情绪低落，他接着说道：

"然后过了没多久，大概九点钟的样子，里子小姐去书房找神冈先生，告诉他自己担心图书室里的真梨亚。要是里子小姐迟迟不来，神冈先生应该会主动去休息室找她吧。之后，你们两人试图去图书室呼唤真梨亚，但没有回应。神冈先生想开门，可怎么都打不开，当然因为这是假门。里子小姐也试着去拽门把手，自然也没法打开。大体上就是这样的场面。"

尾濑边说边把手搭在门把手上——正是尾濑之前插进墙洞里的门把手，没错，就是假门的把手。

尾濑握住圆形的把手，一边拉一边用戏剧化的语气说道：

"嗯，是从里边锁上了吗？喂，打不开啊。然后神冈先生请里子小姐也摸一下门把手，请吧。"

尾濑让开位置，伸手示意。

里子接过话头，换到他的位置。

"哦，好的，那我也试着拽了拽把手，是这样吗？"

她笨拙地伸手握着门把手，前后左右扭了一阵。当然，门把手纹丝不动，门也是一样的状况。

"这也锁得太紧了，凭女性的力量根本不行。"

"是啊！像里子小姐这样的女性都这么说，就太有真实感了，说服力也跟着大大增强！"

"像我这样的？"

"呃，唔，坚韧的女性。"

尾濑虽然有些张口结舌，但好歹应了一句，然后迅速转向下一个场景。

"从这里开始就轮到我登场了，外边的喧闹引起了我的注意，在接待室阅读绝版推理小说的我也在好奇心的驱使下走出房间，与他们会合。然后我问过情况，拽了拽门把手，同样也打不开。当时我只想确认门是否上锁，所以并没有用多大气力，应该是被神冈先生误导了吧。总而言之，我们推测图书室里的真梨亚似乎出了什么意外。而图书室的门钥匙分别存放在神冈先生的书房和我所在的接待室的架子上。但在开门之前，出于慎重，你们还是决定通过窗户窥探室内。强烈建议此事的正是神冈先生，对吧？"

说着，他将锐利的视线投向神冈。

"那是当然的，"神冈轻描淡写地说，"我之前不是说了吗？保护现场是很重要的，在好奇心允许的范围内尽量做到最好吧。我们有义务配合警方的调查团队，这是公民应尽的职责。"

说完，他仍是一副满不在乎的样子。

尾濑毫不退让，微笑着回应道：

"嗯，是啊，所以我们就乖乖照做了。为了保险起见，在去庭院之前，神冈先生去了书房和接待室，拿到了图书室的两把钥匙。然后三人走出宅邸，跑过庭院，通过窗户往图书室里窥看。显然真梨亚小姐有性命之忧，或者说是绝望的状况。此外，我们确认了门把手中央的旋钮是横着的，房间是上锁的状态。此外，窗户打不开，同样是上了锁。从这一阶段便可窥知发生了密室犯罪。首先我们必须确认真梨亚的安危，于是决定开门进入室内。"

为了再现开门的场景，尾濑转向墙壁。

就在这时，里子插了句嘴：

"等等，在那之前，不是还有一个提议吗？"

"哦，对。透过窗户看去，房间中央的桌子底下是视觉死角。我们便假设凶手藏身于此，采取了从窗户和门包夹的策略。我记得这主要出自神冈先生的意见。于是我和里子在窗边等着，神冈先生则回到了宅邸，打开图书室的门走了进去。而神冈先生的行动应该是这样的。"

他再度转向墙壁。表演了其后的场面。

"神冈先生穿过大门，走进客厅，站在门口。他先站在了假门前，然后——"

235

尾濑快速撕下描绘假门轮廓的黑色胶带。

接着，他握住假门把手，朝着斜上方用力拽了几拽，同时左右稍微拧了几下。伴随着布料摩擦的声音，门把手脱落了。他用戴着手套的手指轻轻拂去墙洞周围的灰泥粉末。

最后，他双手扶着观叶植物的花盆，略微倾斜，以滚动的方式横向移动，推回了原位。

隐藏于观叶植物中的真门把出现了。

最后，遮挡真门轮廓的白色胶带也被撕掉了。

就这样，假门凭空消失，真门重新出现。前后不到一分钟的工夫。

"就这样，密室诡计所用的道具被回收，一切都恢复到原先的状态。多出来的这些时间，可以用'为了不破坏《金甲虫》的比拟现场必须小心开门'来搪塞过去。不过好在没有被问什么特别的问题。接下来，神冈先生打开门锁，走进图书室，确认过了尸体。此外，守在窗边的我和里子看到神冈先生绝望的表情后，回到建筑物里，在图书室的案发现场会合。"

尾濑流畅地叙述着，时不时流露出悔不当初的表情，不住地摇头叹息。当他解释完所有要点后，长长地叹了口气。

"哎，真是被巧妙地骗了，没有在当时就觉察到这个诡计，真是让人打心底里感到懊悔。尽管如此，神冈前辈可真是太自信了。"

"你这是什么意思？"

神冈垂下眼角，饶有兴致地微笑着，似乎没有动摇的迹象，好奇心似乎战胜了一切思绪，甚至对自己被视为凶手感到十分享受。

而另一边，尾濑却逐渐显露出浮躁的神色，语气中透露出难以忍受的焦虑。他清了清嗓子，顿了一顿。

"神冈先生的自信，瞧，就是这个。"

他轻轻抛接着手里的门把手。

"之前不是说过了吗，关于那个堪比垃圾场的储藏室。推理作家为了研究诡计买了各式各样的东西。你最先提到的正是门锁和门把手，结果真的用了这样的诡计。简直太大胆了。所以我觉得你很有自信。不过，也有可能恰恰相反？你该不会是想要设置这样的误导，故意自己率先举出门把手，别人就不会认为你会用它来制造诡计。"

说着，他向对方投以挑衅的眼神，嘴像裂开一样，露出了大大的 V 字笑容。

然而，神冈似乎并不理会他的挑衅，而是歪着头说：

"不，我完全没有这样的打算。原来如此，这真是有趣的假设。"

"不是假设，是解谜的答案，是事情的真相。"

"是吗？我可不这么认为。因为我并不是凶手，也没有用门把手设置过诡计。"

他依旧歪着脑袋，似乎在诳骗对方。

尾濑就像被要弄似的，不住地眨着眼。

"等，等一下。这，这是要搞什么？你打算设置怎样的剧情？"

"我只是觉得你的推理并不正确。"

"啊？错了？刚才说错了吗？不会吧，诶，这样就可以了吗？"

"嗯，可以。"

"真的可以？"

"嗯，没事。我有恰当的借口。所谓真相，只需有恰当的理由就行。"

"神冈先生，也就是说，还存在其他解法？跟之前千石先生和刚才我提出的解答不同，所谓的三重推理？"

"倒不如说是三重真相，即包含真相的推理。"

"这样的话，神冈先生接下来要说的就是这个包含真理的推理，剧情要往这个方向发展？"

"当然，这还用说吗？"

他摆出一副理所应当的态度，情绪高涨，眼中有光，似乎接下来说的话会令他无比愉悦。

或许是兴奋的缘故，他颤着声音说：

"哎呀，既然想到，就没办法了，说到底，果然这才是推理作家的天性。推理的冲动无可抑制，就像马儿跟前挂着的胡萝卜，一看到眼前的密室杀人案，我就已经冲出去了，已经抵达终点了。"

他的目光紧紧锁定在空中的一点，仿佛彼处真的悬着一根胡萝卜。

二十三

尾濑深深地吸了口气，然后缓缓吐了出来。

他小心翼翼地伸长脖子看向神冈，似在确认什么。

"那么，按照这个发展，神冈先生会解开谜题的，对吧？"

"这正是我所希冀的。哎，虽然一直在写名侦探的故事，却从没想过能像这样在现实里扮演名侦探，真是太令人感慨了。"

他似乎相当陶醉，或许是天生的固执带来了自我暗示的效果，那张明快的面孔已然完全变成名侦探。

看见那张脸孔，尾濑用力地点了点头，就这样叹了口气。他似乎认为阻拦是没有意义的，遂用夹杂着期待与不安的语气说道：

"好吧，接下来的事就交给你了。说真的，你打算怎么推进？哦，我还是安安静静地听着吧，这样就好。"

他的苦笑中渗透着疲惫。

接着，他望向另外两人。

"那我就讲到这里了。"

言毕，他宣告自己退场，向后退了数步，将舞台让给了神冈。

千石对着退下的尾濑做了鄙视的手势，然后向着神冈喊话：

"下一个侦探，快点。"

他的话声中夹杂着恼怒。

里子的情绪异常高涨，似乎很享受这种状况，她一边在工作笔记上奋笔疾书，一边催促道：

"哇，多重解答，诡计和逻辑都满满当当，再来点！再来点！"

她的尖叫中包含着兴奋。站在编辑的视角，她似乎对本次企划的盛况很是欢迎。

在三人截然不同的声音催促下，神冈站到了舞台中心。或许是在细细品味侦探的角色，他的脸上浮现出沉醉之笑，眼角微微下垂，看起来是一副快要哭出来的模样。尽管如此，他的眼神中仍旧蕴含着强烈的光芒。

他以洋溢着喜悦和激情的语调说道：

"好了，果然还是得说'好了'啊。好了。"

他自说自话地表示了确信。

"我也一样，那么，凶手是谁，就从破解谜团开始吧，这样配合前两个人的叙述，展开的形式会更有美感。本格推理果然就是要讲究形式美。"

说着，他向千石和尾濑点了点头，然后对里子投以微笑。

"对了，先等一下。"

言毕，神冈穿过客厅，来到了走廊上，不多时，他回到了现场，双手推着带轮的小桌，上面盖着白色桌布。

"好，准备就绪，让各位久等了。"

他轻轻鞠了一躬。

接着，神冈操作着电脑，将照片显示在屏幕上。

那是摆放在图书室中央桌子上的冷水瓶。

玻璃冷水瓶的底部像烧瓶一样展开，底部呈山形凸起。此外，在颈部的位置，圆筒形内侧的上部，附着一块小指大小的鲜红血迹。

冷水瓶旁边躺着四个颜色不同的水母模型，神冈偶尔会把它们放进鱼缸里把玩。

不远处还有个木制托盘，上边放了一打杯子和一瓶塑料瓶装的红茶。

"值得关注的是这个烧瓶形状的冷水瓶和杯子，但为了保护现场，我不会使用实物。厨房里还有两个同样的玻璃冷水瓶，我就拿来了一个，杯子也有备用的。"

言毕，他拿起了推来的小桌上的白布。

此处确实摆放着与图书室桌子上相同的物品。

"这里的情况与实物相同。我将以这个烧瓶形冷水瓶和杯子为线索，进行逻辑推理，并由此推出结论。首先，请各位把注意力集中在杯子上。一、二、三、四……"

他数着杯子。

"七个杯子上都沾了水滴，和图书室里的实物一模一样，这是盛过水的痕迹。在真梨亚躲进图书室之前，这些杯子都没被使用过，而她自带了瓶装茶，直接对嘴喝就行了。当然了，我也不认为真梨亚不可能去喝烧瓶形冷水瓶里的水。然而，却有七个杯子有使用过的痕迹，上面附有水滴。而且正如各位所见的那样，烧瓶里的水并没有减少太多，接近瓶颈，几乎还是满的。这样一来，就能做出这样的推测，瓶里的水曾被转移到七个杯子里，这是为了什么？"

神冈环顾周遭。

众人只是直直地看着他，没有人答话，都在等待故事的继续。

为了回应他们的期望，神冈用故作神秘的口吻说道：

"但圣甲虫知道，用于比拟的圣甲虫表面的凹陷有些潮湿，而且，在挂着的圣甲虫的正下方，尸体的大衣和周围地毯上都有水滴的痕迹。千石先生不是说过吗，这是各位为真梨亚哭泣而流下的泪水，对此尾濑开了个没心没肺的玩笑，声称这可能是发现尸体时流下的汗。"

"毕竟，没人哭过。"

尾濑淡然地插了一句。

千石朝他瞪了一眼。

神冈完全无视了两人的举动，继续自管自讲述。

他从口袋里取出一个蓝色的物件，外形像金龟子。

"这是青铜色的金龟子，外形和大小基本和用来比拟的那个一样，它们都被存放在图书室的同一个玻璃收纳柜里。我们就用这个来替代实物，就像这样。"

神冈把蓝色圣甲虫靠近了烧瓶形冷水瓶。

"凶手不慎让圣甲虫落入了烧瓶形冷水瓶里，然后就想将其取出来。当时凶手不愿把手伸进水里，于是便把冷水瓶里的水转移到了几个杯子里。"

说完，他将蓝色的圣甲虫投入烧瓶形冷水瓶，任其静静地沉入水中。

"哎呀，掉到角落里了。因为底部凸起，所以难免会变成这样。为了将其取出，首先得把水倒进杯子。"

神冈双手捧着烧瓶形冷水瓶，学着负责分餐的打饭大妈的模样将水依次注入杯中。装满七个杯子后，冷水瓶里的水就空了。他将冷水瓶放在了桌面上。

冷水瓶底部只剩下那只蓝色的圣甲虫，它已经滚落到了边缘的位置。

神冈把手探进圆筒形的颈部，尝试触及底部的圣甲虫，但进行得并不顺利。圣甲虫似乎触手可及，却怎么都够不到，没法将其捏出来。

"这里需要一点技巧。"

他用手举起烧瓶形冷水瓶，略微倾斜了一些。

伴随着咔嚓一声，冷水瓶底部的圣甲虫滚到了冷水瓶侧面。

再略微倾斜一些，圣甲虫就滑了下来，接近圆柱形的瓶颈。

"倾斜角度还能更大一些，让圣甲虫滑出来并接住就行，但万一失手，把圣甲虫摔碎就不好办了，毕竟这是用来做比拟的道具。"

神冈左手扶着烧瓶形冷水瓶，右手伸入圆筒形的瓶颈，摸到圣甲虫后将其捏住，顺利地取了出来。

"对，嗯，就是这样。要是把水全部倒入杯中再去取，就不必把手放入水中了。还有，凶手觉得只需把水注回冷水瓶，应该就能隐瞒事情的经过。"

他又把杯子里的水依次倒回烧瓶形冷水瓶里。

"可是，这并没能逃过名侦探的眼睛。"

当水全部倒回去后，他将最后一个空杯砰地放在了桌上，眯起眼睛说道：

"凶手不愿把手伸进水中是有原因的，那是因为冷水瓶会留下不利于凶手的线索。即便戴着手套，手套泡在水里也会发胀，绝对大意不得。这与手和手指有关，即手上有可能会被水溶解或冲下来的东西，只需观察一下各位的手，自然就能得出答案。瞧，这真是再明白不过了，凶手的目的是避免美甲材料留在水里。各位想必都知道答案了吧。没错，凶手就是小里，我的编辑，真是遗憾啊。"

说完，他惋惜似的左右摇了摇头。

"喂，那句话我要原封不动地还给你，真是遗憾，我可不是凶手。"

里子愤怒地嘟起了嘴，双手抱胸，下巴挺得老高，摆出了一副临战的架势，看她的脸色，仿佛马上要挥出言语之鞭。

神冈将上半身微微后仰，似乎是感受到了压力，但眼中仍闪烁着自信之光。

他立刻调整好姿态。

"不，非常遗憾，这是从逻辑上得出的结论，所以无法反驳。更遗憾的是，小里没法担任我的编辑了。监狱里是做不到的吧。哦，不过探监的时候或许可以隔着玻璃看校样和稿子，不过这样应该会很难受，而且探视时间也有限制。"

"这究竟是什么样的探监啊。"

"让杀人凶手阅读杀人案的稿件，讨论杀人的细节，似乎可以度过一段充实的时光。"

"请别瞎扯了，你这是以我会被关进监狱为前提胡编的吧。再说了，封闭空间下的尸体之谜都还没有解开，也就是密室杀人之谜哦。"

"哦，对了，比起探监，还是密室推理更要紧。好，且让我继续往下说。"

"好吧，请继续。"

里子就像驱赶家犬一样示意他继续往下说。

"搞快点。"

等得不耐烦的千石也催了一句。

"请继续表演。"

尾濑则冷淡地补充了一声。

神冈低垂的眼角耷拉得更低了，仿佛在回应观众席上的欢呼声，他露出了站在舞台之巅的笑容。

"好好，"他点了点头，"那么，我就如各位所愿，开始解析密室之谜吧。"

他穿过客厅，走进储藏室，不到一分钟就出来了。

"没错，这里就像一座宝藏山，亦可称作推理的田地。有些东西明明是我自己撒的种子，却忘记收获。可能是因为土壤过于肥沃，种子不知何时就发芽了吧，当然也可能是我以外的人动了手脚。无论如何，都要感谢各位的善意和杀意，让这些小苗硕果累累。而我这次收获的是这个。"

他把背在身后的双手向前伸出，只见他正提着一个大纸袋，约一平方的大小，袋子里似乎装着所谓的收获。

"请等一下。"

说完这话，神冈快步走进图书室，把门关了起来，似乎在室内做着什么。

又过了片刻，门开了，神冈从中走了出来，手上已然没了先前的纸袋。

然后，他露出意味深长的笑容。

"先劳驾各位挪个地方。"

说着，神冈迈开步子，打开客厅出入口的门，就这样穿过走廊来到玄关。千石、尾濑和里子依次跟在身后，四人全都走出大门，来到庭院。

他们围着宅邸走过庭院，停在了图书室的门前，透过窗户可以望见案发现场的状况。

神冈回头看着三人：

"嗯，这应该就是数小时前的场面，为了确认图书室的状况，我、尾濑君和里子来到庭院，透过窗户往里看去，发现了真梨亚的尸体。当时，我检查了这扇窗户，认为凶手可能是由此出入的。"

言毕，他把手搭在窗框上，试着向一旁推去，窗户纹丝不动，然后，他扬了扬下巴示意尾濑也去试试。

尾濑耸了耸肩，然后伸手抓住窗框，用力一推。

"窗是关着的，跟发现尸体的时候一样，还有那个。"

他指向了两扇窗户的中央。

"还能看到门上了锁。"

他又确认了月牙锁，锁扣插在槽里，手柄指向上方。

神冈噗嗤一声笑了出来。

"看起来确实如此，可是……"

他伸出双手，抓住窗口的左右两端。

"嘿哟！"

伴随着轻轻的吆喝声，他上下晃动手臂，接着往外一拉。

之后，整个窗框都掉了下来。

简直就像分身术一样，窗框底下又出现了一个窗框。

在他的周围，众人的声音一哄而起，其中混杂着惊诧或焦躁等各色情绪。

神冈从手里窗框的四边形洞里探出了脑袋。

"这窗是双重结构，嗯，这个窗框是假的，就像家用电器的包装垫一样，它被套在真正的窗框上面，比真窗框略大几毫米，材料是木制的。通过表面的涂装和涂层，营造出金属质地的手感。这只是一个小手工，要是技巧得当，只用百元店的材料应该就能完成吧。这个窗棂的地方做得相当精良。"

相比之下，确实比真的窗棂稍粗一些，后边刻着一些凹槽，用来嵌入本体。

神冈掰了掰手里的东西。

"瞧，因为是木制的，只要稍微用力就会弯曲，这样就能紧紧地嵌在里边。"

"可是——"尾濑冷冷地看着他说，"假的窗框自然没法打开，但当尸体被发现的时候，应该是从内侧上了锁的。"

"哦，这个啊。"

神冈把右手搭在真窗框上，稍一用力，窗户便顺利地打了开来。

"啊！"

周围同时传来了惊呼。

神冈把假窗框靠墙放好，然后把身子探进打开的真窗，伸出右手抓住了月牙锁。

"这也一样，瞧。"

他伸出了手掌。

此处是窗户的锁，外形像极了蜗牛的断面。在户外灯光的照射下，反射出黯淡的银光。

而在原本的位置上仍有一把锁，旋钮呈打开的状态。窗户自然是能打开的。

神冈又重复了一遍：

"这边也是同理，和窗框是相同的机关，把假锁像罩子一样安装在真锁上，好似套上了玩偶服。因为是用在锁扣上面，所以就不是'船梨精①'，而是'锁扣精'了吧。材料应该是合成橡胶，而且制作这个的应该是最近流行的机器——3D打印机。当然了，我家并没有这种机器。但是小里既然是编辑，应该有出版圈和印刷公司的人脉，可以用上3D打印机。只需拍下这个锁扣，或者买个同款，获取图像数据即可，打印的材料是合成橡胶，接下来只需在机器打印出的东西上挖个洞，套在这个锁上就完成了。在真锁处于打开的状态下，用具有伸缩性的合成橡胶材料的'锁扣精'紧紧地嵌在上面，伪装成上锁的状态。这里用的就是这个诡计。"

他边说边用手指摆弄着假锁，时而拽开，时而捏扁，因为是金属的涂装，看起来就像超能力者一样，显得非常怪异。

在扮演超能力者的同时，神冈也不忘侦探的角色。

"这样一来，各位就能理解大致的犯罪经过了吧，我先按顺序解释一下。倘若有误，还望凶手予以指正。"

他边说边向里子投以讥讽的目光。

"嘴上说要拜托我，其实早就从头到尾安排好了吧。"

里子傲娇似的扭过头去。

---

① 千叶县船桥市的吉祥物，形象来源于当地特产梨。

247

神冈耸了耸肩。

"虽然没有编辑的红笔批注有些寂寞，但也没办法了。"

"不是红笔批注，而是直接毙掉。"

"好好，反正这方面的交涉迟早得隔着会面室的窗户去做。"

"看来你是真的喜欢窗，真不愧推理文坛的'窗边族①'。"

"彼此彼此。"

说着，神冈叹了口气。

"在你们听累之前，我还是尽早把话讲完吧。首先，还是追溯一下犯罪的详细经过。凶手小里迄今为止已经多次造访了宅邸，她在某个时候测量了窗户尺寸，并拍摄了锁扣的照片，为密室诡计做准备。然后她声称今天下午七点左右开始就一直待在等候室，但事实并非如此。其实，她闯进了图书室实施了犯罪。

"大致的经过应该是这样，图书室的门没有上锁，所以小里轻易便闯了进去。之后，她杀害了真梨亚，并布置了比拟，从内部把门锁上，然后自窗户逃离现场。这时她先在打开的锁扣上盖上'锁扣精'，伪装成上锁的样子，再翻窗来到庭院，将带来的假窗框嵌在窗框上，最后返回大门。她制造密室的目的是制造不在场证明，表明自己没机会接触图书室的钥匙。钥匙一直都在我手里，另一把则在接待室的架子上，而尾濑始终待在里面。然后，为了掩盖建立密室的目的，她还将爱伦·坡的《莫格街凶杀案》中的密室描写融入比拟要素。作案结束后，她悄悄潜入宅邸，回到休息室，摆出若无其事的样子继续工作。

"接下来，当尸体被发现后，她为诡计的完成做了最后的收尾，

---

① 在公司里遭到冷遇和排挤的公司职员。

哪怕我不说，她也肯定会提议'从窗外看看屋内的情况'，接着她让我们去开窗户。窗自然是打不开的，因为那是假货。之后由我打开图书室的门进入室内，她则在窗户旁监视。若非我主动提出，她也会强行这么安排的吧。

"然后，等到我进入图书室确认完毕，尾濑和小里便走向了玄关。她让尾濑先走，趁我们的注意力都集中在尸体上时，去把假窗框取了下来，大概是藏在了灌木丛里吧。后来她找准时机，将其搬进了储藏室，混进了我的作品里。对，我的创作实在太多，都记不清自己到底做了哪些，这点她自然也心知肚明。最后她进了图书室的现场，迅速取走假锁，锁上真锁，这样一来，密室便大功告成了。"

神冈像魔术师一样得意地摊开了双手。

而另一边，里子则是满脸厌恶的表情。

"喂，我明明在认真搜集你拜托给我的资料好吧，现在这算是怎么回事？"

她那圆溜溜的眼睛缩得和弹珠差不多大，撅着嘴巴，全身凝结着不满和怨气，距离爆发似乎只有一步之遥。

"说起来，我为什么非得杀害真梨亚小姐？就因为被那个巨乳和丰胸胸罩侮辱了？这也太蠢了，绝对不可能。"

"啊，好像被你抢先说出来了，可惜这样的推理太过单薄。"

"单薄什么的，听起来有点影射的意味啊，"里子用双手护着胸说，"那么所谓厚重的推理又是怎样的？"

"这就是你的职业意识了，对于我这次的作品，你下了很大的功夫，老师长老师短的，把我高高捧起。猪被吹捧都能上树，你可真会哄人。"

"嗯，这话没错，为了能催生出好的作品，我当然会竭尽全力，同时对它抱有期待。"

"毕竟你也没其他负责的作家了。"

"都说了，大家只是在充电而已……"

"好吧，不管怎样，你现在就只有我了，所以不容许失败，但是碍事的家伙很快就不请自来。真梨亚满不在乎地找上门来，扰乱我的神经，破坏我的写作环境。稿子也陷入了岌岌可危的境地。为了这个，你必须守护我。必须守护重要的人，这种感情逐渐升华为一种特殊的爱意，从而产生对真梨亚的强烈憎恨。再然后，杀意就会失控——"

神冈话音刚落，就被一声大叫打断了。

"喂！"

里子的愤怒之情终于爆发。

"刚才你说了些决不能当作没听到的话。什么叫爱意？那是什么玩意儿？说什么我对神冈先生抱有爱意，这才真是不可能犯罪！爱意是什么东西？"

"所以我才说是某种爱意。"

神冈显得狼狈不堪，连忙补充了一句。

里子打断了他的话，继续猛烈反击：

"某种也好，品种也好，病重也好，病态也好，变态也好，啊，你要我说什么好呢？总而言之，这种动机在心理惊悚片里也是绝对行不通的，更别说本格推理了。你的大脑是不是死在了密室里，导致才能被锁死了呢？"

"居然说到这种程度。"

"居然把我当成凶手，而且是心理变态的那种。"

"可根据逻辑推理指出凶手，解开密室诡计之谜，结果不就是这样吗？你反驳得了吗？"

"能哦。"

里子干脆地应了一声。

神冈半张着嘴。

"啊，什么？"

"当然能，我可以解开谜团，就是这个意思。"

"当真？真凶和密室诡计也行吗？"

"没错，我会解开这两个谜题。这回换我做名侦探了。"

里子挺起胸膛断言道。

一瞬间，她吐了吐舌头，旋即缩了回去。

"名侦探，我自己居然也这么说了。不过算了，反正这回是真的。"

她扬起了下巴。

月亮隐匿于云层之中，光芒尽熄。庭院的树木在夜风中摇曳，仿佛在齐声哀鸣。

二十四

四人为了躲避寒风，从庭院转移到屋内。然后他们回到了客厅的初始位置。

里子揉搓着冻僵的双手，环顾四周。

"啊，我们四个都成侦探了。不过这也是没办法的事，只把我一人排除在外总不太好吧。"

神冈交叉着双臂，试图温暖上半身。

"晾在一边也有它的道理。"

里子立刻展开了回击。

"就我而言，比起当被动的一方，还是更适合当主动的一方。"

神冈险些笑出声来，好不容易才将其憋了回去。

"连你自己都这么说那就没办法了。"

"编辑原本就是操心的一方，再说我可不能置之不理，好不容易完成的解谜，已经深深刻在我的脑子里了。"

"好吧，希望你现在就发表出来，完成彻底超越第三幕的第四幕表演。"

他用充满好奇的语气挑衅道。

"别废话了，赶紧说吧。"

千石不耐烦地大声催促道。

里子像是要将这些尽数奉还似的，用充满气势的语气说道：

"哦，千石先生，干得漂亮！行吧，拖拖拉拉的开场白到此为止。好了——"

说着，她又吐了吐舌头，马上缩了回去。

"啊，我也说了'好了'。但这么说的确挺爽。侦探是'好了'，狗是'伸爪'，鞭子是'唰'，对吧？"

她眼神犀利地环顾四周。

"赶紧开始吧，"千石刚把话说完，随即补充道，"哦，不是'唰'，是'好了'。"

"好好，我知道了，"里子先鞠了个躬，接着说道，"喂喂，我注意到了一个线索，就是这个。"

说着说着，她把手伸向电脑，操作起了鼠标。

大型显示器的液晶屏上跳出了一本书，是精装版的《夏洛克·

福尔摩斯冒险史》，厚重的封面颇有分量。

"你们还记得这个吧。没错，就是插在书架上的那本，从封底边缘到书脊的一部分，以及内页上都沾了血迹。这是手套的指尖部分用力摩擦留下的，凶手应该是不慎触碰到了尸体的伤口，要是血沾到自己衣服上就麻烦了，所以才擦了手。尽管如此，还是没能完全擦干净，其他地方也隐约沾上了血迹。但对于凶手而言，这只是微不足道的障碍，凶手应该也是这么想的，可是——"

说到这里，里子顿了一顿，向四周环顾了一圈。她的眼神犀利，圆溜溜的眼睛好似月亮一般清澈透亮。只见她调了调呼吸。

"然而，名侦探的眼睛不会放过哪怕一点微不足道的细节。啊，果然还是忍不住自称名侦探。"

她又吐了吐舌头，倏地缩了回去，随即恢复了一本正经的傲气，她边操作鼠标边说：

"瞧，桌子上也有血迹，从形状来看，应该是书角压上去后留下的痕迹。"

屏幕上出现了图书室的桌子，木制的桌面上沾有血迹，形似字母 L。

"就是这里，这和书本封底上的血迹是一致的，各位还记得吧。"

画面再度切换成书。里子指着封底上的血迹。

"事情就是这样，也就是说，凶手应该是把书拿到了桌子上，然后再用那本书擦拭手指。可是这里且让我们稍微动脑筋，还有更方便的东西可以用来擦拭手指，那就是毛巾，图书室的收纳柜里有毛巾。"

屏幕上出现了收纳柜，对开的门呈现打开的状态，可以看到里边堆放着白色毛巾。

"毛巾，何其方便的东西，使用它也是自然而然的行为。但凶手并没有使用毛巾。那是因为他根本不知道图书室里存放着这个。这样的人会是谁呢？好吧，且让我们做个排除法。首先，这间宅邸的主人神冈先生不会是不知道的人。"

"这是当然的。"

神冈悠然地低语道。

里子兴趣索然地移开了目光。

"另一个就是女装男。"

她看向了尾濑，露出了坏心眼的微笑。

"尾濑先生曾假扮真梨亚是吧。当他变回男人的时候，摘下了面罩，接着用毛巾擦着他那满是臭汗的脸。因此尾濑先生也能排除嫌疑。"

"做了这么丢脸的事，好歹收回了一点成本，是吧。"

尾濑用手捂住脸颊，故意摆出娇羞的样子。

"还能找零哦，"里子应了一声，又说，"而我也曾多次打扫过图书室，自然知道毛巾放在哪里。这样一来，只剩下一个人了，真是遗憾。他是许久不曾到访此处的人，也就是说，凶手就是你，名侦探千石先生。"

她的手臂转了半圈，划过虚空，然后伸得笔直，就似在挥舞一条无形之鞭。鞭子的尖端击中了凶手。

千石的脸像旧报纸一样拧成了一团。

"啊，你，你在说什么？从排除法的角度看是成立的，但放在现实里，我是凶手，这种事有可能吗？你是不是脑子坏了。再说了，我是为了扮演侦探的角色才被特地叫到这里来的，你们在碰头的地点开车接我，我才出现在了这个现场。难不成你忘了吗？"

"我没忘。我从头到尾都记得很清楚哦。"

"那你凭什么断言我是凶手？"

"正如我先前的逻辑推理。"

"喂，听好了，我刚来这里没多久。那个时候，这栋宅子已经变成杀人现场了，尸体已经在这里了，我怎么可能是凶手？"

"你并没有不在场证明哦，千石先生。你自己不是说过吗？你一直在看 CS 频道的大河剧，那段时间就连快递都没上门，好像挺无聊的呢。"

"喂喂，你的意思是案发的时候我在这里吗？"

"是啊，当然了。你是凶手，这里又是杀人现场。而且应该也不存在使用机械装置或者毒杀之类的远程杀人的可能性。若要分类的话，这就是案发时凶手存在于室内的密室诡计。"

"喂喂，那你说说我究竟用了什么样的诡计？你已经解开了吧。"

"当然了，解不开自然算不上解决。而且必须和其他三位侦探一样，否则就有失公平了。你意下如何？"

"怎么了，讲起话来突然变得好像古典侦探小说里的贵妇人似的。突然这么得意忘形。"

"毕竟难得有机会展示我对密室诡计的解答，可否？"

"可否什么的，别再这么矫揉造作的了。"

千石皱起了眉头。

一旁的神冈和尾濑也分别吐槽道：

"别说了。"

"同感。"

里子咂了咂嘴。

"好好，我就回归原先的样子吧。'可否'什么的，只是因为不知不觉有些兴奋过头了。增加了四个侦探后，与其说是本格推理，倒不如说更像侦探小说，所以不由自主地想要沉浸在古典的氛围里。啊，我应该是个很容易进入角色的人。"

"只有角色是真的挺到位的。"

千石再度展开了反击。

里子的圆眼睛像猫头鹰一样闪着光。

"不，不仅是外表进入角色，而是化身为存在本身。嗯，在这个时候，我就是名侦探，是破解谜题之人。所以就由我来解开所有谜题吧。"

"你是真能做到的吧？可别嘴上把我叫成凶手，最关键的密室诡计却撇在一边。"

"是啊，因为那些死命挣扎的人太过碍事，所以你应该很害怕吧？"

"嗦啥呢？"

他发出了舌头打结的愤怒之声。

里子驱赶似的在面前挥了挥手。

"是时候解开密室之谜了。"

她面带嗜虐的笑容撇了撇嘴，开始用挥鞭般严厉的口吻说道：

"千石先生的确是收到了我们的联络后才来到这里。是尾濑先生开车去碰头地点把他接了过来。但在那之前呢？他说他收到联络的邮件后，便立即从家里出发，徒步并乘坐 JR 电车前往约定的地点，等候尾濑先生。可这些充其量只是他的自说自话，找不到任何证人。也就是说，千石先生并没有不在场证明，在案发时身在此处也毫不奇怪。"

"那你说我是从什么时候开始在这里的?"

千石问道。

里子从容地接过了话,微笑着说:

"应该是中午过后吧。穿过外门便能轻松闯进庭院,此外,我到这里以后,帮神冈先生处理了各种事情,经常在庭院和屋内进进出出,所以从不锁门。事实上,真梨亚小姐也是擅自闯进来的。"

她向神冈瞥了一眼。

"于是,千石先生也在中午过后轻而易举地闯进了房间。虽说不知道具体待了多久,但理应潜伏于此,为了确保自身安全,或许先在灌木丛里躲了一阵,大概还有其他藏身之处,毕竟二楼的客房都是空着的。然后,从某个时间点开始,他进了图书室。就在这个时间段,真梨亚小姐上门,随后发生了争执,她以冷静为名进入图书室休息。机会就这样来了。对真梨亚小姐早就抱有杀意的千石先生不可能放过这个机会,他用刀刺向对方将其杀死。随后又设置了这个比拟的现场。"

千石皱起鼻子,露出了险恶的笑容。

"我明明在图书室里,却没有人看到我,那我究竟在图书室的什么地方?难不成我是故事里的角色,夹在书页之间吗?"

"确实是夹在中间,但不是书页,而是地毯下面。"

里子指向了图书室半开的门背后,指尖垂落到地面。

另外三名侦探的脸同时低了下来。

图书室的地板上铺着蓝色地毯,看起来已经有些年头了。到处起毛,遍布污渍,还能窥见香烟抑或其他灼烧的印迹。

现场笼罩着一阵沉默,从外边照射进来的光线伴着庭院树木摇曳的阴影,强风中隐约传来时钟的秒针声。

每个人都盯着地毯，视线好似探照灯般四处游走，互相交错。

率先打破沉默的是千石，就像抓不到跳蚤浑身难受的猴子一样，他一边用双手挠着脖子，一边问道：

"喂喂，哪怕我躲在地毯底下，也该隆起一块吧。看一眼不就暴露了吗？"

"要是看仔细点自然能够发现，但被我们忽略了，这肯定不是早有预谋的诡计，而是情非得已躲藏于此。可以说是自发形成的密室。"

"这算啥道理？地毯鼓起来又怎么会没发现？"

"那是因为无法对比鼓起的位置和正常的位置。不，与其说是对比不了，倒不如说是对比不易，很难看清，因此才觉察不到落差。"

"怎么会没注意到落差？"

"是因为被墙壁包围了，书本的墙壁。"

"书本的墙壁？"

"瞧，这里到处都是一捆捆绑着绳子的旧书。"

里子像指针一样移动着手指，指向了图书室的内部。

没错，这里到处都是书堆，捆扎好的推理旧书，大约是齐膝的高度，好像山峰般连绵不绝，有的竖立，有的横躺，有的地方堆成了壁垒一样坚不可破。

"比如那个地方。"

里子的手指停了下来。

那是门口的位置，书架的角落，成捆的旧书形成了一个椭圆，或竖或横，堆放的形式各不相同，令人联想到海狸搭建的树枝巢穴，这片四周环绕着书堆的椭圆形是约半张榻榻米大小的空地，上面铺着蓝色的地毯。

"凶手就躲藏在下面，屏息静待，整个身体匍匐在地，头扭向一侧，紧紧贴着地板，上边盖着地毯。"

里子做了个用双手捂住脑袋的姿势。

另外三人也跟着做了同样的姿势。

里子继续说道：

"凶手潜伏的位置被旧书之壁包围，鼓起的轮廓被遮住了。书壁位于房间的边界，因此周围的高度差极难觉察。此外，凶手也算交了好运。那是我们进入图书室之前的行动。首先，我们通过窗户查看图书室的内部，视觉死角就只有中央桌子底下，其他的地方都能看到，凶手的藏身之所也在目力所及之处。可正如刚才说的那样，这里被书壁包围，因此没能注意到高低落差，外加这里距离窗户较远。于是乎，我们默认除去死角——也就是桌子底下，其他地方都检查过了。所以当我们再度开门进入图书室时，只关注了桌子底下，认为凶手要躲的话就只能躲在这里。我们并没有关注已经检查过的位置，其中就包括那个被书壁包围的空间。但假使没有通过窗户往里看，而是直接从门走进去的话，一踏进房间我们势必会仔细检查，这样一来，就一定能够发现凶手躲藏的地方，真是太令人懊恼了。"

她痛心疾首地瞪向了千石。

千石蠕动着嘴唇，想要说些什么。

然而，里子并没有给他这样的机会，她继续用像挥舞鞭子般尖锐的口吻说着。

"还有一点，当我们靠近尸体时，面对这样的比拟，我们的注意力完全被吸引住了，几乎全身心扑在上面。当然，凶手正是为了让事情变成这样，才故意布置了这个比拟。这样的计划奏效了。尸体的位置非常关键，中央的桌子恰好遮挡了视线，看不见凶手的藏身之处。你看，站在门口是看不见尸体的，反之亦然。这自然也在计划之中，凶手从书墙下面钻过，在地毯底下匍匐前进，像鳄鱼一样爬行，穿过图书室的大门。在那个地方，他终于得以从地毯底下脱身，迅速离开，这就是密室逃脱的全过程。从书壁到门只有两米多一点，应该不怎么费劲，是吧，鼹鼠先生？"

里子向着千石露出了嘲讽的笑容。

瘦小的千石扬起下巴，脸红得像只猴子。

"喂，我知道平时大家都管我叫猴子，好吧，类人猿倒也还好……不，好是不好，但也还说得过去。可是鳄鱼啊鼹鼠啊什么的，不管怎么说都太羞耻了，我可受不了，都不能堂堂正正地走在阳光底下。"

"犯下了如此重罪的杀人犯自然是别想走在光天化日之下了，还嘴硬干什么。明明杀完人跑路的时候倒是干净利落。钻过地毯逃离图书室后，凶手麻利地跑到玄关外边，大概是穿过庭院走到门外的吧，随后你暂时离开宅邸，寻觅再度潜入窥探的时机。恰好在这时接到了我们的侦探委托，所以就搭顺风车了吧。要是没有这事，你可能会以真梨亚小姐事先让你来这里为由硬闯进来。嗯，你本来就像跟踪狂一样调查着真梨亚小姐的行动，所以今天才抢先一步潜伏在宅邸里，就像埋伏在地毯下的蚁狮一样。

"而且，待接下侦探这个角色后，想要掩盖潜伏在庭院的时候留下的脚印就更容易了吧。你以侦探调查为名，四处走动以掩盖自己的足迹。利用侦探的角色之便进行高效的善后处理，真是太棒了。想要掩盖脚印，只需要用脚印填满现场，就像蜈蚣一样。"

"喂喂，刚才还说是蚁狮，这次又变成蜈蚣了？从鼹鼠进一步退化，变成虫子了吗？接下来是不是该变成霉菌了？"

"哦，霉菌是吧，从动机上看，倒是和霉菌没什么区别，不就是污点之类的下流素材吗？被拍了丢人现眼的照片，遭到了威胁，就把对方杀了。"

"你是在恶意攻击我吗？利用别人的弱点，让人动摇，难以提出反驳，这不是很狡猾吗？请分清楚，我的事归我，密室和猜凶手这些纯粹的解谜是另一回事。"

千石以交织着愤怒和哭泣的复杂表情诉说着。

里子则以傲慢的姿态从容不迫地点了点头。

"咦，看来你对纯粹的解谜还有说辞。即便我已经如此详细地解释清楚了，你仍旧没法接受。看来千石先生对侦探的角色还是恋恋不舍呢。既然如此，或许干脆给你来个痛快吧，即便这意味着失败和挫折。"

"你在说什么啊？什么失败和挫折，真正的名侦探的字典里可没有这些词，哪怕有鳄鱼、鼹鼠、蚁狮和蜈蚣，也绝不会有这种！"

"哇，你这人可真会记仇。"

"我坦荡得很哦，没什么可动摇的，我不会撤回我的说法。"

"那你不改变之前的推理吗？"

"当然了，我的推理就像铁一样坚不可摧，解谜也没有陷入迷茫，答案只有一个，真凶就是这个人。"

说着，他直直地指向尾濑。

尾濑从喉咙里挤出嗤嗤的冷笑。

"哎呀，又转回原点了。那么，密室诡计也一样咯？"

"没错，毫无疑问，银幕上的墙壁，还有全身隐身衣的透明人，这就是颠扑不破的真相。"

"我只想说这是彻头彻尾的谎言，彻头彻尾的坏心肠。你居然把无辜的我说成凶手，而且还穿着全身紧身衣。"

"哼，此刻我的眼前浮现出了身穿全身紧身衣站在法庭上的你。"

"请不要想象那种东西，太羞耻了。你这是虚幻的推理，而真正的推理，正如我先前所展示的那样，真相只有一个，凶手就是'那个人'。"

他用右手比出手枪的形状，做了个瞄准的姿势。

而指尖枪口的目标——神冈则举起了双手。

"投降……才没有这种事。我怎么可能轻易被你逼降？如此平庸的推理又怎么奈何得了我？"

言毕，他放下双手，鼓起掌来。

"辛苦你了，让你演练现场诡计什么的，可真有些棘手。"

尾濑的脸上并未现出半分惧色。

"嗯，是你吃了两个门把手的亏吧，神冈先生？"

"呵，门把手什么的，你的想法可真小气。真让人想不到，女性在犯罪方面反倒更大胆一些。这回更是有了明证，毕竟连窗框都是假的。对不对啊，凶手小里？"

他猛地把脸扭向旁边。

里子把身子向后一仰。

"嗯？已经转回来了吗，这也太快了吧！"

她瞪大了圆溜溜的眼睛。

"虽然球又踢给我了，但既然身为侦探，我是不会动摇的。就像我刚才言之凿凿说的那样，凶手是'那个人'。"

她伸出右手食指，用仿佛要刺穿身体的气势指向千石。

接着她把左手食指垂向图书室的地面。

"密室诡计的秘密就在于此，凶手千石先生就藏在被旧书包围的地毯底下，像蚯蚓一样爬行，逃出了图书室，就这么决定了。"

她抬起下巴，一脸固执的模样。

"终于变成蚯蚓了吗?"

千石扭曲着脸，满脸怒气，随后，他像是猴子盯着摇晃的香蕉一样左右转动着眼珠。

"这算什么? 四方角力吗?"

他半张着嘴，深深地叹了口气。

这确实是四方角力。

四名侦探各自指着四名凶手，形成一个正方形。

千石指着尾濑，尾濑指着神冈，神冈指着里子，里子指着千石，千石指着尾濑，尾濑指着神冈……

神冈保持着用手指着里子的姿势说道:

"难不成这是解谜的永久循环?"

"这是永不结束的本格推理吧。"

里子抬起了圆眼睛。

"要是怎么读都不会完，新书是卖不出去的。"

尾濑冷笑了一声。

"干脆就像这样，大家一起转啊转，融化成黄油①吧。"

"哦，这下是老虎了。一下子从蚯蚓变得那么厉害，我可要谢谢你啊。"

---

① 引用的典故出自童话绘本《小黑人桑布的故事 (The Story of Little Black Sambo)》，里面有老虎绕树奔跑融化成黄油的情节。

千石皱起了鼻子。

"那么，为了聊表谢意，就让前门的虎来引导后门的狼少年和狼少女吧，解决案子的人必须是我。"

言毕，他露出了无畏的笑容。

里子依旧用食指指着千石。

"明明自己就是那个爱说大话的狼少年凶手，却说什么解决案子，什么意思？"

"好吧，如今我们有了四种解决方案，必须选择其中一条作为正解。简单地说，就是解谜的结论。"

"那个结论如今有四种对吧？还有什么可说的。"

"不，我还要说哦。我还没全部讲完呢。"

"什么，刚才你说的那些解谜并不是全部吗？你是说你还藏了一手？"

"对，我还有一手。"

"啊，你在作弊。大家已经把能打的牌都打了吧？"说着，里子转向了神冈和尾濑，"是不是啊，你们都已经把话说完了对吧，没什么隐藏的牌了吧？这种东西是不可能有的，是吧？要是真有那也太不公平了，对不对啊？"

她将尖锐的目光直直地投了过去。

"没了没了。"

"我也没了。"

神冈和尾濑当即给出了回答。

里子扬起的眉毛略微放平了一些，用严厉的眼神看向千石。

"可是，千石先生，只有你一个人还没把谜解完，这就有点像猜拳的时候故意慢一拍，也太耍赖了吧。"

"侦探推理是玩猜拳吗？你在说什么幼稚的话。这不是耍赖，是智慧。陈述观点需要有表演能力，就像舞台剧一样。来，且让我们开幕吧。"

他一边说着，一边摊开双手，示意开始。

二十五

千石猛地合上了摊开的手，啪地拍了一掌，脸上洋溢得意的光彩。

"顺便说一句，这起谋杀算是所谓的比拟杀人，你们也多次提到这点。模仿杀人会令现场时而华丽，时而神秘，时而不祥，极具冲击性，由此带来视觉上的效果。这里请允许我冒昧地打个比方，现场就像装饰着花朵的容器，凶案本身就像插花。而且就像花有其名一样，装饰的表现也是有主题的。"

神冈对此露出了颇感兴趣的表情。

"你的意思是，比拟杀人都包含着凶手的目的和意图，嗯嗯，迄今为止，很多推理小说都涉及比拟杀人，但确实都有其目的和理由。毕竟凶手也是人，只要是人做下的，既然有比拟，总归会包含一定的动机。"

"我认为比拟杀人大致可以分为两类。"

"哦，你还对比拟杀人进行了分类吗？"

"不，怎么说呢，也不是那么严肃的东西。只是用来整理思路的框架。如果把比拟杀人分为两类，大致就是这样的情况吧，其一是心理上的比拟杀人，其二是工具上的比拟杀人。"

"比拟杀人分为心理和工具吗？情感上的比拟和工具上的比拟，

是分为这样两类吧。"

"嗯，当然也有两者兼而有之的情况，但就目前问世的推理小说数据来看，这种情况下工具的比重往往更大。"

"心理上的比拟，也就是出于感情冲动而对尸体进行装饰，对吧？"

"对，目的是心理上的满足，是一种情绪宣泄。比如出于憎恨或复仇的心理，将尸体物化，置于自己的支配之下，这是为了获取优越感。与之相对，也有对尸体的崇拜，将之偶像化，视为高于自身的存在。此外，刻印了信仰或命运的比拟也可以视作情感的表露和解释。也就是说，将'喜、怒、哀、乐'之类的感情作为情感的发泄口，这就是心理上的比拟。精神病杀手比拟的是快乐杀人的'乐'，而为艺术而艺术，将尸体艺术化，这种情况就是'喜'的比拟。总而言之，在凶手的内心世界达成目的即为心理上的比拟。"

"那么，另一种比拟的目的则跳出了凶手的内心？"

"没错。换句话说，工具的比拟也可称作物理的比拟。与刚才说的心理相对，在物理上发挥效用的就是工具上的比拟。这些都被编织进了犯罪企图之中。比方说，对杀人现场或尸体上留下的线索隐瞒或误导，或是让人对犯罪的时间顺序和空间位置产生错觉，为了掩盖这些操作而布置的比拟，即作为一种诡计使用，是完成犯罪的道具和工具。此外，通过比拟也可以向特定的人、媒体或公众传递信息，用作告知手段。在这种状况下，罪犯也可能兼得情感宣泄和心理满足。也就是说，这和心理上的比拟有所重合。但既然旨在告知，其目标便跳出了凶手的内心。也就是说，工具上的比拟占有的比重较大。这点刚才也提到了。简而言之，工具上的比拟就是在物理上隐瞒或掩盖犯罪的表演。"

说到这里，千石略微停顿了一下，解开衬衫上的一粒纽扣，用拳头抵住喉咙轻轻按摩。正因为长久在舞台表演的缘故，所以才会如此地注意发声吧。接着他用舌头润了润喉咙，继续开口道：

"还有一处值得注意，比拟容易被用于连环杀人，又或者说，比拟的特性容易被连环杀人所利用。因为具有鲜明的视觉效果，容易制造出一种连续性，这便是最大的缘由。

"从古典推理小说的时代开始，比拟的基础便是《鹅妈妈童谣》这样的童谣、童话以及神话传说故事。这些作品往往由多个章节或场景构成，因此很容易被用于连环杀人。当然了，即便不是归集好的故事，也可以通过诸如动物、植物、昆虫等物种的共同点，令比拟产生连续性。比如，虎的比拟、象的比拟、熊的比拟等限于动物的比拟。

"此外，有时候会因为首次杀人用了比拟，因此二次杀人也采用比拟，以营造出连续的效果。有时候从一开始就为了制造连环杀人而使用比拟。不管怎样，可以肯定的是，比拟和连环杀人确实很搭。

"而且，在工具上的比拟中，连续性的应用范围更广，可以将案发顺序误导成与实际不同的样子，或是在连续比拟杀人中混入另一凶手制造的凶案，还有跟风者，即模仿犯将毫不相干的案件串联在一起扩而充之。连环杀人案就像增殖的病毒一样难以处理。表面上看，模仿是显而易见的，但实际上其中往往隐藏着更加复杂的层次。一旦忽视，便容易陷入误区。"

"嗯，我明白了，也就是说，比拟大致可以分为两类。"

其一，心理上的比拟，为了顺应"喜、怒、哀、乐"之类的感情而展现的比拟，目的在于满足凶手的内心。

其二，工具上的比拟，表现为犯罪的物理操作表演。其目的在于影响凶手之外的世界。

神冈将以上内容记在了笔记本上，然后再度开口道：

"这么说来，本次我们四人展示的解谜中的比拟也符合这两类中的一类，对吧？"

"嗯，当然了，比如说，神冈，就你而言，是不愿让人注意到假门的存在，因此将真门纳入了比拟。你做了一个机关，让吊在绳子上的圣甲虫随着门的开闭而移动。通过这样的做法，增强了真门的存在感，防止别人想到还有另一扇门，以此保护密室诡计，使自身的不在场证明得以成立。也就是说，正如我先前所说的那样，通过比拟来掩盖犯罪的物理操作。"

"是工具比拟的范畴吗？"

"就是这么回事，下一个，你。"

他指向了里子。

"你的情况也一样，目的是为了隐藏不在场证明吧。"

"啊，可就算你这么说，我也不是凶手，只是神冈先生随意推理出来的替罪羊罢了。"

"这只不过是你的反驳之辞，真相只有一个。"

神冈坚决主张道。

"不，目前的真相有四个，每个人都提出了看法和反驳。"

千石的鼻子上爬满了褶皱，就这样哼了一声，随后又转向里子。

"而你这边，是用了假窗框和假窗扣的密室诡计。"

"那只是神冈先生的擅作主张。"

"先不管是真是假，总之，此时此刻，你的密室诡计的目的是通过你无法取得门钥匙的事实来确保不在场证明。通过构建一个需要锁门的密室排除自身的嫌疑。也就是说，你是为了掩盖密室的原理，才把比拟的要素掺入其中。"

"啊，如果是这样，那就是在掩盖犯罪手段，所以也算是工具上的比拟吧。当然这么说对千石先生而言相当于佛前讲经。"

"你不必在意，无论你对我说什么都只是对牛弹琴，我根本不在乎。"

"哎呀，彼此彼此，我被称作凶手的时候也是一样哦。"

里子哼了一声，别过脸去，抬头望向虚空，用锐利的视线凝视着天花板上的某一点，然后就像释放蓄满力的箭矢般望向千石。

"可是事不过三，所以三号凶手也得洗耳恭听，对吧，千石先生？"

"你要说比拟的分类吗？"

"难得轮到你，你自己的案子由你来说恐怕不太好，所以还是侦探这边来吧。"

"真是周到，辛苦你了。"

千石露出了讥讽的笑容。

里子轻轻点了点头。

"不用，别客气。那么千石先生的密室诡计是像田里的蝼蛄一样潜伏在地毯底下。"

"这回是蝼蛄吗，会被做成佃煮吃掉的。"

"那也得是蝗虫吧，然后，你在地毯下匍匐前进，逃离了密室。为了这个诡计，你把我们的注意力吸引到了尸体和比拟上，这是声东击西，是为了误导推理和争取时间的手段，所以这也应该分类为工具上的比拟。"

"哦哦，表现简直可圈可点，嗯，从有样学样的角度说，做得非常好。"

他轻蔑地哼了一声。

里子也不甘示弱地扬起了鼻子。

"那么，你自己的比拟就由你自己来说吧，请。"

"哎，话筒终于转回来了，有关比拟的分类，我只是像故事的开场白那样随便讲讲，结果被你们横插一脚，绕了这么一大圈，连正题都没进去。"

他边说边刻意地叹了口气。

里子面露不悦，眉间挤出了皱纹。

"什么意思？正题又是怎么回事？简直把我们当成了演垫场戏的。"

"事实上就是这样，没办法，终于轮到压轴演员登场了。"

"既然这么说，那就请讲些能够压轴定场的话题，而不是让人哑口无言的蠢话。"

"不压也不哑，而是一个让人说不出半句反驳的诡计。听到了，我所看穿的比拟杀人中，隐藏着凶手大胆的企图。"

说到这里，他缓缓地把头扭过九十度，一双眼睛紧紧地盯着尾濑。

千石指认的凶手正是尾濑，他向尾濑投去了锐利无比的视线，仿佛要给目标补上致命一击。

他再度伸出了食指。

"是吧，尾濑，你是凶手，应该明白我接下来要说的话吧。"

就像要跟千石的食指来场对决一样，尾濑也竖起食指左右晃了晃。

"等一等，这只是你的胡言乱语吧。名侦探亲自下场冤枉好人，这未免也太不体面了。难不成脑袋发昏找不着北，才说出这种混蛋话吗？真是又昏又混，连嗓子都变浑了。"

他用食指戳向了千石的喉结。

"呜，"千石收起下巴，捂住脖子说道，"你这个混蛋，不要捉弄我。别开玩笑了，如今你可没这种闲工夫，如此虚张声势，摆出无辜的样子，但实际上你也就到此为止了。真理之刃已然刺进了你的咽喉。"

"那个真理，看上去好痒的样子。"

"不，是痛苦的表情，身为凶手的你垂死挣扎的痛苦面相。"

"有时候我在想，临死和弥留到底哪个在前呢？"

"看来这是你体验的好机会，那就赶紧来吧。让我们快点开始吧，是时候让真凶下定决心面对终焉了。好，就让你见识见识我离你的罪孽究竟有多近。"

"那我用了什么诡计？我倒是很想听听。"

"就是这样，别装傻了。你应该已经隐约觉察到了吧。没错，正如你所畏惧的那样，我已经看穿了一切。你布置比拟的目的，就是隐藏你通过紧身衣诡计闯进图书室的事实，这就成了确保你的不在场证明，让你处于安全范围的手段。"

"对，按照前辈的分类，是属于工具上的比拟吧。通过建立密室来制造不曾靠近房门的不在场证明，为了隐藏这一目的，才将密室编入了比拟的一部分。密室本身就是在比拟《莫格街凶杀案》，对吧。我记得很清楚，所以才拿到这里来说。毕竟不管谁编的故事全是一码事，都是虚构的。"

"呵呵，被你抢先说了，倒省了我不少工夫。没错，那部分可以说是虚构的，因为凶手自己承认了。"

"啊，什么意思?"

"正如我说的那样。"

"哦，那你继续往下说。"

尾濑的脸上微现狼狈之色，他不安地歪着嘴角，只得拼命用假笑掩盖过去。

像旁观者一样站在一旁的神冈和里子纷纷探出身子，两人看起来兴致盎然，眼神都很犀利。

千石似乎对这般反应感到兴奋，他转了转肩膀，口齿清晰地说道:

"太好了，所谓虚构的故事就是比拟，我的意思是，比拟只是虚有其表的假象。"

尾濑偏过了头。

"比拟是假象，什么意思?"

"这就是你在装傻了。"

说着，千石假装用手指弹了弹对方的咽喉。

"徒有其表的比拟，就是这个意思，这个比拟并非你所见的那样，只是表面的假象，名为爱伦·坡的比拟，却只是假象。虚假的比拟，伪造的比拟，就只是混淆视听罢了。"

"啊，这不是爱伦·坡的比拟吗?"

尾濑探出了脑袋，声音空洞无比，脸上写满了困惑和讶异。

一旁的两人也是相同的状态。

里子圆溜溜的眼睛瞪得更圆了，眼神像是在高尔夫球上画了一个黑点。

神冈则不住地眨着眼，仿佛进入了永动状态。

唯有千石变得愈加兴奋。

"没错，并不是爱伦·坡的比拟，那仅仅是表象，而且是故意假装成这样，凶手隐瞒了真实的比拟，将其变化为爱伦·坡的比拟。"

"那所谓真正的比拟又是什么？"

尾濑像代表众人提问似的举起了手。神冈和里子则在后边伸长了脖子。

千石回应道：

"是道尔，柯南·道尔，当然就是塑造了夏洛克·福尔摩斯的那个柯南·道尔。事实上，这并非比拟爱伦·坡，而是比拟柯南·道尔。"

空气仿佛陷入了凝固，如幕布般低垂的沉默冻结了现场，每个人的呼气都似染上了微微的白色。

二十六

率先打破沉默的人是里子。

到了这种时候，年轻人往往更大胆，而且女性的转换速度可能更快。就似要用热情的言语浇融紧绷冻结的空气般，里子探出身子问道：

"柯南·道尔的比拟？哪里有柯南·道尔？迄今为止，爱伦·坡的比拟都是成立的，那只是表面的假象，对吗？"

千石使劲地点了点头。

"嗯，只是看起来如此而已。准确地说，是让它看起来如此。"

"事实上是柯南·道尔的比拟，为什么？"

里子看向了图书室敞开的门。

"听好了，就是这样。"

千石把手伸到电脑跟前，点了点鼠标。

一张照片显示在了电视的液晶屏幕上。

那是图书室的内部，无论看多少次都是生动无比的光景。真梨亚的尸体像极了博物馆的常设展品，仿佛从很久以前就在那里一样。案发现场已然和房间的气氛完全融为一体。

千石对着比拟的装饰，用食指画了个圈。

"这些全都代表了道尔，让我们一个一个来看吧。"

言毕，他提高了声音，按照说明的内容操作电脑，将照片的局部放大，令其排列在屏幕之上。

"首先是信。真梨亚的大衣口袋和靴子里插着数个信封，据说这些是用来比拟爱伦·坡《失窃的信》，但福尔摩斯的首部短篇作品也讲述了信件被盗的事，诡计与信件的藏匿之处相关。"

"福尔摩斯的首部短篇，哦，是《波希米亚丑闻》。"

神冈脱口而出，声音大得有些歇斯底里，乃至微微发颤。接着他保持着这样的声音继续说道：

"那篇小说，唔，对了，福尔摩斯的对手是一位名叫艾琳·艾德勒的女人，据说是唯一让他心动的女性。她藏有一封威胁某国王室的信。对，是信。为了找寻那封信的藏匿之所，福尔摩斯使出了诡计，这是侦探一方，而非凶手一方，所使用的反向诡计的名篇，也是《神探科伦坡》里创举性的手法。"

"多谢，作为推理作家，你准确地抓住了作品的要点。顺带一提，你已经指明了另一重比拟。"

"嗯，另一重是什么？"

"哎呀呀，你是无意识说出来的，这可一点都不像推理作家。或许这就是你的极限吧。"

"什么？这话我可不能当没听到。"

神冈气愤地扬起眉毛，视线却垂了下来，表情复杂地说道：

"不过我还是想知道，另一重比拟是什么？"

"是名字哦。你刚才也说过了，福尔摩斯唯一心动的女性，艾琳·艾德勒。在最近的电影《大侦探福尔摩斯》和《大侦探福尔摩斯2 诡影游戏》中，她多有登场。听好了，死在这里的真梨亚所用的黑井真梨亚的名字只是艺名，是用发音的罗马字母打乱重拼而成的艺名，那她的本名是……"

"小村爱梨，啊，爱梨，艾琳。"

他发出颤抖的声音。

里子和尾濑也一起喊出了"哎"。

千石哈哈大笑起来。

"没错，如果从'真梨亚'解读，那就是爱伦·坡的《玛丽·罗杰疑案》，如果从'爱梨'解读，那就是艾琳和《波希米亚丑闻》，也就是柯南·道尔。"

里子激动的话声冲口而出：

"可，可是，这两种说法都能成立对吧？既可以是爱伦·坡，也可以是柯南·道尔，我不觉得比拟的对象只能定为其中一方。"

"这样啊，那就是你还没发现咯？"

"咦，什么？"

"看看头上吧。不是你的，而是尸体的头，头发。"

"真梨亚小姐的头发……"

看着放大过的照片，里子瞪圆了眼睛。

"啊！染成红色的头发，这是……"

"对，是《红发会》，这也是福尔摩斯的代表作之一吧，至于这一头红发，似乎难以与先前爱伦·坡的比拟相联系。唯有柯南·道尔才具备这样的元素，也就是说，这个比拟杀人的灵感来自柯南·道尔，天平朝着这个方向大幅倾斜了。"

"呃……不过，应该还有其他比拟爱伦·坡的要素。"

里子的声音变得越来越细。

就似此消彼长一般，千石以演唱歌剧曲目的声音感情丰沛地说道：

"没错，爱伦·坡的比拟是表面上的比拟。确实还有其他元素。有一个大到包含了整个房间的密室杀人，这便是爱伦·坡创作的首部推理小说《莫格街凶杀案》。这个要跟刚才提到的《失窃的信》和《玛丽·罗杰谜案》相辅相成才能成立，你不这么认为吗？

"因为推理小说中的密室作品多如牛毛，如果要限定为《莫格街凶杀案》，首先必须将之关联到爱伦·坡的名字，要是这个前提被打破，那么这间密室就很有可能成为另一种密室。也就是说，柯南·道尔的密室作品同样具备可能性。倘若天平偏向道尔，那么这种推测的合理性就会增强。"

"柯南·道尔的密室作品，也就是……带子①！"

"福尔摩斯是带子吗？福尔摩斯是华生的情夫？敢说这种话，小心被福迷追杀六十次。认真点，好好说。若论柯南·道尔密室的代表作，自然就是《斑点带子》了吧。没错，这个密室就是《斑点带子》的比拟，而且还有一条可以证实这点的推测。"

---

① 带子（ヒモ）在日语里有情夫的意思。

"是带子。"

"好吧，简单地说，就是带子。"

千石指着屏幕上的照片，里边有一根悬吊在空中的线。

一根琴弦装饰在室内西侧，是从横沟正史的艺术品上取下来的用于比拟的琴弦。

琴弦的一端绑在门把手上，一路向上延伸，从天花板的枝形吊灯垂落下来，悬挂在比拟现场之上。

"请仔细看，线上有被染红的地方，很可能就是血迹，总共沾了四处。听好了，这图案，就是斑点带子的斑点图案，懂了吗？"

确实，琴弦上确实附有四处血迹，呈等间隔分布。

这里请各位回想一下。

事实上，这是数小时前，神冈把琴弦缠在真梨亚的脖子上的时候附着上去的血迹。神冈把门一开，真梨亚的上半身被猛然拽了起来，可用来比拟爱伦·坡的短篇《你就是凶手》——就是这样的实验，血迹就是当时沾上去的。琴弦在真梨亚的脖子上缠了三圈，导致有四处贴上了流血的部位，展开后便形成了一定间隔的血迹。

然而，对于眼下的状况，神冈选择保持沉默，他的眼里闪烁着光辉，显然是在期待进一步发展。里子和尾濑似乎也打算配合神冈的态度，三人都在倾听千石的推理。

千石的声音愈加响亮，就这样开始了解谜。

"都听好了，不仅仅是密室，还是装饰了《斑点带子》本身的比拟。这样一来，比起《莫格街凶杀案》，还是《斑点带子》更占优势，同理，相比爱伦·坡，解释为柯南·道尔的比拟更为合理。"

"可是，这个……"

里子指着吊着的琴弦的末端说。

那是金色的金龟子——圣甲虫。

千石丝毫不见动摇的迹象，而是表现出胸有成竹的从容态度，把右手按在下巴上，煞有介事地说道：

"对，这正是凶手的小伎俩，为的是否定《斑点带子》的比拟，办法也很简单，只需在琴弦的末端吊上圣甲虫。原本在比拟《斑点带子》的阶段，琴弦就该像现在这样绑在门把手上，通过吊灯上下移动，这正是对《斑点带子》中杀人场景的比拟，而且是动态比拟演出。而凶手改变了这个比拟，利用琴弦上下移动，将其变换为《金甲虫》。看来这个凶手在应对方面有两把刷子。"

"稍，稍等一下。"

里子伸出了手。

"你刚才说修改比拟的人是凶手，听上去好像有两个凶手似的。"

"哦，不好意思，让你感到困惑了。没错，凶手是有两个，其一是布置柯南·道尔比拟的人，其二是将柯南·道尔的比拟变换为爱伦·坡的人。"

"啊？这是怎么回事？两个人居然都做了比拟？"

"让我按顺序解释一下关键点吧。首先，最初的比拟是柯南·道尔，先前我把比拟分为两类，这也是工具上的比拟。"

"没错，你也说过了吧，是通过建立密室来制造不在场证明，为了掩饰该目的而在密室中加入了比拟，但刚才的是爱伦·坡的《莫格街凶杀案》，你是说柯南·道尔也是一样的吗？"

"是啊，结果是一样的，只是过程上分了很多阶段。首先，密室大概率没到比拟的程度，既然在推理作家的家里发生了凶杀案，那就干脆将其变成密室，应该是这样的讽刺。当然了，目的无非是伪造自己的不在场证明。"

"这还算不上比拟吧。"

"可凶手发觉将其作为比拟会更好。那是因为受害者真梨亚在咽气前留下了临终留言。"

"什么？临终留言？在什么地方？"

"就是这个。"

千石指着悬挂着的琴弦的特写照片，他凝神盯着屏幕，继续说道：

"就是这根琴弦。真梨亚在死前应该拿过这根琴弦吧。她或许是在横沟正史的艺术品附近被刺伤的，又或许是因为看到了那个，才在垂死的状态下爬过去的。总而言之，她在这根琴弦上编入了临终留言。应该是不想让凶手发觉，才留下这样的暗号吧。"

"这根琴弦到底哪里藏了临终留言？"

"有关这个稍后再谈。哦，我可不是故意让人心焦，只是觉得这样解释理解起来更容易。"

"嗯，既然你如此热心，虽然还想再吐槽几句，但我更想先听你的解释，暂时就不多嘴了。好吧，快点继续。"

"那就继续。真梨亚在琴弦上留下了死前留言，试图暂时躲藏起来，但最终还是丧命了，又或者被凶手发觉，之后没过多久就死了。不管怎样，凶手注意到了死前留言的存在，或者推测出了这种可能性。然而，凶手仅知道讯息的存在，并不了解其内容，所以，他对如何处理感到犹豫。虽然想尽快销毁，但在这间宅邸里做的话被发现的概率很高。再加上琴弦从横沟正史的艺术品上转移至此的事实是显而易见的。即便放回原处，由于附着了血迹，也会引发怀疑。若是带去屋外处理，那么有机会将其带走的人首先就会被怀疑是凶手，想要处理或是隐藏就很困难了。而且，由于凶手不曾掌握死前留言的内容，所以也不知该怎样将其消除。要是处理不当，说不定会有人率先解开死亡信息的含义，再加上时间紧迫，要是不迅速完成所有犯罪，别人随时可能走进图书室。因此凶手采取了极端的策略，并非抹消或隐蔽，而是让其变得更加显眼，用作其他目的。这便是柯南·道尔的比拟。沾了血迹的琴弦及密室杀人，凶手或许是通过这两个要素获得灵感，想到了《斑点带子》。还有，凶手之所以会有这个想法，最大的契机是真梨亚的本名——小村爱梨，令人联想到艾琳·艾德勒，再加上染红的头发。以此二者为基础，琴弦和密室便联系在了一起。这样便能用福尔摩斯，即柯南·道尔的比拟掩盖过去了。"

"原来如此，艾琳对应《波希米亚丑闻》，红发对应《红发会》，一旦这两个基础得以确立，密室和琴弦之于《斑点带子》看起来就像那么回事了。"

"此外，为了强化作为基础的艾琳的《波希米亚丑闻》，凶手还用多个信封比拟了作品中的重要道具——信件。就这样，凶手布置了柯南·道尔的比拟，掩盖死亡信息，然后离开了现场。"

"然后那个柯南·道尔的比拟被另一个凶手修改成了爱伦·坡的比拟，对吧？这又是怎么回事？"

"因为这对另一个凶手而言会有所不便，或者说有所不利。也就是说，这会让人产生很深的印象，认为那人与案子有所牵涉。凶手不愿如此。毕竟柯南·道尔的代表作就是《巴斯克维尔的猎犬》，对吧。"

"啊，对了，巴斯克维尔奖！"

里子向客厅的东墙张望了一眼，那个奖杯就装饰在房间入口一侧的壁炉上。

那是一个青铜质地的奖杯，颁发给巴斯克维尔奖获奖作家的纪念品。从嘴里喷出火焰的可怖猛犬雕像好似身处聚光灯下一般，反射着吊灯的亮光，仿佛随时会向空中发出咆哮。

这回换作巴斯克维尔奖的获奖作家神冈发出了咆哮：

"喂喂。你，你是说把道尔的比拟变成爱伦·坡比拟的人是我吗？"

"瞧这话说的，好像跟你没关系似的。"

"不是，既然没有亲身经历，那就只能认为跟我没关系了。"

"哼，就这样装作什么都不知道是吧，你是在试探我对真相到底知晓到什么程度，如果这里是考试，我会把满分的星星点亮给你看。首先，这里有一颗星。"

他指向了悬挂在琴弦上的圣甲虫，凝视着金光闪闪的"金甲虫"比拟。

"这在柯南·道尔的比拟中没有出现，通过绑上这只圣甲虫，情况为之一变，《斑点带子》的含义消失了，摇身一变成了"金甲虫"的场面。神冈，你刚进入这个房间，便发觉了柯南·道尔的比拟，所以才加了这些手脚。起初，你通过窗户看到了真梨亚的尸体，尾濑和里子也在边上。接下来，你独自开门进了图书室，其他两人则在窗外等了一会儿。你发了个信号，于是那两人也进了宅邸，自房门进入图书室。也就是说，在那两个人从窗户前走到图书室门口的过程中，你是独自一人站在尸体面前。就在这片刻之间，大约十秒的时间，在没人看见的情况下，你表演了魔术。将比拟从柯南·道尔变成爱伦·坡，其中之一就是将装饰在玻璃收纳柜里的圣甲虫吊在了琴弦上。"

说着，他放大了照片里的金龟子，屏幕上瞬间流光溢彩，好似小星星散落一地。

然后，千石转身面向尾濑。

"喂，起初你从这扇窗户望见这个尸体现场的时候，琴弦上有这个吗？"

他用眼睛指示着圣甲虫。

尾濑用右手摸着脸，一副困惑的样子。

"唔，这个嘛，不太清楚，我记不得了。我一直盯着尸体，并没有注意到这种细节。或许是在我的视野之内吧。"

"到底有还是没有？"

"不记得了。"

他耷拉着头，揉着双眼，像是在掩饰着什么。

千石看向了里子。

"里子，那你呢？"

"哎呀，我是真说不清楚，"里子歪过了头，圆圆的眼睛眯成了小小的孔洞，满脸迷惘之色，"一般来说，这种大小的东西，在那样的距离根本没法确认吧。如果我说我无意中从窗户里看到了圣甲虫，那样反倒会变成'你是怎么知道那是圣甲虫的呢？是不是你从一开始就知道那是圣甲虫？也就是说，凶手就是你'。事情很有可能弄成这样吧，我可不想落入这样的圈套。"

"那你就是没看见了？"

"我没有见过这东西的记忆。这样回答应该是最好的吧。"

就似在说给自己听一样，她不住地点着头。

看到尾濑和里子的反应，话题的当事人神冈扭曲着脸，露出了哭笑不得的表情。他似乎想说些什么，嘴巴张了又闭，却始终未能说出口，只是徒然地咀嚼着空气。

面对这样的神冈，千石毫不留情地解释道：

"听好了，圣甲虫原本是不存在的，从窗户望过去的时候，你没看见它，也没有看见这个的记忆，又或者，事实上是别的什么东西挂在上边。玻璃柜里有各式各样的装饰品，比如十二干支的摆件之类。所以，当你独自一人走进图书室，靠近尸体且没人看见的时候，你迅速把甲虫换到了琴弦上，要是琴弦上挂着别的东西，你也会把它取下来，然后换上圣甲虫，总之这并非难事。能立即想到玻璃柜里摆着圣甲虫，以及其具体位置的，也只有住在这栋房子里的人。单从这一点来看，也足以证明这是你的所作所为。而且，还有一件能在极短的时间里完成的事，你也做了。"

"还有吗？"

神冈问了一句，从刚才开始就半张着的嘴终于吐出了唯一的一句话。

千石的脸上刻下了讥讽的笑容：

"你这家伙的记性可真不好，我会提醒你的。这很简单，只需关注存在于爱伦·坡的比拟，却不存在于柯南·道尔的比拟，就是这个——"

一张照片填满了显示器。

那是江户川乱步的艺术品，以"黄金面具"和"人间椅子"为主题，在包覆着黑色皮革的扶手椅的靠背上有一个洞，有一张像极了穿穴而过的鸵鸟蛋般光滑的脸孔，那是在金色底色上用墨色描绘出眼睛和鼻子的黄金面具，正露出鬼魅般的笑容。

"江户川乱步笔名的来源正是埃德加·爱伦·坡，这点无须赘述了吧？"

千石以坚定的语气继续说道：

"因此，江户川乱步的艺术品也被用作了爱伦·坡的比拟。你把尸体放在艺术品旁边。不，准确地说，应该是把尸体移动过去了才对，起初，尸体应该离得更远一些，也就是说，在比拟柯南·道尔的阶段，并不需要江户川乱步的艺术品。因此尸体原本距离艺术品应该更远才是。然后，为了把比拟从柯南·道尔转换为爱伦·坡，你将尸体移到了江户川乱步艺术品的附近，将其也化作比拟的一部分。这便是你在极其有限的时间内完成的比拟转变。果然，推理作家的构思速度就是迅速，但也仅限于伪装的方面。"

或许是觉得自己的话很幽默，他咯咯地笑出了声。

接着，千石又交替看向了尾濑和里子。

"喂，你们从窗外看到的情况如何？尸体应该距离乱步的艺术品更远吧。"

言毕，他顿了一顿，接着又说：

"嗯，就算这么问你们也听不明白，应该是微妙的距离。要是能明显看出差别，就会立刻暴露尸体被移动过的事实。此刻，尸体和艺术品之间的距离约为三十厘米，因为是爱伦·坡的比拟，应该紧贴在一起才是，但事实并非如此。要是发生这种情况，尸体曾遭移动之事就会被发现，尸体是否紧贴着艺术品，这种事从窗外一看便知。从目前的情况来看，应该是没有贴在一起，对吧？"

他再度询问尾濑和里子。

里子即刻回答道：

"确实没靠得很近，要是紧贴在一起，肯定会联想到尸体会不会是从椅子上滑下来的。我肯定会这样联想，但我没有。"

"唔，虽然这记忆法挺奇妙的，但贵在具体，且易于理解。也

284

就是说，尸体和艺术品原本是分开的。那你记得它们之间隔了多远吗？是和现在的距离相同，还是比当前稍远一些呢？"

"唔。好像跟现在差不多，又感觉不太一样。我记不太清了。"

"是吧，那你呢？"

千石转向了尾濑。

尾濑似乎正勉强保持着冷静，一字一句口齿清晰地说道：

"嗯，尸体理应不曾紧贴着艺术品的椅子，也不该仅仅隔了几厘米的距离。但和目前的距离相比究竟是长是短，我也没法断言。"

千石显得十分满意。

"嗯嗯，就应该是这样的结果。尸体和乱步的艺术品并没有贴在一起，也没有近到可以视作紧贴的程度。也就是说，保持了一种既不算近也不算远的微妙距离。因此即便稍稍移动了尸体，印象也不会发生变化，即便把微妙的距离做些微妙的调整，也很难看出来。现如今两者相距大约三十厘米，但要是一开始是五十厘米，而后移动到此刻的三十厘米，恐怕也难以觉察。更何况一开始是在窗外观察，然后进入屋内，最后才在图书室里近距离确认。那就越发难以注意到什么区别了。神冈正是利用了这种状况。更重要的是，正如我刚才说的那样，如果是比拟爱伦·坡，理应贴着乱步的艺术品，又或者处于紧贴的位置，这样可以使得比拟的视觉效果更加统一。比拟本身也是艺术品的一种。然而，他并没有这样做。

"再者，在比拟爱伦·坡的《金甲虫》时，是用琴弦吊着圣甲虫，但琴弦上的血迹并无任何特殊含义。而另一边，在比拟柯南·道尔的《斑点带子》时，琴弦上的血迹就有了图案的意义。没错，这几个点便是推理之基。虽说用的是爱伦·坡的比拟，但尸体和乱步的艺术品之间有着微妙的距离。还有一点，琴弦上的血迹在比拟柯南·道尔时有其意义，但在比拟爱伦·坡时却没有。我由此得出了结论，这个比拟的对象起初是柯南·道尔，当神冈进入图书室后，将其更改为爱伦·坡的比拟。"

他一口气说完这些，接着大口呼吸，肩膀微微上下起伏。只见他的脸上浮现出惬意的倦容，目不转睛地盯着神冈的脸。

神冈则一脸为难地皱起了眉。

"按你的说法，我率先进了图书室，在尾濑和小里从庭院走过来的这段时间内，令尸体向乱步的艺术品靠近二三十厘米，然后将圣甲虫绑在琴弦上，对吧？原来如此，这里只需稍微挪动椅子，再在琴弦上绕个圈，迅速钩在圣甲虫的节肢上就搞定了。嗯，虽然时间很短，但并非不可能。"

他边说边用手势演示了那个动作，认同似的点了点头。

千石见状也跟着点头。

"是吧，你能做到的。"

"没错。"

"那你就是承认了吗？"

"是的，仅限于可能性的角度。"

"那果然就是你做的了。"

"这我可不承认，因为这毫无意义。只是在你解释过比拟从柯南·道尔变为爱伦·坡的理由后，我确实有种'原来如此'的感觉，但还有一条，为什么起初要做成柯南·道尔的比拟呢？"

"哦哦。你问到这个了。"

千石高兴地搓着双手。

"先前我预告过的事，你果然还是在意了吧？是啊，就应该这样。你做得不错，我一直在找机会说出来，现在是时候了。"

"你是不是就想让我说'现在是时候了'，好好，现在是时候了。"

神冈伸出双手，示意继续，就似在进行玉串奉奠①的仪式一样。他略微下垂的眼角流露出好奇的光芒，璀璨得如同勾玉。

千石的情绪也十分高涨，挺起了胸膛。

"没错，从故事的发展来看，此刻正是最自然，也是最容易理解的节点，且让我踏上准备就绪的舞台吧。"

"请便。"

神冈再度伸出了双手。

尾濑和里子也学着他的样子，把手伸到了身前。

虽说姿势有些夸张，但三人的眼神都很认真。

二十七

千石郑重其事地清了清嗓子。

"刚才提到的预告，其实就是真梨亚留下的死前留言。究竟是怎样的死前留言呢？答案便是琴弦，真梨亚在临死之际从横沟正史的艺术品中拽出了琴弦，并在两端分别系好小环，然后再把自身伤口的血黏附在琴弦的四个地方。这些都构成了信息。正如我先前说的那样，她留下的这些东西并不想让凶手发觉，而且我敢肯定，凶手根本没有理解它们。"

说着，他毅然地抬起了下巴。

里子皱起了眉头。

---

① 日本婚礼的仪式之一，伸出双手从神职人员手上接下玉串并且供奉给神明。

"哎！琴弦的两端绑着圆环，还有四处血迹？这，这要怎么解释？啊，真是的，我受够了！"

她挥舞着一对拳头，显得万分焦虑，此刻的她似乎随时都会抢起拳头对着千石的脸猛扑过来。

千石缩了缩头，用目光指向了屏幕，屏幕上是圣甲虫的照片。

"听好了，这根琴弦是连在圣甲虫上的，看到上边扎的圆环了吧。还有，扎完圆环后剩余的琴弦极短，距离圆环的结只剩下几厘米了。相比之下，看这边——"

他切换到另一张照片。

那是图书室的门把手，琴弦就连在上面。

千石指着屏幕。

"这里，连接门把手的琴弦，同样也扎成了一个环，但相比圣甲虫上的环，这里剩余的琴弦明显更长，瞧，从打结的地方开始大约剩了三十厘米，请好好记住两者间的差异。"

里子立刻插话道：

"等等，这又代表了什么？这两个都是环吧，而且区别是从结开始的剩余长度，什么啊，这到底是什么含义？"

她再次挥起了双拳。

像是躲开拳击者的重击似的，千石一边把脸往后仰，一边说道：

"还有一个必须指出的地方，那就是血迹。琴弦上总共有四处血迹，把这个看作标记，琴弦是一条线，既然是线，就只有伸长或弯曲两种动作，如今已是伸直的状态，所以姑且把这当作表示'折弯'的记号吧。就像折纸上的折叠记号一样。凸折和凹折，折曲的方向共有两种。这里就想得简单些，总之，让我们按顺序交替进行凸折和凹折，简而言之就是风琴折，在四处血迹的位置依次进行风琴折。看好了，这里不能使用实物，因为保存现场是警方调查的原则。作为替代，我准备了这个。"

他边说边操作着鼠标。

屏幕上出现了一条线。

那是用黑墨水在纸上画出的一条线，上面有四个红色的圆点。

"你可以把这当作琴弦，红点自然就是血迹了，"千石这般解释道，"然后在四个血迹的位置进行风琴折，就像这样。"

他切换了照片。

屏幕上出现了弯曲的线条，在红点的位置交错反向折叠，连成了一串 V 字。

千石继续说道：

"然后，再看看四处血迹所处的范围，四个点，以及中间的三条线，这些点和线所描绘的形状是……"

他放大了照片的那个部分。

"Z!"

弯曲的线条形成了一个 Z 字。

接着，千石又操纵鼠标，移动着屏幕上的照片。

"而且，正如我刚才说的，琴弦的两端都有环。其中一个多出来的尾巴很短，相比之下另一个明显长得多。就是这样。短的那个几乎呈圆形，放在字母表上就是'o'，而另一个长尾巴的绳结则是小写字母'e'。"

这些照片也显示在屏幕之上。

o 和 e。

而夹在这两张字母照片中间的，则是 z 的图片。

屏幕上排列着三张图像，全都是放大的特写。

oze。

OZE①。

一旁的人全都屏住了呼吸。

仿佛连喘口气都觉得浪费，千石继续说道：

"明白了吧，这就是真梨亚留下的死亡信息。她在临死之际告知了凶手的名字，随后咽下了最后一口气。凶手尾濑虽然意识到这根琴弦有可能包含了死亡信息，却没能解读到其中的内容。正如刚才所说的那样，他不知该如何处理，加上时间也很紧迫，于是便选择了将这个比拟替换成别的东西的办法。正如之前我多次解释的那样，他从现场状况和道具中迅速作出了比拟柯南·道尔的构想，并将其付诸实施，随后离开了这个密室。不久之后，事情就进展到了发现尸体的场面。"

说到此处，他拍了拍手，目光在尾濑和神冈之间移动了几个来回，随后盯在了神冈身上。

"就这样，到了发现尸体的那一幕，神冈把柯南·道尔的比拟变成爱伦·坡的比拟，简直就像比拟的接力赛，而且是双方毫无沟通的接力。神冈应该并不知道尾濑是柯南·道尔比拟的始作俑者，而另一边，再度站在现场的尾濑发觉比拟已经起了变化，理应感到惊讶，他大概能猜出是神冈动的手脚，可要是挑明了，就等于坦白自己知道之前的情况。也就是说，凶手就是他自己。他自然只能默不作声地接着往下演。喂，尾濑，你那糟糕的表演可以告一段落了。做这种不习惯的事情很辛苦吧，哪怕是像我这样的喜剧人在舞

---

① 与日语里尾濑（おぜ）的罗马音写法相同。

台首演的时候也会胃痛。就算是专业演员，上台时也容易身体僵硬，更何况是像你这样的门外汉，需要付出的努力可是相当大的哦。哦，说实话，你完成得也算不错吧，我由衷地感到佩服。你该不会在什么地方上过表演课了吧？真希望我们剧团的那些糟糕演员能向你好好学学，他们总是无视我的剧本，擅自修改，还说没人来看演出都是我的错。相比之下，尾濑，你去当杀人犯真是太可惜了。哦不，要是杀的对象是那些演员该有多好。"

大抵是平日里积攒了太多怨愤，他滔滔不绝地发泄着压力，把尾濑当成了沙包。

一口气说完后，千石似乎略感轻松。只见他长长地吁了口气。

"嗯，总而言之，尾濑，在这次的杀人剧里，当确定主演就是你后，也算顺利地落幕了。是时候谢幕了哦。总之，起立鼓掌。哦，各位都已经站起来，那就算了。"

他大声地鼓起了掌。

被选为主演的尾濑则一脸困惑地低头不语，掌声如雨点般倾斜而下。

这场雨不仅仅来自千石。

不知不觉中，神冈也跟着附和起来加入了鼓掌的行列。

稍晚了片刻，里子也把双手举过头顶拍了起来。

就似被暴风般的掌声惊呆了一样，尾濑缓缓抬起了头，接着立刻垂了下去，看起来就像是舞台演员在舞台上鞠躬回应着掌声。

神冈满脸严肃，一本正经地点着头。

"嗯，原来如此，千石先生的解决方案真的很不错，我彻底服了，这就是正确答案，应该错不了吧。案子了结了。"

他满意地垂下了眼角。

一旁的里子也继续在头顶鼓着掌。

"同意，同意，即便撇开突如其来的感动，我也同意。"

编辑的评分看起来也很高。

千石将右手按在胸前，分别向正面，右座，左座，二楼看台鞠躬，表演着舞台的谢幕致意。

"哎呀，真的，戏还是得照演，一旦开幕就无法停下脚步。同样地，被封闭的房间也无法避免化为密室。而且，一旦有人提出谜题，就必须将之解开。总算到了落幕的时刻了，谢谢各位。不过这次最大的功臣，仍是主办这场舞台剧的凶手尾濑淳司。请再次给予他更加热烈的掌声！"

千石一边说着，一边再度将手伸向尾濑，给出了更热烈的掌声。

作为回应，尾濑挺直了身子，抬起头仰着脸，就这样望向空中。接着，他一步步地向前迈出了脚步，双手举到了齐肩高度，像翅膀一样左右大幅展开。

他左脚向后一收，右膝轻轻弯曲，微微沉下了腰。

然后，他低下了头，庄重地鞠了一躬。掌声似一阵卷起的强风，将其包围在内。他保持了一阵这样的姿势。在灯光的照耀下，他的姿态令人联想起沐浴在晨曦中的神圣雕像，宛如向上苍表达谢意的神像。

狱门岛的钟声在天花板上敲响，宣告着午夜零时的到来，钟声的音色宛如天国的祝福。

尾濑终于抬起了头，就这样瞪大眼睛，深吸了一口气。四周如阳光般倾泻的掌声仿佛渗入他的全身，注入他的血脉之中。他的脸色逐渐红润，表情充满了能量。

洪亮的声音响彻全场。

"在本次杀人公演中被选为主角，我在此深表谢意……才怪!"

他的声音变为了怒吼。

二十八

尾濑颤抖着肩膀，填满全身的能量似乎是愤怒，只见他眼角一吊，皱着眉头说道:

"啊，什么? 我怎么可能是凶手?"

他向四周环顾了一圈，然后把目光停在了神冈身上。

"刚才的发言是什么意思? 什么叫'千石先生的解决方案真的很不错，我彻底服了，这就是正确答案'，搞错了吧，剧本拿错了。你明明什么都知道，却尽说些愚蠢的话，任由剧情随意发展。这样真的可以吗?"

他向前逼近一步，探出了脖子。

神冈微微仰起上半身。

"哎呀，因为推理远超出我的预想，所以我就忍不住靠过去了。得让它变成更好的案子。"

"杀人案还能有什么更好的? 杀人本身就是错的，你应该懂吧?"

"嗯，我知道是坏事，这绝不是最好的选择。但我想追求相对好点的选择。"

"这话一点逻辑都没有!"

尾濑双手抱头，乱挠着头发，似乎是在崩溃的悬崖前勉强刹住了车。

就在这时，千石用更大的声音插了进来。

"喂，剧本什么的到底是怎么回事？刚才我就很在意了，你们确实提到了剧本，而且刚才就围绕着这个问题在讨论。喂，我可不能当作没听到，那个剧本到底是什么？"

他脸红脖子粗地大声质问着，像极了争夺首领地位的猴子。

尾濑抬起脸，眼神坚定，一副决心已定的样子。只见他深吸一口气。

"我说——"他大踏步走向千石，"老实讲，谜底从一开始就解开了，我们已经有了剧本。千石大前辈，我们只需要你扮演名侦探的角色就可以了，为了像本格推理小说那样解决本格推理中的密室啊比拟啊这些本格推理中才有的案子，我们需要名侦探这个角色。我们三个光是扮演嫌疑人就忙得不可开交了。原本只要按照我们先前准备好的步骤，让千石先生把案子解决，就不存在任何问题。但如今你却提出了计划外的线索和解决方法，搞得我现在非常头疼。老实说，千石先生，你做的这些太让人迷惑了。"

"让人迷惑的侦探，叫我'迷'侦探得了，"千石带着一脸不满，表情又有些困惑，"这么说来，按照你们的剧本，凶手并不是尾濑你吗？那剧本的解答又是什么？用的是什么样的密室诡计？"

"正是由不才尾濑担任侦探角色的推理。假使一切按计划进行，千石先生应该会寻觅到这个解答，可你却偏到了毫不相干的答案上，所以我才不得不站出来扮演临时侦探，提出预定的解答。"

"哼，原来如此，凶手是神冈，密室诡计是利用两扇门制造的不在场证明，对吧？这就是真相吗？"

"不，准确说来，这也不是正确答案。这只不过是剧本上的真相，与现实中的真相并不一样。"

"啥？你在讲什么莫名其妙的话？剧本上的真相并不是真相，还另有一个现实中的真相？啊，这也太复杂了，完全搞不明白，这到底是怎么回事？"

"唔，说来话长，我就尽量简略地概括一下吧。事情的经过是这样的。首先，真梨亚小姐来到了这间宅邸，和神冈先生发生了争执，神冈先生用拨火棍把她打死了。"

"这，这样吗？真相是被棍子打死的？"

"不，我的话还没讲完，还有下文，先听我慢慢说。"

"哦，是吗？那继续吧。等你说完了打个招呼，我先闭嘴听着，不打断你。"

"对对，这是明智的选择。那我继续吧。且说神冈先生打死了真梨亚小姐，结果惹恼了编辑里子小姐，她说这般卑劣的谋杀根本不像本格作家所为，担心这般污名会影响新作的销量。神冈先生也意识到了这点，于是决定将现场布置成符合本格推理小说的杀人现场，即两扇门的密室诡计和比拟杀人。

"在这之后，神冈先生为了写完新作而躲进书房，里子则在休息室待命。就在这时，真梨亚小姐又来到了这栋宅邸。"

"等，请等一下……"

"该等的应该是你。"

"这，这样太难受了。不过，我已经答应了你要闭嘴听到最后的。"

"没错，那么我继续了。"

"嗯。"

"好。且说真梨亚又来到了这里，出来应门的里子吓了一跳，陷入了错愕和慌乱中，而且第二个真梨亚似乎也是来找神冈先生吵架的。为了不让正在写作的神冈受到打扰，里子挡在了真梨亚的面前。随后两人发生了争执，在扭打的过程中，里子小姐不慎杀死了真梨亚小姐。"

"等一下……好吧，请继续说。"

"嗯。然后，里子小姐打算把真梨亚的尸体移动到图书室，这才发现先前真梨亚的尸体消失不见了。那么，此刻杀死的真梨亚是她死而复生的尸体吗？当时里子小姐的脑中想必是一片混乱。就在这时，有人从后边走了过来，里子小姐扭头一看，那里又站着一个真梨亚。紧张惊诧错愕同时抵达了顶点，里子当场晕厥，在她的旁边，横躺着真梨亚的尸体，另一个真梨亚则站在一旁低头俯视着这一幕。"

"……"

"这个时候，神冈先生从书房走了出来，和站着的真梨亚一起碰了香槟，庆祝整蛊成功。没错，这是神冈先生和我为里子小姐安排的一出戏，被称作三文作家的神冈先生想要给她一点教训，我也掺和进来了。初次登场并装成尸体的真梨亚是我假扮的，然后，第二个真梨亚是真的，第三个把里子小姐吓晕的真梨亚又是我。顺便一提，幕后还有故事。"

"啊？"

"坚持住坚持住，再稍稍坚持一下。是的，所谓的幕后，指的是我和真梨亚联手的事情。真梨亚疑心神冈和里子的关系，也可以说是被我挑唆的吧。真梨亚小姐闯进了神冈先生和里子小姐的幽会现场。这个嘛，总而言之就是为了破坏真梨亚和神冈的关系，哎，该怎么说呢？"

"别有用心。"

"呃，替我保密，约好了哦。总之就是这样的经过。出人意料的是，里子小姐出于编辑精神，或是对推理小说的热忱，坚持杀人在本格推理中的重要性，提出要改变现场的布置。她的热情打动了神冈，我也只能随大流了。因此，无论在时间上还是心理上，我们都开始偏离了原计划。

在这样的状况下，神冈低头观察着昏倒的里子小姐，那张脸似乎是在说'是不是有些做过头了呢'。就在他抱起里子试图照顾她的时候，真正的真梨亚在嫉妒的驱使下出手袭击了他们。"

"喂，等等，真正的真梨亚不是应该被里子杀掉了吗?"

"啊，她只是右手没了脉搏而已。在扭打的过程中，她的丰胸胸罩滑落下来，卡在了腋下的位置。"

"被救了一命吗?"

"总之，从昏迷中苏醒过来的真梨亚发动了袭击，神冈先生为了保护里子，在扭打的过程中用刀扎伤了真梨亚，是刺死的。"

"第三回终于成功了。"

"对，就是那具尸体。"

他瞥了一眼书房的位置。

"然后，我们三个开会讨论了一番，决定将谋杀以本格推理的方式贯彻到底。既然决心要做，就要贯彻到底。我们准备了密室，除去比拟之外，还加上了可以根据逻辑推理来指出凶手的机关，我们有三个嫌疑人，符合侦探小说人数的最低条件。剩下的就是让名侦探登场了。对，正因为如此，千石先生才会站立在这个舞台上。经过反复推敲和策划，剧本终于准备就绪，之后只需让你按照剧本表演就行。尽管如此，你还是偏离了剧本，在即兴表演中越走越远。我们这边也只得即兴发挥拼命赶上，呼哈!"

他发出一声叹息，仿佛能把肺从嘴里叹出来。

千石的眼珠几欲飞出，脸上写满了惊讶和困惑，他半张着嘴，话声微颤地说：

"喂，我可以说句话吗？"

"哎呀，不好意思，说好了结束时向你打招呼，可我实在太累，不小心给忘了，好吧，我的话说完了，你可以说了，请。"

尾濑伸手做了个"请"的姿势。

千石沉默了数秒，随后嘟哝了一声：

"那个，你刚才的话是真的吗？"

"啊，哦哦，确实太眼花缭乱了，可能一下子没法相信。抱歉，但这事确凿无疑。"

尾濑边说边从口袋里掏出一个小巧的物件——排列着按钮的圆筒形机器，是便携式摄像机。

他一边单手操作着摄像机，一边说道：

"我把它放在了这个房间的那个位置。"

他指向了门口附近壁炉旁边，那里堆放着装饰用的木柴堆。

"我把它安放在那边的缝隙里，只露出镜头，调成广角，因此可以拍到图书室一侧的全景。里面有好几个真梨亚小姐登场，自然是整蛊的恶作剧了。我心想难得有这样的场面，便设置了这个。瞧，这里有几个场景，我快进一下吧，之前说的都可以确认到。看，这里，里子小姐差点吓晕，还有她在打晕了真梨亚后心急火燎的样子。接下来是我登场，真梨亚的尸体第一次消失，复活，里子小姐晕倒，还有我和神冈先生干杯的场面，录像就到这里了。"

尾濑对着摄像相机快进的画面滔滔不绝地解说着，像极了无声电影的解说员。

看着这些画面，千石似乎有些眩晕，不住地眨着眼。

尾濑把摄像机放回了柴火堆。

"之后，真梨亚醒了过来，来袭击的时候被神冈所杀，我们围着尸体出了不少主意。"

言毕，尾濑沉沉地叹了口气。

千石摇了摇头，双手轻轻拍了拍自己的脸颊，摆出了严肃的表情。

"你是不是在说这一切都是我的错？因为剧本没能按计划进行，现如今陷入了进退两难的境地，你就开始埋怨我了？"

"嗯，我确实想这么说，不过，我们也有疏忽的地方。千石先生没能按照我们预备好的解决方案，也可以说是我们准备不周。唉。"

尾濑走向了墙壁，正是那面用于设置假门密室诡计的墙。

除了插入假门门把手的洞外，墙上还有三四个小洞。那是真梨亚试图挥刀刺向神冈却偏离了目标，刀刃刺中墙壁留下的痕迹。

尾濑死死瞪着那些孔洞。

"唉，要是千石先生能留意到这些洞，应该就能找到假门把手密室的解法了吧。嗯，或许应该让这些洞更显眼些，比方说增加数量，扩大尺寸，啊，可恶。"

他边说边从地上拾起假门把手，用足气力往墙上砸去。一遍又一遍地敲着，墙上的灰泥和木屑四散飘落。

"要是增加这么多洞，结果会不一样吗？"

千石不以为然地哼了一声。

"哼，才这种程度，作为线索实在缺乏说服力。感觉不够果断，太拙劣了。好的线索要足够大胆，当它真正发挥作用时，推理才能显得精彩。像你这样心虚胆怯的线索，未免太没劲了。"

"哦，是这样吗，唔，真是该死。"

尾濑似乎被激怒了，再度将假门把手猛力地砸向墙壁，敲出了更多的洞。

"喂喂，"房主神冈快步走上前去，"别在这里搞拆迁啊，这是别人家。还是说你是在发泄情绪，只因没能成功扮演名侦探的角色，就在这拿我家撒气。"

言毕，他抓住尾濑的胳膊，制止了他的"拆迁"行为。尾濑把假门把手扔在地上。

"我说，神冈先生，'拆'剧本你可出了不少力吧。我辛辛苦苦地发表推理，唔，虽然那推理是你提出来的，但正因为如此，我才小心翼翼地展示推理，努力按照剧本去完成解答。你应该配合我才是，可你反倒成了绊脚石，自管自提出了新的推理，展示了其他解答。这样一来，我的努力全都白费了，我们事先商量好的计划也全成了泡影。你到底把剧本当成什么了？"

"人生就像一幕没有剧本的戏剧。"

"装什么装啊。"

尾濑用钉子般尖锐的目光瞪了回去。

神冈安之若素地承受着那道目光，依旧保持着自己的节奏。

"哎呀，听了千石先生那出乎意料的推理，我又怎能保持沉默呢？毕竟我是专职的推理作家。不过这边有约定好的剧本，我当然没有忘记。尾濑，所以我首先请你来担任侦探一角，将那条推理告诉了你。这是理所当然的。因为按照那条解答，我就是凶手，要是由我主动担任侦探，然后指认我自己'凶手就是这家伙'，岂不是太愚蠢了。所以我暂时把那个场面让给了你。没错，无非只是暂时让给你而已，因为剧本就是这样写的。然而，千石先生的推理也激发了我的热情，所以终究无法抗拒。出于推理作家的自尊心，我提出了自己的解答，这也是无可奈何的事。"

"无可奈何？才不是无可奈何吧？"

"不，就是无可奈何，这就是推理作家的本格魂。"

"你那什么魂，就像火球一样延烧到了这边。"

说着，尾濑又瞪向了里子。

里子像放烟花一样摊开了双手。

"可是，就我一人被晾在一边，才不要呢！各位都展示了自己的推理，要是我啥都说不出来，那就显得只有我一个人像个傻瓜。所以我才搜肠刮肚地思考，终于也有了成果。这几个月来一直陪着神冈先生写稿很有收获，我也得到了不少锻炼。哎呀，效果简直太好了，不愧是昔日接连推出热门作品的推理作家，就算烂透了也是大师。"

说着，她双手合十，对着神冈做了个膜拜的姿势。

神冈脸色一沉。

"你这根本不像是夸奖，感觉自己已经超越了臭鱼烂虾直接变成遗体，话说我是遗像吗？"

"算了算了，多亏了这个，我们四个人都提出了自己的推理，这不是很哇噻吗？而且我们四个人分别指明了不同的凶手，就像转圈圈一样耶！"

她似乎非常亢奋，或许正醉心于能以侦探的身份提出解答的情绪宣泄之中。

尾濑则恰好相反，只见他苍白的脸颊抽搐了一下。

"你以为是在跳圆舞吗？这算怎么回事，绕来绕去，是指认凶手的永动机吗？现在暂停在了我被指认为凶手的地方，这不对吧？得赶快回到剧本上边，我们不是有预定好的真相吗？"

他对着神冈抱怨道。

然而神冈却一边轻轻抚摸着脸颊，一边说道：

"真相就像人的面相，正是因为会改变模样，所以才能成为真相吧。如果有一个更合适的真相，那它就是真相。虽然心有不甘，但千石先生的推理煽动了我作为推理作家的竞争意识，他的功绩也是令人瞩目的。明明有事先准备好的解答之法，他却瞧都不瞧，拿出了自己的解法。这值得我们献上敬意。再说了，既然是我们特地邀请的名侦探提出的解答，我觉得我们应该采纳千石先生的推理。"

"赞成！"里子举起了手，"对对，赶赴现场的名侦探的设定实在太棒了，而且还为我们创造了多重解答的奇迹，还把死前留言编入了真相，这些都使得结局变得更加有趣。就这么定了！耶！"

她举起手比出了Ｖ字。

千石掩饰不住被捧为名侦探的喜悦之情，矮小的身体反向绷成了弓形，鼻子也鼓了起来。

"虽然不是什么了不起的解答，但这样收场也算可以了吧。虽然要从我自己嘴里说出来有些那啥，但应该还算不错，对吧？"

他又强调了一遍，望着神冈和里子点了点头，放松嘴角露出了微笑。

尾濑却愁眉苦脸地皱着眉头，与此形成鲜明对照。

"唉，临场发挥比剧本还重要，这可不行，这样绝对不行。"

他向周围倒着苦水，把目光锁定在了神冈身上。

"你对自己写的剧本就没有一点责任感吗？这是对剧本的亵渎，是对自己的背叛。你觉得这种背信弃义的行为可以被原谅吗？这也是对我们的背叛，尤其我被当成了凶手，是最恶劣的背叛。"

"喂喂，一开始背叛的是你吧？你自说自话把真梨亚诓到了这里，想要让我和真梨亚的关系彻底断掉。也就是说，你推翻了我和你给小里设下的整蛊剧本，写下了另一个剧本。背叛剧本的就是你，对，你才是背叛剧本的头号人物。"

"什，什么？原来你还在耿耿于怀，现在跑出来报复吗？"

"说什么啊？什么报复不报复的，当初是你先设局诓我，现在又有什么抱怨的资格？喂，你该不会还有什么事瞒着我吧？又准备了什么奇怪的背叛手段吗？唔，可不能大意呢。"

"我对前辈才不能掉以轻心吧。你不是刚刚篡改剧本背叛了我吗？还藏了一手的是你才对吧？"

"似这般欲加之罪，本身就有些可疑的气味了。毕竟你前不久还是和真梨亚暗中联手的，刚上阵就斩获颇丰呢。"

"不不，从开始就一直主张这事的神冈先生才可疑吧，真是太古怪了。是啊，一定有什么内幕吧？可疑的气味越来越浓。你一定有所隐瞒，到底隐瞒了什么呢？比方说……"

说着，尾濑盯着地板看了一会儿，呜呜地低吟了几声，接着抬起头往前走了一步，随后从舞台望向观众席似的诉说道：

"对了，比方说，我和真梨亚小姐确实私下联手，但真梨亚说不定暗中也有动作，事实上和你——神冈先生联手了吧。真梨亚或许想勾起你的关心，所以将我的计划全盘透露给了你。然后，神冈先生你假装被真梨亚欺骗，事实上却与真梨亚同谋想让我成为笑柄。可这都是做给真梨亚看的假象。真梨亚事实上成了你的累赘，而你已经在这个烧钱的恋人身上吃够了苦头。所以你进一步谋划，制定了杀害真梨亚并把我嫁祸为凶手的计划，并且为此布置了线索。但你没算计到的是编辑里子古怪的干劲，她提出了比拟密室的本格推理式的杀人要求，或是主张其必要性。而你巧妙地利用了这点，将事情引向了把千石先生当作名侦探叫到这里的状况。我和里子都被你操纵了。然后你引导名侦探千石发现预先准备好的线索，据此指认我是凶手。"

"哦，那我为什么要亲自扮演侦探角色，展示另一种解答呢？而且为什么要让你说出两扇门的密室解答呢？"

"那是障眼法吧。为了让千石先生作出解答的障眼法。而且就结果来看，你们不是决定采用千石先生的解决方案吗？没错，这样一来，其他三种解答就都成了陪衬，反倒把千石先生的解答衬托得更加清晰，就是这样的算计。对，就是这样，这就是你的剧本，神冈先生，从一开始，你就步步为营，将我逼入绝境——这是你的算计吧？"

"呵，你假装受害者倒是挺像模像样的，演得真好。但我不怎么喜欢这个说法，居然说我提出的解答不过是衬托而已，这让我有点不爽。作为侦探，我可是推理出凶手是小里的。"

被点了名的里子噘起了嘴。

"就因为你这么乱来，我才会被牵扯进这种乱七八糟的事情里。"

"好好，你先听到最后，话还没讲完呢。"

神冈大踏步走上前来，把尾濑推到一边，站在了舞台中央。

"而且，尾濑，你才是和另一个人联手了吧？先是和真梨亚联手，又跟其他人搅在一起。"

"哪个人？"

尾濑从旁边探出头来问了一句。

神冈瞥了他一眼，然后将目光移向了另一边，又看向正前方，用响亮的声音说道：

"尾濑，你跟小里串通一气，欺骗了真梨亚，你告诉真梨亚，说我和小里的关系很可疑，把她引上了船。小里也参与了你的计划。没错，小里说出了自己对本格推理的热爱，撩动了我的心弦，然后装出昏厥的样子，我自然会温柔地照顾她。你们就是要让真梨亚看到这样的场景，激起她的嫉妒心。真梨亚一定会袭击我，你们早就盯上了这个，也是这么谋划的。要是真梨亚和我发生争执，尾濑就假装劝阻。在混乱中，我势必会从真梨亚手里夺下刀，然后尾濑佯装阻止真梨亚的动作，制造出真梨亚撞上我手里的刀被其刺杀的场面。这样你们就能把我构陷成凶手了。不过幸运的是，你们并没有卷入争斗，笨手笨脚的我不小心刺死了真梨亚。结果恰如你们所愿。哼，尾濑，你居然对小里都出手了？不，或者说是小里引诱了你？怪不得她总是偏袒你，还鼓动我在小说里采用你的点子。又或者，你是想把我当成凶手关进牢里，然后让尾濑完成原稿？"

里子大踏步走上前去，猛地把神冈推到一边。

"为什么我和尾濑先生会变成那样？而且我怎么又成凶手了，而且还不是主谋，只是假装昏倒的角色，太没出息了吧。"

"既然是共犯，那也没办法了。"

"如果是这样，刚才尾濑先生所说的推理中应该还会出现另一名凶手。"

"嗯，尾濑说的推理……哦，对，我把真梨亚的杀人罪名推给尾濑，并捏造了线索，然后邀请千石先生作为名侦探，诱导千石先生按照我们的预期得出了解答。"

"没错，如果神冈先生和千石先生从一开始就是共犯，岂不是最可靠的推理吗？"

然后她把头偏向了另一侧。

"喂，尾濑先生，你自己不这么认为吗？"

"哦，这样也行啊，不过还是以我的推理为基础吧。这倒没问题，但这对千石先生又有什么好处呢？"

"是为了博取名声。"

"原来如此，"尾濑冷笑着说道，"一个不卖座的导演，在现实的剧场来实现一生一次的精彩演出是吧。"

"刚才我不是推理过了吗？凶手是千石先生，如果千石先生是神冈先生的共犯，那我的推理果然还是正确的。"

里子扬扬得意地说着，圆溜溜的眼睛闪闪发光。

就在这时，话题人物千石突然探出了身子，他那矮小的身子被其他三人组成的墙壁挡住了去路，但他像炮弹一样冲破了壁障，大踏步走了上来。

"喂喂，你们这些家伙都在自管自地讲些什么！简直把我当成了空气。"

里子一本正经地回应道：

"哪里，你最擅长的不就是消失吗？"

"你是觉得我又钻到地毯下了？我可是好好地站在上面吧！"

"哦！说不定还有迷彩这一手呢，就像虫子那样。"

"这回又成飞蛾了吗？我的主张是，我就是我，不是什么加了虫字旁的蛾，这就是我的推理，按你们刚才的说法，谁跟谁是一伙的，你们在追求各种各样的可能性。但在这里，我要以名侦探的名义提出你们还没想到的可能性。共谋和背叛，总是成对出现的。"

"也就是最信不过的东西，对吧？"

"最信不过的就是女人。尤其是当两个女人凑在一起，那简直是极端不可信。”

"你是说我和真梨亚小姐?"

"起初,你们的目标是杀害神冈。"

"我跟真梨亚合谋杀害神冈?"

"可你背叛了她。也就是说,当神冈抱着晕厥的你时,嫉妒得发狂的真梨亚袭击过来。实际情况就是这样。可这其实是你和真梨亚合谋策划的戏码,计划是这样的,神冈从真梨亚手里夺过刀子,而你则假装为了保护神冈挺身而出,与真梨亚纠缠在一起。混乱中,神冈失去了平衡,被自己手上的刀刃刺中,意外身亡。这就是你和真梨亚精心安排的计谋。你跟真梨亚本该在这种状况下展开格斗,然后把神冈卷入其中,但你改写了剧本,当神冈从真梨亚手里夺过刀后,你什么都没做,真梨亚向神冈猛扑过去,神冈反射性地做了抵抗,结果便刺死了真梨亚,你背叛了真梨亚,然后将一切交付天命。看来邪运站在了你这边,你放弃了谋定的计划,采取了对真梨亚见死不救的策略,而且获得了成功,完成了什么都没做的谋杀。真是效率极高的手法。凶手即命运,要是计策失败,你也可以假装扭到了脚,找一个在关键时刻无法行动的借口就行。至于动机,还是男女之间的问题吧。为了保护神冈不受真梨亚的伤害,或者为了夺走神冈,让真梨亚不再成为障碍,才让她成了刀下亡魂。"

"哦?要是真梨亚按照原先的计划,杀死了神冈先生,那她的动机又是什么呢?"

"天晓得。或许是自尊心吧。出于神冈想甩掉自己的憎恶。又或者她为神冈买了人寿保险,受益人自然是她自己了,这种事调查一下或许就能查到。她可能瞒着神冈擅自用了他的印章,或许是趁对方喝醉,诱骗其在其他文件上签名。记得神冈曾说过,他给她买过车吧?”

“唔，那应该就是买车的文件吧，不过有几份好像确实是趁我喝醉酒心情好的时候签的，唔……”

“啊！这也太吊儿郎当了吧!”里子噘起了嘴，“要是按照千石先生刚才的推理，神冈先生被杀的话，我跟真梨亚就能瓜分保险金了。嗯，这样倒挺不错。”

“就算拿到了保险金，稿子还是没能完成啊。哦，我懂了，你们打算让尾濑接手，是吧？也就是说，尾濑果然也是同谋。”

“也就是说，保险金也有我一份吧。啊，如果真是这样那该多好。”

尾濑皱着脸说着，脸上带着讥讽的笑容，长长地叹了口气。

被当成保险金素材的神冈满脸不悦。

“喂喂，虽说提供消遣节目让各位快活是我的职责，但用这种方法让人开心，是不是不大对头。”

他使劲揉着太阳穴。

就在这时，千石探出了矮小的身子。只见他踮起脚尖，用手肘戳了戳神冈。

“反正是杀人娱乐嘛，只不过是小说和现实的区别而已。”

说着，他咧开嘴大笑起来。

“喂喂，这样一来，各种背叛的可能性都出来了，我们只能互相猜忌，然后再度有人被杀。这也不是不可能，对吧？我刚才不是说了吗，比拟杀人是有连续性的，对了，这个法则也适用于这里吗？既然有这种可能性，就有可能发展为连环杀人。”

他的眼神中闪烁着期待和不安交织而成的光芒。

就在此刻，神冈扭过了头，开始用指尖咚咚地叩打着脑袋。只见他眉头紧锁，一副疑念重重的样子，接着，他抬头看向了天花板，又低头看了看地板，最后将视线转到千石身上，紧盯着对方的脸。

"你刚才是不是说，有可能会发展成连环杀人，对吧?"

"哦，嗯嗯，说过，我确实这么说过。当然，可能性并不一定是零。"

"对，不是零。"

"是吧，也有这种可能吧。可能会变成连环杀人。"

"并不是'可能'哦。"

"什么?"

千石眯起眼睛，伸出了满脸疑惑的脑袋。

神冈斩钉截铁地说：

"这就是连环杀人。"

第四幕
神奇娱乐

二十九

神冈又说了一遍：

"这就是连环杀人。"

然后，他深吸了一口气，强调似的又说了一句：

"听好了，不是'可能会变成'连环杀人，而是成了，已经成了连环杀人！"

言毕，他快速转身，大踏步往前走去。

他径直走到图书室，把门大大地推了开来，就这样走了进去。

千石和尾濑紧随其后，稍微落在后边的里子也踏入了室内。

神冈在比拟的现场停下脚步，扭头看向了跟进来的三人，逐一注视着他们的脸。

然后，他往房间深处走了两步，向前伸出了手。

那里陈设着江户川乱步的艺术品——装饰有黄金面具的人间椅子。

神冈双手抓住皮革包裹的椅背，随着一声吆喝，他用力拖着椅子，在地毯上转了半圈。

在椅背后侧中央的位置，有一道纵贯的黑色拉链线，他用手指捏住顶端的小拉扣，一口气拉了下来，拉链一直开到了接近地板的位置。

在这之后，一个白色的块状物自内部滚落出来。

那是塞入椅子内部的物件，呈现出人体的形状。

纯白的人。

不，唯有头部不同。

头部的前方有一张脸——双眼紧闭的男人的安详面容。

而在另一侧，后脑勺的位置也有一张脸。

不对，应该说是脸的图画。更确切地说，是一幅面具的画。

上边赫然画着黄金面具——正是几秒之前，仍镶嵌在椅背洞里的黄金面具。

伴随着沉闷的声响，人间椅子的内容物掉落在了地板上。

黄金面具面朝天花板的方向，也就是说，它呈现俯卧的姿势。

"哇啊！"

尾濑发出了混合了惨叫和惊叹的声音。

"咦咦咦咦咦——"

千石则全身僵硬，低沉地哼哼着。

里子则瞪大了圆圆的眼睛，呆若木鸡地看着这一切。

神冈把手从拉链上挪开，将胳膊肘搭在椅背上，慢悠悠地靠在了椅子上。

"呜哇哇！"

素来波澜不惊的尾濑完全失去了平日的风度，显得狼狈不堪。他顶着一张因惊愕而扭曲的面孔走上前去，缓缓弯下了腰，伸手触摸黄金面具的颈部。

"喂，这是活生生的人啊……不，曾经是活人。"

接着他又触摸了腕部，就这样摸索了一阵。

"果然，这里和脖子都摸不出脉搏了……"

"当然了，这是尸体哦。"

神冈轻巧地应了一句，甚至流露出得意之色，这般态度就像一个养狗人展示自己精心培育的爱犬一样，仿佛在炫耀眼前的尸体。

接着，他以不耐烦的语气说道：

"所以我从一开始就在反复强调，这是连环杀人。"

"连，连环杀人？"

"嗯，一个死者是不够格的，有两具以上的尸体，那就是连环杀人。"

"这，这我当然知道，这，这家伙……"

尾濑边说边把脸凑近地板，从侧面看着那个人说：

"我认得这家伙的脸，啊啊啊啊，错不了，他不就是那个推理作家舟木鲷介？"

"对，这就是舟木。"

"那，那个，听要好的编辑说，他正在休假，外出旅行了，不知道去了哪里，连手机也不开。"

"当然是在这里了。从今天早上开始就在这里，准确地说，他已经去了另一个世界。"

"啊？那，那个，神冈先生你……"

"嗯？哦，这是我安排的旅行，给了他通往彼世的机票，喏，就是这个。"

说着，神冈从屁股口袋里掏出一个小瓶，透过茶褐色的玻璃可以窥见里边还剩大约一半。他将瓶子举到了齐目的高度。

"硝基苯。果然，用毒杀的方式尸体会比较干净，没有多余的伤口，处理起来也比较便利，瞧。"

他伸手轻抚黄金面具的表面涂料，面露得意之色。那后脑勺呈现出鸵鸟蛋形的轮廓。

"把尸体剥光，然后给他套上全身紧身衣，虽然头会变成白色，但脸的部分是露出来的。就这样，后脑勺就变得光溜溜的了。而且，舟木鲷介这家伙，头型可真是太正了，畅销作家的脑瓜子果然就是不一样，虽说意思好像有点偏差。反正结果非常正确，不管怎样，它成了一块非常适合黄金面具的油画布。这样一来，比拟的效果也会大大增强，甚至可以说是好过了头。真的，完成度实在太高了。来，再好好欣赏一下，真是难得的珍品，我会把它恢复原状的。全身紧身衣这东西能把人变得和行李一样，不像西装或者衬衫那样轻易就能脱下来，搬运起来比较便利。"

说着，他用双手托住尸体的腋下，将其抬了起来。

"嘿哟。嗯，真正的尸体分量可真沉啊，不过这样一来，就像字面意义一样，可以唤起人间椅子的实感。"

说着，他在双手间加注了力道。

眼前这个怪异的景象让人联想到恐怖电影中尸体被椅子吞噬的场面。在神冈将尸体塞进椅子的时候，连他自己仿佛也被椅子吞噬了。

随着拉链的拉起，从逐渐变小的洞口中可以窥见舟木鲷介的脸。脸上的口、鼻、目被依次遮住，最后全都消失不见。

与此相对，从椅子的正面，靠背的洞口中则露出了黄金面具，事实上，那是舟木鲷介的后脑勺，颇具讽刺意味。

神冈一边抚摸着那张黄金面具的额头部分，一边说道：

"没错，正如我刚才所言，这是连环杀人，舟木鲷介和黑井真梨亚两个人都被杀了。尸体共有两具，然后，每一具尸体都施加了比拟，真梨亚的比拟经过多方面探讨，是爱伦·坡的比拟，而舟木的尸体则是江户川乱步的比拟。这个比拟利用了原有的艺术品。还记得吗，就像在那部因为电影而变得有名的《犬神家族》中的斧、菊、琴的三者之一的比拟——菊的比拟，就是直接利用了展示的菊人偶。"

"啊啊！"

探出身子作出如此反应的，正是刚才发表比拟讲义的千石，他激烈地点着头，瘦小的身子从上到下震颤不休。他用略带沙哑的声音说：

"那个菊的比拟，是把尸体的头安在了菊人偶的身上，那么这个乱步的比拟，也只是把艺术品的面具和尸体替换了而已，是吗？"

"没错，千石先生，犬神家的菊人偶给了我灵感，既然有了现成的艺术品，就应该加以利用。"

"那人间椅子里原本装的是什么？"

"哦，跟那个一样。"

神冈指向了图书室东侧一隅。

在那个地方，一个人体模型被摆放在截短的铁轨上，这也是高木彬光的艺术品，主题是《人偶为何被杀》。

"把人体模型放在椅子上，令脸部从靠背的部分露出来，然后在上边安装木雕的黄金面具，这才是原本的乱步艺术品，那个人体模型此刻正存放在储藏室里。"

"哦，就是那个储藏室啊，那里确实有人体模型，啊，全身紧身衣也是在那里发现的。"

"这是预备穿在尸体上的东西，千石先生，你拿去用在了自己的密室诡计中，为我增添了不少乐趣。"

"可恶，这东西实在太奇怪，害我想多了。这么说来，原本给人体模型佩戴的木雕面具是那个吗？"

他将目光转向了客厅方向。

客厅壁炉上方的墙壁上装饰着橡胶面具，能面面具和黄金面具，原型分别取自横沟正史《犬神家族》中有名的佐清面具，高木彬光《能面杀人事件》中的能面，以及江户川乱步的《黄金面具》。

千石像耍猴的艺人一样跺着脚说：

"唉，可恶。对啊，只有'黄金面具'和这间图书室里的作品有所重复，看着挺碍眼的。"

他说了些悔恨至极的气话。

"哦哦，"另一边的尾濑也发出了心有不甘的声音，"就是客厅的黄金面具啊。我一直觉得有些多余，以前并没有这个。哦，记得神冈先生以前曾这么说过，说起乱步就是二十面相，所以没办法装饰。还有，黄金面具原本是这边的附属品。因为我不常来的缘故，所以没注意到。"

他辩解似的发着牢骚，随后将视线投向了彩绘艺术品上的黄金面具。

"而且，你的手也太巧了，神冈先生，虽说是美大毕业生，但居然能画出这样的画，让人误以为这就是原本的艺术品。"

"嗯，这正是我需要反省的地方，或许做得有点过了吧。比拟这种东西，不应该做得太过完美，要有种草率完成的感觉，这才是最重要的。我学到了不少，今后会多加注意的。"

"今后……"

尾濑不安地把话咽回了肚里。

千石接过了他的话。

"还有，距离太微妙了，就是两个比拟之间的距离。你看，刚才我也说过了，从真梨亚到装有舟木尸体的人间椅子，间距约为三十厘米，这样的话，把所有的东西加在一起看作是一个比拟也没什么可奇怪的，至少也应该留出一米的距离吧。"

"不是哦，从吊灯边缘的J形装饰上悬吊着比拟'金甲虫'的圣甲虫。如果真梨亚的尸体位于正下方，那么比拟的形态和动作都能接近完美，所以这是最理想的位置。从此处到门几乎和直线距离相当，这样一来，瞧，从门把手延伸出去的线就能顺畅地上下移动圣甲虫。"

"是圣甲虫的动作吗？是啊，既然做了，就该平稳地移动。"

"对，所谓比拟就是美学。还有，乱步的艺术品原本设置在固定的位置，若是想和真梨亚的尸体进一步拉开距离，便会立刻撞上背后的书架。而且乱步的比拟在先。在制作真梨亚的比拟时，乱步的比拟已经完成并摆在那里了。也就是说，里边已经有了尸体，分量非常沉，不可能一件一件地移动。就我的认知而言，两个比拟看上去应该是并排陈列的关系。"

说着，神冈后退了两步，重新审视着各个比拟。只见他歪过了头，把手托在腮上。

"哦，原来如此，果然是这个黄金面具画得太好了。这才是我的瓶颈。比拟的时候，最要紧的是有潦草完工的感觉，这是教训。"

"喂，"里子探出头来说，"画得真好什么的，你自己也跟自称名侦探的家伙没什么两样了。"

"就算有再多的名侦探，只要解开的谜题本身有误，那也是无济于事的。明明是连环杀人的谜题，却被看成是单独杀人。在给出解答之前，这个谜题就存在问题了。"

"似乎是入学考试中经常出现的命题错误。"

里子用手捂住嘴咯咯地笑了起来。

神冈偏过了头。

"怪不得我觉得很奇怪。被杀的真梨亚的爱伦·坡的比拟中也包含了乱步的艺术品，这就意味着舟木的尸体被用作比拟的道具。所谓的比拟就是对尸体的装饰，怎么可能用另一具尸体做这种装饰呢？"

"就是用白饭做炒饭的配菜一样，主食和主食撞在一起的感觉。"

"对，作为比拟，这也显得太不平衡了。所以我觉得应该不会有人设想出这样的比拟。不管是尾濑先生还是千石先生，都会分别将其视作乱步的比拟和爱伦·坡的比拟这两部分。但事实并非如此，你们把两者混为一谈了，回想起来，你们的发言有时会让我感觉不大对劲。而那事实上就是对比拟的认知差异的表现。要是我们之前的交流都有记录，只要读过一遍，就能找出对话不甚合拍的地方。"

"哦，我想起来了。每当千石先生和尾濑先生强调乱步的艺术品是用来彰显爱伦·坡的比拟时，神冈先生的反应总是会慢上半拍，有时还会回些奇怪的话，言行非常微妙。"

说着，里子转过身来，向两个表情呆滞的男人搭话道：

"话说尾濑先生和千石先生是不是也觉得不太对劲呢？"

千石宛如溺水的金鱼般仰望天空，嘴巴不停地一张一合。

"岂止不对劲，自从来到这里以后，我就一直处在惊讶之中，现在又遇到了更加骇人的发展，就算想要大吃一惊也没'惊'可吃了。"

他抬头望向天花板，突然瞪大了眼睛，看起来是在努力保持着神志。

而另一边，尾濑则是像泄了气的塑料人偶般全身松弛，肩膀垂落，腰也缩了起来。只听见他用颤抖的声音说：

"那个，舟木的尸体一直被装饰在这里，对吧？我曾几次靠近那个乱步的艺术品，依稀记得好像不小心碰到过那个黄金面具。"

他厌恶地皱起了鼻子。

神冈立刻回答道：

"嗯，碰到了。或者说，你四平八稳地坐在椅子上，靠在那东西上面。当时我还在想，哎呀呀，尾濑对尸体适应得可真快啊，简直像个验尸官似的，着实令我钦佩不已。原来如此，你并不知道那是尸体，对吧？"

"我怎么可能知道，又没人告诉过我。"

"这样啊，我还以为你从小里那里听说了呢，我把自己关在书房里忙着准备逻辑的时候，小里对你说过很多事情。我还以为她把舟木被杀和尸体的事情也一并告诉你了。"

他一边用埋怨的口吻说着，一边瞪向了当事人里子。

里子则毅然地反瞪回来。

"你在说什么啊？我向尾濑先生说明的主要是有关密室诡计的事情，因为必须要让他准确把握角色分工和步骤。我还以为神冈先生已经把舟木先生被杀的事和那个比拟的情况都告知尾濑先生了呢，毕竟在此期间，我一度失去了意识。后来神冈先生拿刀刺死了真梨亚小姐，对吧？记得当时尾濑先生说过'死了第三个了'。"

"那是在开玩笑吧。"

"当然了，包括实际上并没有死的人在内，神冈先生总共杀了三个人。也就是说，整蛊节目里的女装尾濑被杀的次数也包含在内。这样一来，杀了舟木先生，佯装杀了假真梨亚，也就是女装的尾濑先生，然后又杀了真的真梨亚，神冈先生总共犯下三次杀人，所以我才觉得'死了第三个了'是那个意思。看样子好像搞错了。"

"啊，不是这个意思，尾濑的那句'死了第三个了'是站在真梨亚的角度说的，意思是真梨亚被杀了三次。首先是男扮女装的尾濑所扮演的真梨亚的死，然后是小里，真梨亚看似被你杀了，其实只是昏迷。最后是我真正杀死了她。总共三次，对吧，尾濑？"

他向着尾濑本人确认道。

然而尾濑面带遗憾地摇了摇头，举起右手说道：

"不，真是抱歉，都不对。我的本意还要更简单一些，只是数了眼前的尸体和类似尸体的东西而已。"

"类似尸体的东西？"

里子指着自己问道。

尾濑有些犹疑地点了点头，一边一根根地弯着手指一边数道：

"嗯，首先是晕过去的里子，差不多算是被我给吓到休克了吧。另一个类似尸体的当然是被里子小姐打晕的真梨亚小姐，而那位真梨亚小姐一苏醒，就立即变成了真正的尸体，也可以说是升天了，成为了第三具尸体。总之，我只是亲眼瞧见了三个类似尸体的东西，然后就喊出了'死了第三个了'，仅此而已。"

他有些尴尬地低下了头。

听到这些，神冈和里子像外国人一样摊开双臂，耸了耸肩。

尾濑也跟着耸了耸肩。

神冈耸起的肩膀无力地垂了下来。

"好吧，想不到我们三个都在想不同的事情，这样一来，即便请来名侦探，也没什么配合默契可言了。"

他转向了千石。

“因为尾濑不知道发生了连环杀人，所以千石先生想必也不知道吧。”

千石重重地叹了口气。

“我是一点都不知道，完全是晴天霹雳。来到这里之后，晴天霹雳就一直没断过，前脚万里无云，后脚雷声滚滚。”

“是啊，真的很抱歉，我还以为尾濑已经告诉过你了。就是在接待室向你说明案件概况的时候，或是开车去接你的时候。”

“没有，没听过。”

千石噘着嘴表达着不满，转到尾濑的方向瞪了过去。

尾濑搔着头说：

“不知道。我是真不知道，从来没听说过。我不是故意隐瞒消息，故意使坏刁难你的。”

他像是对小孩说教般不停地陈述着不可抗力。

看到这一幕，里子呆然地叹了口气。接着她也把手指插进短发，就这样挠了起来。

“啊，我还在想，为什么尾濑先生和千石先生都对舟木的尸体表现得这么冷漠，两位可真是铁石心肠啊，又或者把尸体晾在一边其实是某种恶趣味。什么啊，是我妄想过头了吗？”

“不，恰好相反，”神冈向他投以责备的目光，“包括你的妄想在内，其实是欠考虑的表现。作为编辑，应该好好注意这些。”

“那么，请问从什么时候开始，编辑要负责关照尸体了呢？红笔的红难道是鲜血的红吗？”

“编辑关照尸体什么的，听起来怎么这么像肢解尸体啊？提议要完成与本格推理相符的案发现场的人就是你吧，这是以现实为名的稿纸，而负责管理这一进程的就是编辑。”

"啊？唔，也是，好像被你说服了。"

"主要是你对尸体的态度太欠考虑了。瞧，你还开玩笑地拍了戴着黄金面具的舟木的后脑勺，我提醒过你要保持尊敬，毕竟对方是一具宝贵的尸体，也就是往生者啊。"

"啊，那，那是因为……"

"嗯，如果考虑到你的心理，倒也不是不能理解。出于对对方的感情，忍不住就想甩一巴掌。"

"喂，这话也同样适用于神冈先生吧。又或者，倒不如说神冈先生不单单打了尸体，还把人变成尸体。杀活人的人教训打死人的人，这岂不是太奇怪了？"

"喂喂，别把问题混为一谈。尸体这种东西，相比被杀之前，还是被杀之后更有价值。"

"好吧，我会留意的，啊，等等，尸体在被杀之前根本不是尸体吧，这从根源上就很奇怪啊。"

"喂，小孩子斗嘴的语气是很讨人嫌的。"

"你才是吧。企图用不合理的成年人目光来压倒别人，这才让人恶心吧。"

孩子气的争吵愈演愈烈。

就在这时，一个成熟的声音打断了他们。开口的人是千石。

"喂，等一等。"

在这种情形下，最年长的人往往是最可靠的。这位年长者身材矮小，看起来像小男孩一样可爱。尽管如此，在无数舞台上锻炼出来的嗓音还是很适合这个场面的。

神冈和里子停止了争执，一齐把脸转向这边。

千石朗声继续说道：

"我现在要问的是你们还没告诉我的事情。光你们两个明白可不行啊。我要问的是关于连环杀人的第一案。也就是说，神冈，那个名为舟木鲷介的推理作家是你杀的吧？而且，里子，这件事你也参与其中，是吗？"

他的手依次指向了神冈和里子。

尾濑也在一旁附和道：

"对，这也是我想要问的事情。传闻里子小姐好像被舟木鲷介求婚了，而神冈先生似乎说过舟木不少坏话，应该是盗用或者模仿了你作品的点子什么的。以前你俩的作品中都用过同样的诡计。所以动机果然是这个吗？"

面对两人连珠炮似的质问，神冈开口道：

"是啊，舟木这家伙中午的时候来到我家，看起来精神状态相当不稳定，而且他还怀疑我和小里的关系。"

"啊？"尾濑又把脖子往前伸了一点，"舟木先生怀疑你和里子小姐的关系？也就是说，舟木先生确实如传闻的那样，对里子她……"

"没错，事情就是这样。唉，对别人的兴趣爱好说三道四也无济于事。总之舟木在被编辑里子鞭策的过程中，就像玩爱情游戏那样感到愉悦，越来越上瘾，最后沉溺其中不可自拔了。就这样，舟木的感情渐渐泛滥，最后向小里求了婚。"

这时，里子飞快地插了句话：

"有关鞭策的部分我有异议。反正不知怎么，他似乎被我的魅力迷住了。呵呵，看这个。"

言毕，她从放在沙发上的包里取出一张纸，递到众人面前，展开来给他们看。

这正是那张结婚申请书。

舟木的名字赫然在上，印章也已盖妥，证人栏上也写了两个名字。之后里子只需在空白处签名捺印，提交给政府部门就算完成了。

尾濑和千石目不转睛地看着这个。

里子像展示印盒一样，将纸伸到对方的眼睛前。

"这已经是上个月的事了，他突然递上这样一张东西，真是让人苦恼。"

她刻意露出苦恼的表情，却漏出了得意的苦笑。

尾濑"嗯"了一声，点点头说：

"里子小姐，你已经为此烦恼了一个月是吧。"

"不，我可没有烦恼哦。从一开始我就没这个打算，"她的回答很是干脆，"那个舟木先生，作为作家是很重要的存在。但作为男人，根本不是我的菜。他娇滴滴的，缺乏锐气，既不优雅也不醇厚。"

"听起来像是什么酒的品鉴会。"

"所以他对我来说就只是这种程度的存在。啊，我喜欢清酒，说得更确切些，相比他我更喜欢清酒。"

"啊，也就是说你对舟木先生的感情还比不上酒，所以今天你是打算把这份结婚申请书退回去吗？"

"不，还是让他多等一会儿比较有趣。"

"哇！"

"反正对方也会因此感到开心嘛。"

说着，里子俏皮地吐了吐舌头，含笑的眼神活像天真无邪的孩子。

一记响亮的咳嗽声打断了她的话。

千石带着厌烦的表情试图修正话题的轨道。他再度夸张地咳了一声，然后说道：

"那么，神冈，你是因为被怀疑和里子关系不清，被舟木寻了晦气，引发了争执，最终导致他被你杀害，是吗？"

神冈轻轻地点了点头。

"嗯，简单地说就是这么回事。啊，想起来就一肚子火。"

他边说边皱起了眉头。

"舟木那家伙，自己满肚子嫉妒心，却反过来怨恨起了我。接连不断地找茬，把我贬为三流作家。这人擅自看了我写到一半的稿子，趁我不在的时候读到了最重要的诡计部分，声称自己要用相同点子发表作品。他还说要在出版时间上跟我撞车，就是现在我为了起死回生而殚精竭虑写的作品。如果使用了相同的点子，更卖座的舟木当然也能传播得更广，所以大众自然会以为这是舟木想出来的点子。不仅如此，他还企图散播谣言，声称我抄袭了他，即便我出言反驳，世人也会相信更有人气的作家吧。他想毁了我。"

"所以你就下了毒？"

"对，掺在威士忌里，把他送上了西天。"

"当时里子也在场吗？"

"不在。"

神冈这般回答道，然而——

"我在的哦。"

里子说道，随后她将目光转向了神冈。

"不用再伪装了，神冈先生，这里是以事实为名的剧本。"

"啊？真的可以吗？"

"嗯，事到如今都无所谓了，毕竟我也是同谋犯。而且舟木先生对我也用了卑劣的手段。要是我不答应结婚的请求，他就会撤回和我社签的所有的作品和版权，还威胁今后跟我们断绝合作。当时我就想，这种人为什么不早点去死。结果不到三十分钟他就死了，我一度以为是自己的诅咒起了效果。"

"哎，真可惜，应该把事情算到你头上。"

"这种事怎么可能证明得了呢？"

"但看似如此的剧情才像是本格推理小说呢。"

"啊，原来还有这样的发展。神冈先生，你的状态似乎越来越好了，我也感到了身为编辑的恩惠。"

"哪里哪里，这多亏了你的协助。"

"瞧您说的。"

"彼此彼此。"

两人持续着这种在旁边听着就颇感肉麻的对话。

然而这样的状况不可能一直持续下去。

就像挥下利刃一般，千石发出了锐利的声音。

"喂！你们还没有回答完我的问题，让我们把话题转回杀人的场面。你在威士忌里混入了硝基苯，毒杀了舟木，对吗？"

神冈轻轻地点了点头。

"嗯，作为写作的参考资料，我也少量收藏了几种毒药。平时我都把它们锁在二楼起居室的柜子里，还请放心。"

"嗯，要是毒药和全身紧身衣一起随意塞在那间储藏室里，那可真让人受不了。"

"还可以在全身紧身衣上涂上毒药，让对方穿上后要了他的命。"

"这种杀人方法也太可怕了。于是，舟木在被杀以后，被套上了全身紧身衣，后脑勺被画了《黄金面具》的图案，收进了人间椅子的艺术品里。这就是乱步的比拟，对吧?"

"没错，我对杀害舟木一事没有任何后悔和反省。我向江户川乱步先生发了誓，要以推理作家之身捍卫自己的正义，这样的比拟正是为了表现这种决心。"

"我明白了，这是心理上的比拟。"

千石把手按在胸口，然后转向了里子。

"对于神冈的这种杀人行为，你是否认可或接受呢? 也就是说，你认为神冈先生是否不负作家之名?"

"嗯，当然了。因为这并不是一桩卑劣的凶杀案。推理作家为了保护自己的创意而杀害了另一个推理作家，这是基于崇高的创造精神而杀的人。而比拟正是这种精神的纪念碑，没有什么可挑剔的。"

里子用力点了点头，挺起单薄的胸膛高声宣布道。

神冈在一旁用手肘轻轻戳了戳她。

"推理作家为了保护自己的创意，甚至不惜杀死另一位推理作家，这不正好成了宣传书籍的绝佳噱头吗?"

他露出了狡黠的笑容。

"哼，说得我好像是个要钱不要命的人。不过，关注销量也是编辑的本职工作吧。"

里子扬起了下巴，一脸自豪地说道。

望着眼前的两个人，千石不知该说些什么，唯有双手抱头，一动不动地低着脸。

尾濑则与雕像般僵硬不动的千石形成鲜明的对照，只见他乱动着手脚，一副狼狈不安的样子，活像提线缠在一起的木偶。

尾濑颤着声音说道：

"啊啊，这不是穷凶极恶的犯罪吗？但从真梨亚被杀来看，或许还能算作意外的范畴，但如今已经演变成严重的连环杀人案了。"

神冈噘起了嘴。

"啊？什么啊，这算怎么回事，尾濑君，你为什么突然退缩了？"

"那当然了，这可是连环杀人案，是重罪，你应该能理解吧。"

"喂，你是在小瞧我吗？我可是推理作家。"

"啊！难不成你是故意隐瞒最初杀死舟木的事的？这也太过分了，你欺骗了我，把我卷进了这种事情。"

"喂喂，别把话说得这么难听嘛。我可没有撒谎，只是刚才碰巧没提而已。"

说着，他转向里子寻求同意。

"对对！"里子用力地点了点头，"只是没有提及，并不是说谎，非常公平。"

"你们是故意的吧。"

尾濑怨恨地看了过来，一副要哭的样子。

里子毫不动摇地继续说道：

"不管是疏忽还是故意，反正大家都成了名侦探，从结果看应该很好吧。"

"是啊，各位都参与其中了。"

说着，神冈双手叉腰，得意地挺起了鼻子。

三十

尾濑的脸扭曲着，仿佛快要哭出来了。

"喂，别开玩笑了。游戏结束，玩耍的时间也结束了。我要退出，我不想再跟这种连环杀人案扯上关系了。"

说到最后，他的声音充满了歇斯底里的嘶哑。

"没错，你说得对。"

一个低沉的声音响了起来，是千石开了口。

宛如雕像般低头不语的千石终于把脸抬了起来。

"真的，不是在开玩笑，我没法再深入下去了。正如尾濑所言，事情非常严重。这已经不是为了逃避对方的刀，在扭打时不慎将其刺死了。这是纯粹的连环杀人。"

他喘着粗气，扯着嗓门说道。

里子就像安抚马匹一样扇着双手。

"可是，正因为是大案，所以才更具话题性，是吧？"

"那只是对你们有利吧。你们只要出的书备受关注，能卖出去就可以了，而我们呢？这对我们没有任何好处，非但如此，反倒会被贴上连环杀人案相关者的标签，平白遭人白眼。"

"不过大家都出色地演绎了名侦探的角色，也会有这样的评价吧。"

"开什么玩笑，我们这些所谓的名侦探遭人耍弄，卷进了这个连环杀人案，这只会让我们看起来更加愚蠢！名侦探的头衔反倒会让人倍感屈辱。不管怎样，对我和尾濑来说都只有负面影响！"

抛下这句话后，他把脸皱得像废纸一样难看。

同样面露愠色的尾濑慢慢向前走了一步，两步，疲惫的眼睛深处隐藏着暗淡的光芒，那是一种顽强的光辉，显得异常诡异。

在那道视线的压迫下，神冈和里子各自往后退了一步，似乎感受到了某种奇妙的震慑力。

尾濑哼了一声，苦笑着说：

"喂，神冈先生，你看起来似乎很得意的样子，可是你才是需要付出最大代价的人吧？这起杀人事件会引发热议，你的书也会备受关注，销量大增。这就是你的目的，你会很高兴吧。"

"那是当然。"

"而且，你还有另一个目的，就是你想以某种方式避免出售这栋房子，事实上，你并不想放弃这栋房子，所以才必须想方设法出版一部爆火的作品，是这样吧？"

"没错，确实如此，而且看起来这本书的稿酬应该能解决问题。"

"那么，神冈先生，你打算怎么处置这栋房子？还住在这里吗？不，这里已经容不下你这个房主了，你是连环杀人案的凶手，而且还是亲手把受害者的尸体做成比拟的恶性凶杀案的真凶，也是把现场装饰成密室，企图扰乱调查的智慧型凶手，这是再明确不过的事实。你恐怕将面临漫长的刑期，甚至有可能是无期徒刑。即便你不卖掉这栋房子，也不可能再住在里边了。好不容易保住的房子却成了永世无法企及的东西，不是吗？"

"我知道。"

"当真？真的可以吗？"

"当然。"

"真，真的？"

"啊……啊，啊……可是……"

"可是？"

"兴许还有别的办法？"

"什么办法？"

"就当这次犯罪没发生过，将其隐瞒下去。"

"就是把尸体藏起来吧，藏在这间宅邸的庭院或者地板下，然后将凶案葬于黑暗。"

"对，就当案子没发生过。"

"嗯呢，是啊，这样对我来说也比较好办。根本不存在凶案，我也从未跟这种案子扯上关系，完全不知情。你有办法，对吧。"

"嗯。"

神冈眼神空洞，踌躇着点了点头。

就在这时，里子那长矛般的声音从一旁刺了过来，尖锐如矛的视线也一并瞪向了神冈。

"等，等一下！这样的话，书就卖不出去了啊！正因为发生了凶案，才能引发热议，才能引发世人对书的关注吧。请振作一点，如果你不认真对待，我就有麻烦了。"

神冈挺直了身子。

"是，是啊。那还是公开案子，把气氛炒热些吧。不过，这样的话……"

这回换做尾濑绕到了他的跟前。

"这样就不需要卖掉这栋宅子了，而你却不能住在你心爱的宅子里。"

"哇，不要，这简直是活受罪啊。这栋宅子浸透了我作家生涯的全部记忆和力量。我原本就是为了守护这栋宅子，才倾注全力创作这部起死回生之作的。可事到如今，这个目标却从我的手中溜走了。"

他的脸上浮现出悲戚之色，仿佛在注视着双手间漏下的水滴。

就在这时，里子一把推开尾濑，双手伸向神冈的脸，抚摸着他的脸颊。

"好好想想吧，要是书卖不出去，别说你住不进这间宅子，甚至还会失去它。"

"是啊，我不想失去它，可要是不能住在这里，和失去又有什么分别？"

"那你想让你为写新作而付出的努力全都付诸流水吗？"

"别这样严厉地抽打我了，我可没那方面的爱好，不像你。"

"我也没有那方面的兴趣。总而言之，要是书卖不出去，一切都毫无意义。更重要的是，舟木先生是你杀的，对我社来说，这是一个巨大的损失。仅凭这点，神冈先生的责任就非常重大。"

"啊？这样的话，你自己跟舟木结婚不就行了？"

"之前就说过了，舟木先生这种男人，我从生理上完全接受不了，厌恶到不行。更何况他还那样威胁我，做了卑鄙的事，他被杀是罪有应得。"

"可你刚才还在谴责我杀了他。"

"啊，一码归一码，男人和女人，作品和金钱，不是一回事吧。"

"嗯，总而言之，对里子而言都是钱的问题，你想要的是能够赚钱的书，一部爆火的作品。"

"当然了，我是编辑。"

"嗯，现如今各种各样的利益交织在一起，难道就没有各方面兼顾的办法吗？好像有，又好像没有，又好像有……"

说着，他双手按在额头上低下了头。之后，他通过手指缝偷偷抬起眼睛窥探着里子的动静。

里子把圆圆的眼睛往上一吊，焦虑地上下晃动着肩膀。只见她紧咬下唇，整张脸微微颤抖，让人联想到即将喷发的火山。

时间不断流逝，秒针的声音与外界的风声交织在一起。虽然感觉过去了许久，但其实不过十秒。

里子张开了嘴，声音中带着一丝跃动。

"我知道了，我来买这栋房子！"

"啊？钱呢？"

神冈抬起脸来问道：

"就是这个！"

里子递过来一张纸。

那是一张大部分栏目几乎填满的结婚申请书，里子指着空白处说道：

"我只需在这里签名捺印就行了。这样就能挪用舟木先生的财产。"

"跟死人结婚？可是，这种事行得通吗？"

"当然不能傻乎乎地说出来了，就说他还活着。他本来就是个从不上台面的作家，经常外出旅行，以漂泊者自居。"

"嗯，要说近亲的话，也只有那个失踪的兄长了。这么说来，这种血缘关系的设定倒是挺合理的。嗯，本着不浪费的精神，物尽其用。"

"说什么悠闲话呢，神冈先生。今后要请你代写舟木先生的作品，作为舟木先生尚在人世的证明。"

"啥？要我代写舟木的作品？"

"没错，我会成为舟木先生的代理经纪人。我是舟木的妻子，所以由我来处理出版社和编辑的联系，你只需埋头写作。我们可以说他卧病在床仍坚持创作，只需做一个特殊妆容的面具，就能让你看起来像个病人，短时间的采访应该能够应付过去。不管怎样，你得先好好研究一下舟木先生的写作风格，不然会很麻烦的。"

"那我自己的作品呢？"

"在创作舟木作品的间隙偶尔发表一下自己的作品不就好了吗？反正也没那么多需求和委托。嗯，没问题的，你现在拼命写的那本书也可以发表一下。"

"但是，既然要隐瞒凶案，那肯定卖不出去。"

"这也没办法啊。总之你用舟木的名义赚到了钱，我会以他妻子的身份分给你一部分，也可以将其算在你以神冈名义执笔的作品的业绩里。事实上，不管隐瞒、代笔还是执笔，这些全都是你努力的成果，这才是活生生的本格推理，不是吗？对吧，就是这样！"

"啊，对，对。总之，这个房子被你买下了，对吧？是你的所有物吧？"

"嗯，是我的，不过这里是藏匿舟木先生和真梨亚小姐两具尸体的地方，我没有信心独自住在这样的房子里，一个人不行。"

"一个人不行？"

"对，一个人是不行的。"

"那如果是两个人呢？"

"可以。"

"我也能住在这里吗？"

"或许不错哦。"

地毯上的两道人影越靠越近，最终合为一体。影子越来越细，最终倒映成一棵树的形状。

又过了片刻，树状的影子撕裂开来，变回了两个人的影子。

里子发出悦耳的叹息，接着露出了讥讽的微笑。

"话说你在杀害舟木先生的时候，是不是从一开始就计划好了？"

"我一个人是做不到的。"

"所以你期待有个同谋，对吧？"

"是又如何，你要取消我的资格？"

"不，这才是本格。"

影子再度重叠在一起，这次交叠的时间略长。

接着，仿佛要将那个影子一劈为二似的，另一道影子插了进来。

尾濑靠了上去，在两人的耳边用力咳嗽了一声。

"喂，二位，我们已经被你俩的阴谋和计划折腾得够呛了，我现在深感厌烦，能请你们尽快回到舞台上吗？要是还有剧本，我只想快些推进，赶紧拉下帷幕，好赶紧从舞台上抽身。"

说着，他双手叉腰，接着转身看向千石。

"对吧，千石先生，你已经完成了名侦探的重任，此刻也想尽快迎来结局，是不是啊？"

"那可不，说起来，各位都挤破头争抢这个名侦探的角色，还把我叫来干什么？简直像极了小丑。"

千石用颤抖的声音詈骂道。

尾濑连连点头。

"就是这么回事，如果已经到了终幕，那我就回去了。待在这里没有半点好处。"

说着，他伸手去拿边上挂着的大衣。

就在这时，神冈举起了手。

"喂，正如刚才所说，我们决定当这桩案子从没发生过，这样对尾濑和千石先生都是最好的。"

"是啊，隐瞒起来对我们更有利，怎么说呢，这就是最好的结局了。"

说着，尾濑笑着回过了头。

"喂，千石先生，您也来过案发现场一事还是一笔勾销比较好吧？既然事已至此，还请您权当这事没发生过。"

"名侦探退场吗？"

千石皱起鼻子，表情有些阴沉。

尾濑耸了耸肩。

"或者说，名侦探消失了，"他一边哑然失笑，一边转向了神冈，"对吧，因为案件已经消失了。"

"是啊，收尾才是最重要的，"神冈抱着胳膊说道，"要想让案件消失，就必须让尸体消失。藏尸体的地方究竟选在哪里好呢？"

他边说边环顾四周。

里子望向了窗外。

"必须在宅邸里面吗？"

"嗯，外边太不安全，世人往来自由，指不定什么时候就会被陌生人发现。而在这间宅子里，只有我们这几个人。"

"那庭院呢？"

"不行，那里几乎都是裸露的泥土。这些年来，突如其来的暴雨和地震频频发生，风险因素太多了。再加上突然铺上水泥会惹人怀疑，还是外人看不见的宅邸内部最安全，我们也可以随时监视。"

"有点瘆人，真的没办法了吗？"

"又不是只有你一个人。有我在一起就没问题了，刚才不是说过了吗？"

"嗯，绝对不要丢下我一个人哦。"

"嗯，不会的。"

"说好了哦。"

两个人的小指交缠在了一起。

就在这时，一根棍子像打台球一样弹开了两人的手指。

是尾濑用手杖轻轻戳了他俩，他拿起了立在衣架边上的手杖，瞪着两人说道：

"拿尸体开玩笑，还拉钩约定个啥？想上吊的应该是死者吧。"

"那得等他们下地狱了。"

"该下地狱的是你们吧！"

"走着瞧咯。"

"搞不懂你们想干什么，总之必须藏好尸体让戏落幕。要埋在宅邸内的某个地方，对吧。赶紧定下藏尸地点，这样就完事了，我也可以跟这里说再见了。唔，话说埋尸的地方……"

他环顾四周，用手杖指着某处。

"嗯，地板，这里如何？"

他急匆匆地走到房间的一隅，掀开地毯一角，露出下面的地板，然后倒持手杖，将金属的握把部分往地板上敲了敲。

"下边是水泥地吗？"

他歪着头说了一句。

随后，他高举右手，像铁锤一样挥下了手杖柄，就这样反复叩打了两三次。刺耳的声音响了起来。

"啊，真是的。"

他把手杖换到左手，轻轻甩了甩右手，显然是敲麻了。

神冈走上前来问道：

"喂，没事吧？手杖可是很贵的。"

"你担心的是这个吗?"

尾濑皱起了眉头。

"用这个吧。"

说着,神冈递来了拨火棍,是他从东墙的装饰壁炉里拿来的。

"瞧,还缠了毛巾哦。"

他指着拨火棍的手柄。

"呵,真是令人感激啊。"

尾濑讥讽似的应了一声,接过了拨火棍,瞥了一眼装饰用的壁炉,随后将视线移向一旁。

"哦,对,地板不行,是墙。把尸体嵌入墙里,然后用水泥封住就行了吧。你看,刚才不是有人撞到墙了吗?"

他指向了数小时前里子磕到脑袋的墙,她头朝后看往前冲刺撞上的那面西侧的墙。

神冈也转过头看去。

"哦,原来如此。那面傻瓜之壁。"

"是本格之墙!"里子摸着脑袋说道,"那是教会我们名侦探必要性的神启之墙。"

"哎,都差不多吧。"

神冈边说边盯着墙壁。突然,他长长地吐了一口气,两眼放光地说:

"哦哦,这不是爱伦·坡吗? 瞧,这就是爱伦·坡的《黑猫》啊,埋入墙壁的时候。"

"哦,对啊,就是这样!"

"这是爱伦·坡大师的指引!"

言毕,神冈面向墙壁双手合十。

"爱伦·坡！坡坡！"

里子也叫了出来，因为太过激动，声音有些刺耳。

"坡坡坡！"

她高举拳头，对着虚空连续挥击。

尾濑的两眼则闪烁着炽热的光芒。

"快，让我们赶紧试试能不能把尸体放进墙里。"

说着，他把拨火棍高举至头顶。

"坡，坡坡！"

他气势汹汹地喊着口号，仿佛在发出汽笛声，出发了。他直冲向西侧的墙，准备将其破坏。

"不要，住手！"

惨叫般的声音飞掠而过，带着绝望回荡不休。那是千石的喊声。

"住手！叫你停下，快停下！"

喊得声嘶力竭的千石跑了起来，扑向了尾濑的后背，试图阻拦他破坏墙壁。

尾濑在冲击力的作用下往前栽倒，举过头顶的右手猛然向前挥出。

拨火棒自他的手中飞了出来，似疾风般在空中翻转着，直直撞向墙壁。

尖锐的击打声响彻当场。

"哇啊！"

千石尖叫起来，向前一个猛扑冲了出去。他双手按在墙上，摆出一副扶墙站立的姿势。

墙上延伸出了一道黑线。

是裂缝，裂缝眼看着越扩越大，似蛛网般向四周扩散开去。

一小片墙体碎片脱落下来。这一幕像是导火索，堆砌的砖块开始从裂缝处雪崩般崩塌，碎片不断坠落。

一瞬间，一个黑暗的空洞出现在了墙上。

从那黑暗的洞中突然窜出一道黑影，看起来像人的影子——双手前伸，向前扑倒的人影。

伸出的手共有四只。

两个人的身影从洞口跃出，以舞蹈般的古怪动作向前扑去。

"啊！……啊啊！"

千石发出了绝望的喊声。

他把身子往后一仰，往后退了数步，蓦然失去了平衡，一屁股坐在了地上。

眼前的墙壁崩塌了。

紧接着，从墙洞中飞出的两个黑色人影，仿佛要朝着千石飞扑过去。

"啊！"

千石屁股拖地，像乌龟一样拼命摆动双手，逃也似的向后退去。

倒在地板上的黑影扬起了黑色的烟尘。

墙上的碎片看起来像一块破碎的墓碑。

黑影颇有厚度，是有实体的。非但通体黑色，还有隐约可见的白色线条，就像骨头一样。凹凸不平的脸面向天花板。

每个黑影的躯体部分都覆盖着破烂的布片，那是衣物残留下来的痕迹。

其中一人的脖子上挂着金项链，看起来像真金。唯有它显得异常耀眼，反倒增添了些许诡异之色。

尘埃在空中飞舞，在粉尘的间隙中，能够清晰辨认出。

尸体。

木乃伊化的尸体。

千石跌坐在地板上，眼神空洞地凝视着尸体。

神冈走上前去，站在千石跟前，用平静的语气说道：

"你知道尸体藏在这面墙里，所以才拼命地喊'住手'，对吧？"

千石语无伦次地申辩道：

"不，不是。我只是觉得砸坏墙壁不好，所以才……"

"不会吧，肯定不是这样。因为刚才尾濑君说出了两扇门的密室诡计时，还在那面墙上开了几个洞呢。"

他边说边指向了图书室附近的墙壁。

"瞧，他一遍又一遍地敲着假门把手，当着你的面敲出了这么多洞，你一句话都没说。可对这边的墙却极力保护，就是因为这里边埋着尸体。你知道这事，因为就是你杀了这两个人并埋了尸体，对吧？我们刚才还在讨论连环杀人是重罪吧。真是太了不得了，这两个人都是你杀的。"

"不，不是，不是两个，这不可能！"

"有啥不可能的呢？事实就摆在眼前，你刚才拼命的行动就是最好的证据，这两个人是你杀的。"

"不，不是，只有一个！"

"嚯，只有一个啊。原来如此，真是失礼了。杀两个人确实不太可能，因为真正的尸体只有一具。"

"什么？"

"另一件是复制品，是我做的模型。没错，你杀了一个人，埋在了这面墙里。如今你也亲口承认了。"

"啊……"

"请看，这模型做得挺不错的吧？瞧。"

说着，他把手附在了模型两侧，将其举了起来。

模型的全身晃动不休，项链在灯光的照射下闪闪发光，像极了黑色的木偶。

接着，神冈双手捧起了那个物件，朝着千石的方向抛了出去。

千石坐在地上向后一跃，慌忙避开。

"哇，这，这是真的。"

他用颤抖的手指指着扔过来的东西。

神冈故作迟钝地说：

"哦哦，对不起，是我搞错了。这条项链还在上面呢。"

说着，他走上前去把手一伸，把金项链从模型的脖子上摘了下来。

接着，他后退数步，将项链转移到了"真尸"的颈间。

"对，我忘记把它放回去了，项链原本应该挂在这里。"

"啊……"

"对，挂在真正的尸体上。或者说是活着的时候就挂在上面。因为你是凶手，当然知道这些。这样一来，你已经向在场的各位坦白三次了，感谢你的大力配合。"

言毕，神冈摊开双手，屈起膝盖，深深地鞠了一躬。

千石则在他的面前瘫坐在地，一副垂头丧气的样子。

"可算是开幕了。"

尾濑俯视着千石的背影说道。

"演了这么久才进入正题啊。"

里子边说边叹了口气。

三十一

千石将低垂到几乎要碰到地面的脑袋缓缓抬了起来。

那是万念俱灰的表情，从扭曲的微笑中隐约可窥见悔恨之意，他徐徐地张开了嘴。

"你们从一开始就是这个目的吗?"

说着，他站起了身子。

神冈缓缓地在室内踱步，像是走出一个半圆的轨迹，同时说道:

"对，这就是我们的目的。正如小里和尾濑所言，正片终于开幕了。"

"那之前的呢?"

"该怎么称呼才好呢? 彩排，预演，或者是外传，番外。嗯，在犯罪的语境下，或许更像是'另案逮捕'吧。"

"另案逮捕吗? 先拉来另一起案件，引出契机，然后转向真正的目标案子。原来如此，这里发生的案子就是'另案'啊，现在终于进入真正的案子了。"

"没错。七年前，你杀了一个男人。经营连锁情人酒店的女社长与多名情人保持着关系，而你正是那收藏品似的情人之一。而你杀害了另一个情人，也就是你的竞争对手。那个男人名为舟木海老藏，当然了，这是他的笔名，因为他也是推理作家。对了，刚刚登场的是他的弟弟，就是从人间椅子里拽出来的舟木鲷介，他的兄长正是失踪已久的舟木海老藏，而导致他失踪的人正是你，千石先

345

生。就是你杀害了他。"

"弟弟舟木鲷介一直在追查哥哥的行踪，所以事情才变成这样了吗？"

"藏在这堵墙里的，正是他的兄长，舟木海老藏的尸体。那位经营连锁情人酒店的女社长，将她钟爱的男人分别安置在各自的宅子或公寓里，把他们'藏'起来，和经营连锁情人酒店是差不多的模式。而'藏'你的地方正是这栋宅邸。这真是一栋好宅子啊，美丽而庄重，同时又不失可爱，真让人百看不厌。"

"哦，你也这样想是吧，你也很喜欢这栋宅子的结构。所以我刚才来的时候就向你道谢——'照顾得如此周到，真是谢谢你了'。"

"哦，还可以这么理解啊。'照顾得如此周到，真是谢谢你了'什么的，我还以为千石先生是在对招待方式表示感谢呢。"

"切，什么跟什么啊。"

"嗯，你是环顾着室内这么说的。原来是为了房子的事向我道谢，我应该这么理解然后回应才对。"

"那是当然的，你突然用这么粗暴的方法把我叫来，难不成我还得感谢你？"

"真是对不住了。"

"哼，好吧。事到如今都无所谓了。"

"那么且让我们回到正题。嗯，金融危机的连锁反应影响了诸多企业。七年前，那位女社长经营的情人酒店也因此破产，正是小村美宽女士名下的'马可波 LO 连锁酒店'。为了筹措资金，她不得不变卖证券和不动产，四处奔波。当然了，她也不可避免地整顿了自己的私生活，清算了与多名情人的关系。你也没能例外吧。她给了你一笔分手费，把你赶出了这栋宅子。"

"是啊，纠缠不清的关系迟早要一刀两断。"

"在那种状况下，有两个男人直觉特别敏锐，一个是舟木海老藏，还有一个是千石先生，也就是你，对吧？"

"敏锐是吗？算是夸奖吧，那我就姑且高兴一下。"

"对对，你确实很敏锐。然后，你煽动了舟木，从女社长的账户里提了一大笔钱，之后密谋潜逃。因为是逃税专用的秘密账户，所以女社长也没法声张，且过了很久才发现状况。而在共谋诡计的两人中，千石先生，你背叛了同伴，杀害了身为同谋犯的舟木，并伪装成舟木从女社长的账户里卷款逃亡的样子。这些细节虽对世人保密，但你们周围亲近的人全都相信是舟木偷走了钱后下落不明。然而，事实上，千石先生，是你杀害了他，抢走了钱，再将这一切伪装成失踪。干得漂亮，真是太精彩了。"

"又被称赞了。"

"嗯，不过到此为止。"

"真是遗憾。"

"嗯。犯罪之所以如此顺利，背后还有女社长的心意。是她保护了你。我不懂人心，尤其是女人的心。但不知为了什么，在众多的情人中，女社长对你尤为钟爱。她发觉了你的罪行，不对，是从一开始就知道。"

"她知道吗……"

"对，她知道，却没有追究，并且事后保守了这个秘密。七年前，你在这栋宅子里杀害共犯，将他埋进了墙里。就在当天，女社长应该来过这里。"

"啊，对，她来过。可是尸体被藏在二楼的仓库里，这间房也收拾得干干净净，消除了犯罪痕迹。墙壁也没拆过，她怎么……"

"是啊。不过，在这之前，大概一两个小时以前吧，她已经到过这里了。在你外出的时候，她用备用钥匙进了屋子，看到了这个房间里的犯罪痕迹，当时就有所觉察。"

"什，什么？哦哦，对，是我去建材卖场购买水泥和砌墙材料的那段时间吗？"

"对，应该是这样。"

"可是我把尸体藏进了储物间，还上了挂锁，钥匙只有我一个人有。"

"她试着推理了一下，在这个房间里发现了犯罪的痕迹。"

"啊，是血迹之类的吗？她发现了这些痕迹，还仔细地进行过推理吗？"

"当然了，如果这里发生了什么犯罪行为，身为住客的你自然是脱不开干系的。那时你的共犯舟木恰好失踪，并且秘密账户里的资金也被提走了。而且，女社长事后真的在这面墙上钻了个洞，发现了里边的尸体，又重新把洞填了回去。正是因为墙里有尸体，她才把这栋宅子卖给了我。当然了，当时的我对此一无所知，对她而言，我是个理想的买家。我宣称对这栋宅邸的外观和内部结构全都非常中意，并答应不会对其做任何改造，这才如愿以偿买下来的。"

"唉，可结果却变成这样。"

"这也是没办法的，你自以为完美地封上了墙，却被女社长发现了。她在墙上开了个洞，确认了里边的情况，然后又重新填上了水泥。但她似乎并不像你那么熟练，毕竟她跟你不一样，没有在建筑工地打工或者搭建舞台布景的经验，因此这一部分的水泥颜色不同，有些地方不太牢固。因此，由于地震的影响，近几年墙上出现了裂缝，这才让我发现了端倪。"

"啊，要是她没动过这面墙……"

"你在说什么呢？你被她所庇护，居然还敢说这种话。你欺骗了她，盗走了她秘密账户里的资金，活该得到报应。而且，她并不只是在庇护你，那天趁你不在家时，她发现了犯罪的痕迹，并拍下了现场的照片。后来，她把存有这些照片的U盘藏在了墙洞里。她不仅想庇护你，也无法原谅你的背叛。正是这种互相矛盾的情感，使她把一切托付给了命运。或许终有一日，这面墙里的尸体会被发现，届时倘若你还活着，那就让命运给予你制裁。"

"你们就是命运的代理人吗？"

"没错，我们根据U盘里的照片判断你是凶手，照片里只有犯罪现场的痕迹，每个文件的标题栏仅有日期和大约二十来字的情况说明，感觉是在传达这样的意思'来，以此为线索进行推理吧'。这大概就是托付给命运的一种方式——侦探角色的命运。她之所以将这栋房子卖给了我，或许正是因为我是推理小说作家，她由此感到了命运的指引。从那个时候起，游戏就开始了。"

"推理游戏吗？"

"一旦在这栋宅邸的墙里发现尸体，那么以前的住户，房主，还有出入过宅邸的人全都会变成嫌犯。与此同时，也不能排除在这栋房子空置的半年间有人出入宅邸并实施犯罪的可能。如此一来，推理游戏便成立了。然后便是以留下的照片为线索进行逻辑推理。千石先生，我们最终得出了你就是凶手的结论，但我们还需要一些符合证据的东西。"

"所以你们就设了这个陷阱。"

"你一定很想知道我们在这栋房子里做了什么，同时对此也非常警惕。所以我们便设下了周密的陷阱，假装这是另一起案子，让你放松警惕，邀请你加入这场伪装的游戏和表演中，然后步步紧逼，让你受到惊吓。为了有效地将事情引到揭破墙壁秘密的结局，我们可是煞费了一番苦心呢。"

"哼，就是那个欺骗侦探的四人侦探游戏是吧？"

"如果非要这么说的话，最初在墙上设置机关的女社长小村美宽女士也算是第五位侦探吧。"

"你之前说墙洞那块脆弱的地方，是她故意留下的吗？"

"这个嘛，怎么说呢？这种事只有本人知道，所以现在只有神知道了。"

"她仍旧下落不明吗？"

"没有，她已经不在了。和情人们断绝关系后大约半年就去世了。"

"死了吗……"

"是低调的家族葬礼，只有极少数亲近的人才知道，如果叫来那些纠缠不休的情人，想必她也不会高兴，更何况是背叛自己的情人。"

千石佯装没有听见，继续说道：

"她的肝不好，再加上总是在夜总会里沉迷香槟。"

"不是病死哦。"

"啊……自杀？"

"她吊死在酒店的一间房里，就是自家的某个已经停业的情人酒店，是她的妹妹发现的。"

"妹妹，是真梨亚发现的吗？她什么都没跟我说过。"

"那是当然的，对真梨亚来说，这不是什么光彩的事情。当她的姐姐美宽女士经营的情人酒店陷入困境，四处筹措资金时，也曾不顾体面向妹妹真梨亚寻求帮助，但真梨亚并没有理会。"

"当时姐妹关系是很紧张。"

"那个时候，真梨亚小姐恰好处于演艺圈事业的上升期，手里也有筹集资金的人脉。不过说到底她只想把钱用在自己身上，赶紧和经营情人酒店的姐姐保持距离。她很警惕姐姐会给自己宝贵的人脉带来麻烦。"

"啊，不过玛丽亚当时确实处于事业巅峰，也算是她天赋和运气的极限了。从那以后就走上了下坡路。"

"或许这是她对姐姐见死不救的惩罚吧。"

"那对姐妹也算彼此彼此吧。当真梨亚踏上演艺之路时，姐姐的事业已经如日中天了，可她对妹妹也是全无帮助，而且妹妹还很瞧不起姐姐经营的情人酒店。"

"虽说关系不好，但她们确实有许多相似之处，比如给工作起名字的方式，两人都用了字谜。"

"是啊，妹妹黑井真梨亚（KUROI MARIA）是本名小村爱梨（KOMURA AIRI）的字母重排。"

"姐姐小村美宽经营的连锁情人酒店'马可波 LO'也是由姓氏小村（KOMURA）转为马可（MARUKO）来命名的，借用了实际存在的高级酒店'马可波罗酒店'的名字。对了，相对于妹妹爱梨的'梨'，姐姐美宽可以读作'橘①'，她们果然是同根生啊。"

"姐妹俩都舍弃了千叶县偏远乡村的农家，想要成就一番事业。"

"与其说她们是相似的姐妹，倒不如说是近亲相憎吧。"

---

① 美宽（Mikan）的日文发音相当于柑橘（ミカン）。

"不管怎样，两个人都半斤八两，最终双双倒在了地上。"

"你也好意思说。"

"现在怎么说都无所谓吧，反正事情也不会变得更糟了。"

"翻脸跟翻书一样。"

"对了，真梨亚是不是拿到了姐姐的人寿保险金？她用这笔钱还清了姐姐的债务？"

"好像是哦。"

"没剩多少吗？"

"据说是用来偿还投资者的，至于其他方面，姐姐似乎在筹钱方面非常吃力。"

"嗯，是啊，周围曾有不少危险的放贷人在游荡，她可能就是从那些人手上借的钱，但之后还钱可就难了。"

"她好像已经尽力了，你看，连情人的房子都变卖了。"

"好像最终还清了债务，和那些放贷的人达成了协议。"

"真梨亚也曾说过，姐姐要不就是很努力地筹到了钱，要不然就是把那些放贷人全都杀光了。"

"杀人什么的，别说这种乱七八糟的话。"

"你说得倒是轻巧。"

"如今说什么都没法挽回了，你想说什么就说吧。"

"呵呵，杀过人的人就是精神强韧。"

"你也一样。"

"哎，我可没杀人哦，你还没注意到吗？"

"嗯？是、是吗？我完全被麻痹了，你其实并没有杀人，对吧？"

"我们之中真正杀过人的只有千石先生。"

"果然是这样啊。"

"是啊，好，是时候重新介绍了。"

言毕，神冈向着图书室走了过去，一把推开半掩的门，环顾室内。

放置在房间中央的桌子对面传来了衣料摩擦的声音。

一个人影的头部率先映入眼帘，身躯随后支起，慢腾腾地站了起来。

然后，那人朝这边走了过来。

是真梨亚。

化为尸体的真梨亚死而复生，一脸空洞地挪动着身体，宛如一具僵尸。

"啊啊，热死我了。"

僵尸的嘴里发出了声音。

接着，她把手按在脸上，抓住皮肤向上一提。

面孔剥离下来，从中露出了另一张脸。

那是另一张真梨亚的脸孔，长相一样，却有着微妙的不同。此刻出现的是一张红润而富有生气的脸，甚至微微出汗，泛着红晕。

"这个，真是再适合不过用作尸体的脸了，因为是面无表情，波澜不惊的冷酷美人。"

说着，她把撕下来的脸举到右手展示给对方看。

没错，这是一张凝聚了现代特殊化妆和整形外科技术的面具。

活着的真梨亚拿着一张死人的脸孔，哗啦啦地摇晃不休。这是何其怪诞而奇特的光景。

她似乎也这么觉得，遂面露苦笑，仔细端详着手里的面具。

"脖子以下的部分也制作精良，连脉搏也感觉不到。不过几个小时前尾濑先生刚刚戴过，还是让人有些介意的。所以我事先用消毒湿巾擦干净了。"

"我是细菌人吗?"

尾濑苦笑着说。

真梨亚把面具夹在腋下,用右手抓住左手,然后像摘手套一样,扯下了手腕上的皮肤。

"这个也好热,哎呀呀!"

她交换了双手,如法炮制地剥下了左手的皮肤手套,接着她从左侧腹部拔出了刀,随手扔了出去。刀刃仅有三厘米长,而被刺的腹部则贴着一块乳胶板。

尾濑满脸恶心地看着这一幕。

"这简直就是玩偶服,自己的尸体的玩偶服。"

"还好是冬天。可以多穿几件衣服,还能套上靴子。如果是夏天,那可真的需要全身玩偶服了。"

"会热死的吧。"

"扮演尸体却被热死,可真是太奇怪了。"

真梨亚笑出了声。

就在这时,图书室里响起了新的声音。

"尸体已经够好了呢,至少还是人。我这边就只能是物件了。"

是椅子在说话。

乱步的艺术品,黄金面具的人间椅子。

推理作家舟木鲷介理应是一具包裹在全身紧身衣里的尸体,被塞在了椅子里,唯有后脑勺从靠背的洞里露出来,此处被涂上了黄金面具的妆容,是乱步的比拟。

可他仍旧活着。

椅子嘎吱嘎吱地动了起来。

"嘿咻。"

伴随着这样的声音，椅子拟人化了，不愧是人间椅子。

背面的拉链被拉了开来，包裹着全身紧身衣的舟木从中钻出，紧接着脚下一绊，摔倒在了地上。

"哎呀。"

舟木一边抚摸着自己的膝盖，一边站起了身子。

说话的似乎是黄金面具，但待他转过身时，确实是舟木那边的嘴在动。两张面孔在同时说话的错觉令人毛骨悚然。

"我这是椅子玩偶服。"

说着，他用左手轻轻拍了拍刚钻进去过的椅子，然后用另一边的手抚摸着自己的脸，脸色起了些许变化。

死者苍白的妆容被擦掉了，他瞥了一眼沾在手上的颜料，嘴里轻声说道：

"不过，哪怕我长得是有点像佛像，真的扮演摆件可不是个好主意，而且还是个往生的死人。"

他淡然地说着这些。

长脸细眼的面相确实让人联想到了佛像。他挺直腰杆，好似水平移动一样静悄悄地走着，确实和鬼魂有几分相像。

当他从图书室走进客厅时，隐约感觉吹来了一阵沉香味的微风。这张仿佛属于佛龛的脸正开口说话呢。明明仅四十出头，却散发着一股身在彼岸的气息。这人喜欢的点心是落雁①之类的吗？

面对这样的舟木，神冈不甚亲切地对他说道：

———————————

① 日本传统点心，用米麦等磨成粉后煎熟，混合砂糖，放入模具中凝固而成，常用于丧事。

355

"卸妆后也没什么变化，还是那么苍白。"

"你该不会又想说我是死相学家吧。"

"不不，你还活着真是太好了。"

"真是给我安排了一个厉害的角色。"

"你自己不也挺积极的吗？"

"当然了，不管怎么说，比起一日三餐，我更喜欢让人大吃一惊。"

"这就是推理小说作家的本性吧。"

"彼此彼此。"

说着，舟木耸了耸肩。虽然是挺合适的动作，但因为包裹着全身紧身衣的缘故，所以流露出莫名的傻气。

就在这时，尾濑插了进来，他一边扫视着左右，一边按住心脏的部位说道：

"作家们，还有编辑，你们真是吓到我了。我可是唯一一个没被告知人间椅子里装着什么的人，突然被告知之后，心脏都吓得蹦出来了。"

他那锐利的眼神瞪了过来。

神冈若无其事地说道：

"为了确保骗局能成功，我精心布置过了，无非是想营造出真实感而已。要是策划者真的露出惊讶万分的脸孔，那不就更具说服力了。"

"有那么一瞬间，我真的以为神冈先生杀害了舟木，还把他做成了那种东西。"

"毕竟他没有脉搏，妆容也很逼真。"

说着，神冈指向了舟木那张妆容剥落的脸，然后他拉开了全身紧身衣的喉部，从中抽出了一条尼龙材质的围巾，这正是脖子上脉搏消失的真正原因所在。

被神冈摆弄的同时，舟木仍安静地站在那里，那双细长的眼睛看起来就像突然开悟了一样。

尾濑叹了口气，说：

"没错，我怀疑他真的死了，可又觉得他不会真死，只得继续把戏演下去。不过看到神冈先生迅速地把舟木塞回了椅子里，我还是决定相信你，不会有问题的。不过冷汗还是连同油汗一起流下来了。"

"嗯，这种表演单靠演技是表现不出来的，真的，你的即兴发挥真的太精彩了。"

"这真是个恶劣的玩笑。按照我们原先的剧本，是我们正兴高采烈地谈论着真梨亚被刺的案子时，舟木先生突然造访了这间宅邸。"

"对，他是疑心我和小里的关系，特地上门找茬的。"

"可是没想到舟木先生发现了真梨亚的尸体后被吓得大呼小叫，再加上里子的事，整个人有点歇斯底里，所以和神冈先生发生了争执。"

"然后我杀了舟木。"

"剧情发展成这样，就成了连环杀人，真梨亚小姐和舟木先生的尸体被藏了起来，原始的剧本是这样的。"

尾濑用怨恨的目光瞪着神冈。

神冈毫不畏惧地说：

"我完全信任你的即兴发挥，因为你是平时凭借一张利嘴游走于业界的处世老手，对吧？"

神冈拍了拍尾濑的肩膀。

紧接着，舟木从后边拍了拍神冈的肩膀，细长的眼睛微微上扬。

"我也想要更多的夸奖。"

"哦哦，好的。"

神冈转过身来。

"是啊，确实不能忘记，你的表演安静得几乎让人忘了你的存在。"

"如果这是在有人观看的剧场里上演的剧目，应该能拿奖吧。这样就能一直待在舞台上演出了。"

"就像疯狂猫乐队①的队长花肇。"

"那是什么？"

"哦，是老段子了，你不知道吗？电视上播出的《新春才艺大会》上的小品节目，花肇每次都扮演铜像的角色，把脸涂抹成青铜色，在底座上纹丝不动装成青铜半身像。其他演员偶尔也会玩弄他的鼻孔，而他就静静地忍耐，这样的场面很受欢迎。哦，我也很想玩弄你的鼻孔，差点没忍住。"

"拜托别这样。啊，不过，拍后脑勺确实有点……"

"哦，那是为了避免被玩弄花肇的诱惑所驱使，这个人也是，"神冈指着里子，"小里刚才可是往你后脑勺上使劲敲了好几下呢。"

"因为看过花肇小品的录像，实在没办法啊。"

"这倒也是。"

---

① 活跃于上世纪六十年代日本的知名搞笑组合，兼爵士乐队。全名为"花肇与疯狂猫（ハナ肇とクレージーキャッツ）"。

"是吧？谁都想要玩弄花肇。"

"好吧，对不起。"

神冈拍打着自己的后脑勺，向里子轻轻地鞠了一躬。

舟木在他的身后咳嗽了一声。

"应该向我道歉才对吧。"

"我是想骗过尾濑才不得已而为之。为了欺骗敌人，首先要骗过自己人，请原谅我用了些许粗暴的手段。"

"你想说的是《劝进帐①》吧？弁庆为了骗过守将而打了义经。"

"对对，想要骗过别人是很费工夫的，正是这些工夫和辛苦才让事情进行得那么顺利，真的，连我方的人都被吓到了，咔锵②。"

"那是谷启的台词吧，花肇则是……"

"吓死为五郎啦!③ 是吧。"

他一边说着，一边伸出右手一伸一缩，使出了"咔锵"的招牌动作。

空气中弥漫着其乐融融的气氛。

就似要打破这般气氛一样，被排除在外的千石叹了口气。

"喂，你们看起来好开心啊! 如果我也算你们这边的，真想从一开始就参与进来。"

神冈一边任视线游移在空中，一边说道：

---

① 日本歌舞伎经典剧目，讲述了源义经与家臣弁庆在逃亡过程中机智应对守将富樫左卫门的盘问，最终成功脱逃的故事。
② 疯狂猫乐队成员谷启的招牌台词，右手前抓同时喊出"咔锵（ガチョーン）"，用以表示无话可说的情绪。
③ 花肇的经典台词，原文为"アッと驚く为五郎"，用以表示惊讶的情绪。

"事情始于前年年底，在整理旧书的时候，我发现了墙壁的秘密。当时里子和尾濑正好来我家，我们在惊叹之余反复推理，逐渐得出了一个答案，并提出了某个计划。而另一边，我得知舟木正在试图接近真梨亚，他是为了调查失踪的哥哥，打听小村美宽的事。于是，这两件事便凑在了一起，形成了本次计划，并逐步往前推进，最终在这里迎来终结。"

　　说着，他拍了拍手。

　　千石不满地扭曲了脸。

　　"你们花了差不多一整年的时间来策划整个计划，抱团协作把我耍弄得团团转，真是可恶！"

　　他探出下唇，打心底里露出沮丧的表情。

　　对此，神冈报以没心没肺的微笑。

　　"哎呀，被你这么夸奖，我都不好意思了。我们中途也是靠即兴发挥硬撑下去，好不容易才把剧本演绎到结尾，但在千石先生的角度来看，所有的事情都是即兴的吧。"

　　"那是自然的，有哪个蠢货会明知剧本还上当？"

　　"确实如此，不过能和我们这样针尖对麦芒，真不愧是戏剧圈的人，专业的就是不一样。"

　　"我可一点都高兴不起来。"

　　"啊，尽管如此，我还是很佩服你，特别是即兴谜题，大大超出了我的预期，甚至还发现了死前留言，真是太了不起了。首先，我们为你准备的解谜与你实际给出的解谜完全不同。我们这边原本预测的是千石先生会通过两扇门的密室诡计，指出凶手就是在下神冈，并以此做了布置。但千石先生却通过墙壁投影和全身紧身衣的诡计，指出了凶手是尾濑。"

"过程超出了预想是吧。"

千石略带得意地扬起嘴角，挤出了一丝笑意。

"嗯，虽然诡计、凶手和逻辑全在我的意料之中，但那原本是我打算公布的解谜，却被千石先生抢了先。因此我们紧急改变了计划。我们按照剧本展示各自的解谜，但不得不交换各自负责的部分。首先，尾濑原本负责解开使用假窗框的密室诡计，理应指认里子是凶手，但最终他解开了两扇门的密室诡计，指认我是凶手，而这原本是为你准备的内容。就这样，我被迫承担了使用假窗框的密室诡计和指认里子是凶手的部分。唯一按计划进行的是里子，她解开了藏身地毯之下的密室，并且指认你为凶手。通过这些即兴调整，我们终于成功将剧本拉回正轨，虽然过程非常累人，不过这都要归功于千石先生作为侦探的优秀能力。"

"哈？你是说我作为凶手实在太蠢了是吧？"

"哪里哪里，我是在称赞你让受害者显得更加优秀了。"

"什么意思？"

"对，意思是很重要的，就是死前留言。你看，那根沾了四处血迹的琴弦，被你解读为受害者在传达'oze'，即指认尾濑为凶手的死亡信息。"

"哦哦，那个啊，正因为有那个，我才确信尾濑是凶手，然后解开了他可能使用的密室诡计，也就是全身紧身衣和投影的诡计。"

"没错，不过那个死前留言其实并不是真的死前留言。"

"啊？"

"那只是单纯的巧合，超出了我的计算。只是我把琴弦系在真梨亚脖子上时，不小心沾到的四处血迹，两端的结圈也并非有意为之。然而千石先生竟把它们解读为死前留言，真是太让我感动了。"

"啥？这算什么！"

"是啊，深究到这种地步，而且还把凶手和诡计全都对上，不得不说，你作为名侦探的能力还是太优秀了。真的，吓了我一跳。我们也只能积极发挥演技，好不容易才熬过去，真是紧张得不行。当时我们真的被焦虑和惊讶所驱使，因此演戏的真实感也增加了。"

"也就是说，因为我展示了名侦探的能力，才令你们的表演更加真实，从而骗过了我。名侦探到底算什么啊。"

"这就是推理。"

"嗯，然后为了在真实感上更上一层楼，把同伴尾濑也吓一跳，还让人间椅子里滚出了尸体。"

"是啊，这样就加入了现实的迫力，好歹让故事推进到了结局。"

"结局，就是屁股洞，哦不，墙洞。"

说着，他一脸怨恨地看向了墙上敞开的空洞，用手指沿着轮廓摸索着。

"你们事先在墙上挖洞，然后像拼图一样把墙的碎片装回去，在表面涂上白色油漆或石膏来遮掩裂缝。"

"没错，就是这个。"

神冈把腰一弯，将手按在地毯上，拾起了一根细线。那是一根钢琴丝。

一条钢琴丝穿过地毯，就这样连到了墙面上。

"只需用力一拉，墙壁就会倒塌，然后尸体加模型的组合就会出现。"

说着，他做了个拉钢琴丝的动作。

千石痛苦地皱起了眉头。

"真是别出心裁的机关啊。"

言毕，他再度打量着墙上的洞，或许在他的眼中，这就像是自己的墓穴。

然后他移开视线，看向神冈等人。

"真是的，你们煞费苦心布下如此精心设计的陷阱，还特地花时间演戏。"

"那是当然的。我们都是外行，跟你这种专业混戏剧圈的自然不一样。请现实地考虑一下，你觉得我们这些外行能立即投入表演，完全进入角色吗？"

"不可能，哪有这么容易。"

"是吧，作为戏剧界的专业人士，你也是这么想的吧？"

"对。"

"就是这样。我们这些业余人士是很难立刻进入角色的，像切换开关一样瞬间改变状态，突然进入角色是做不到的。所以我们需要花时间去扮演角色，逐渐与角色融为一体。"

"需要的是塑造角色的时间吗？"

"没错，所以在你到来之前我们就已经开始演戏了，在最初的部分，也就是我和尾濑君把小里吓晕过去那段，我们的演技还有些僵硬。"

"肯定会这样，要是从一开始就能演得这么好，那我们这些专业人士就没有立足之地了。"

"还有一点，就因为我们是外行，所以演起来往往相当夸张，所以还是得配一个需要夸张演技的剧本为好。"

"夸张的演技，原来如此，确实是能把人吓住的演技。"

"是啊，接连不断的惊天剧情就能掩盖夸张的演技。"

"所以你们选择了一个反转不断的剧本。"

"是啊，经过深思熟虑，我们采取了这一策略，接连不断的惊吓让人连喘气的机会都没有，必须总是保持着兴奋状态，所以能很好地掩盖我们演技的夸张性。而且，既然是推销推理新作的戏码，就用'戏'本身来包装'戏'。"

"还真是层层嵌套啊。我虽然意识到自己在演戏，但感觉只是身在舞台，但事实上，整间剧场都在上演一场戏。"

"没错，我们充分利用了这栋宅邸。"

"这里就是剧场啊。"

"没错，这里就是演戏的现场，在你登场的场景之前，我们一直在练习能把人吓一跳的表演。就像是舞台的通场彩排，实际上兼顾了排练和正式演出。在此之前，我们一直在练习，但在当着千石先生的面做正式演出时还是不太一样，紧绷的弦一直都没松懈下来。"

"你们就是这样给我下套的，把我耍得团团转的。如果我是侦探，那你们才是凶手。"

千石以愤恨的眼神环顾着周围。

三十二

对于千石的怒气，神冈报以锐利的目光，刀刃般的视线直指对方，以挑衅的语气说道：

"不，我们也是侦探，在你面前揭开了你七年前的犯罪真相。"

千石的表情僵硬起来。

"什么？揭开真相？什么时候的事？"

"什么时候？当然是那个时候了。就是我们四个人轮流当侦探，互相揭晓各自的解答的时候。除去密室诡计之外还指出了凶手，就是那个逻辑性的推理。"

"嗯，你们确实各自陈述了自己的逻辑推理。"

"是啊，千石先生也认真听了，还点头表示了认同。"

"因为每个推理都很符合逻辑。"

"其实这些全都是复制品哦。"

"复制品的推理？"

"是相对于七年前杀人事件的逻辑的复制品，换句话说，就是相似形推理吧。"

千石皱起了眉头。

"嗯？你的意思是，你们模仿了我的犯罪行为？具体是怎么回事？"

"刚才公布的线索和推理，是对七年前犯罪现场的线索和推理的变奏，因为我们将线索的内容替换成了其他东西，所以你没有觉察到，但本质是一样的。"

"咦？什么？"千石变得支吾起来，"这，这样啊，就是你刚才提到的那些留下的照片？"

面对他锐利的目光，神冈点了点头。

"对，女社长小村美宽拍下了犯罪现场的照片，后来她将这些照片藏在了墙洞的 U 盘里，以备日后会有侦探根据这些进行推理。我们在现场再现了其中的线索，展示了它们的应用，正是基于保存在 U 盘里的照片。"

"原来是这么回事。"

"事实胜于雄辩，先不着急，且让我们展开基于证据的论述吧。首先，请回想一下我之前展示的推理。犯罪现场的桌子上有个烧瓶形状的冷水瓶，凶手先把水转移到了数个杯子中，然后又将水倒回原先的冷水瓶，这样做是为了取出沉入烧瓶形冷水瓶底部的圣甲虫。凶手是想要在不弄湿手的情况下将其取出，以免将美甲材料留在水里，因此，凶手是——"

"我我我。"

"凶手是小里，我就是这样指出的。"

"就是这样。"

千石轻轻地点了点头。

神冈却摇了摇头。

"可那只是看似解决了问题，事实上，小里做美甲的细小材料根本不会留在烧瓶形冷水瓶的水里，那是因为——"

"因为这只是美甲贴纸。"

说着，里子将双手举到面前，她的指甲上装饰着彩虹和雨伞之类色彩鲜艳的图案。

"瞧，这美甲看起来很精致，但其实每个指甲都只是贴纸，根本不包含细小的零件。剥离的时候会整张脱落，就像创可贴一样，很容易注意到。所以根本不会留在烧瓶的水里。"

说着，里子用右手的两根手指抵住了左手中指的指甲，于是，就像剥水果皮一样，美甲被整个揭了下来，这果然只是一张贴纸。

神冈的视线依旧落在贴纸上面。

"因此，小里不可能是凶手。"

"那这岂不是毫无意义的推理吗？"

千石露出了轻蔑的笑容。

神冈则流露出无畏的微笑。

"不不，这实际上是有意义的。这里有个我未曾深入探讨的解

366

答，那就是烧瓶形冷水瓶的形状。烧瓶的底部像裙子一样展开，且瓶底的中间凸起，所以圣甲虫会掉到瓶底的边缘处。这样一来，即便把手伸进去也够不到，根本取不出来，我之前的尝试你也见到了吧。如果把瓶子颠倒，陶制的圣甲虫则有可能撞上烧瓶内壁，或者掉在地上摔得粉碎，所以这种办法也行不通。这样一来，最好是采用我之前实际展示过的办法，用右手握住烧瓶将之倾斜，令圣甲虫移动到瓶颈附近，然后用左手伸进烧瓶将其取出。要做到这点……"

"就必须使用双手。"

"没错，你能理解吧。这对右手是义手的千石先生来说并不容易。"

"……七年前的花瓶吗?"

千石凝望着虚空中的一点。

神冈紧盯着千石的侧脸。

"是啊，七年前，你杀完人后，不小心把水果刀掉在了花瓶里，然后你从花瓶里取出了带血的水果刀，果然如此啊。这些照片就是证据。"

神冈向电脑方向竖起了大拇指，示意尾濑进行操作。

尾濑伸手操作鼠标，液晶屏幕上出现了一张照片。

神冈指着照片说道:

"千石先生，你还有印象吧，这是七年前案发现场的照片。"

千石的目光恢复了锐利，他盯着屏幕看了一会儿，蓦然倒吸了一口冷气，只见他咬牙切齿地说道:

"这是一楼的阳光房，确实是那天拍的。"

他目不转睛地盯着照片。

阳光房左手边靠里的砖头地面上放着一个铁皮水桶。

水桶里散落着花瓶碎片，是色彩斑斓的有田烧。破碎的白底染上了红色，似乎是血迹。原本插在花瓶里的桔梗花散落在水桶中，桶底仅有数厘米深的水映照着花的紫色。

神冈操作着鼠标，展示了另一张照片。

"这张照片是小村美宽女士在更早时候拍的。瞧，非洲菊很漂亮吧。从背景来看，花瓶平时似乎放在这个房间的装饰壁炉的旁边。"

那是花瓶破碎前的样子，花瓶有着圆柱形的瓶颈和长球形的瓶身，是德利瓶的形状。表面是溪流红叶的图案。

"要是我以一旁的拨火棍为标尺，可以估算出这个瓶子高约五十厘米，最宽处约为三十厘米，是比较大的花瓶，足以容纳一只手伸进瓶口。"

神冈以视线指示着瓶口的顶端，抬高声音继续说了下去。

"掉进刀子的花瓶正是这个有田烧的花瓶，形状像一个大德利瓶，从碎片来看，底部是向上隆起的，掉下来的刀会落在底部的边缘，要是伸手进去够不到的话，就得用一只手托住花瓶将其倾斜，将刀移动到瓶颈处，再将另一只手伸进去取。这应该是最简单的拿法了，因为是插切花的花瓶，所以水深通常只有三到五厘米，量非常少，哪怕稍微倾斜也不至于洒出来。事实上，从水桶底部的积水来看，水确实不多。但是，用这个方法的前提条件是必须能够使用双手。

"所以你根本没打算倾斜花瓶取出刀子。你选择了对你而言最容易做到的办法。大致就是把花盆从这个房间搬到阳光房，然后对着水桶倒置花瓶。这样一来，刀会伴随着花和水一起落下来，但你手滑了一下，把花瓶打碎了。结果，你就这样把刀取了出来。以上就是我以这些照片为线索所构建的推理。"

言毕，神冈又指向了屏幕上的照片。

千石低声说道：

"这些就是小村美宽拍下并储存在 U 盘里的照片吗？"

"是的，这只是其中一部分，"神冈点了点头，"七年前，你将这个花瓶从这个房间搬到了阳光房，倒转瓶身取出了刀子。你装着义手，所以便采取了这样的方法，单纯出于你无法选择倾斜花瓶再把手伸进去的这个选项。而这一回，我在现场用其他版本的诡计展示了这一情形。"

"这就是相似形推理吗？不光是陷阱，连逻辑推理都布置好了，就这样还把我捧成了名侦探。"

"正因为是名侦探，千石先生，你才会认可这一点吧。"

"还有后续是吧？"

"对，不过接下来不是我，嗯，该轮到小里出场了。"

神冈向身后招了招手。

里子举起了手。

"喂喂！'喂'说一次就够了，'Y'代表悲剧就好，逻辑推理尤其好。"

"之后就交给你了，一定要展示照片，以示公平喔！"

言毕，神冈向后退了一步。

里子走到神冈先前站过的位置。

"好！那么，我先前也展示了我的逻辑推理，是吧？"

"没错。"

千石苦笑着说。

里子的眼睛里蕴含着光芒。

"咦，你还记得吗？"

"不可能忘啊，因为那个推理指出了我是凶手。"

"是啊，不过为了衔接后面的话题，这里暂且做一下回顾。图书室的书架上有一本沾了血迹的书，是《夏洛克·福尔摩斯冒险史》的精装本。书中某页有擦拭手套血迹的痕迹，桌面上也有书角留下的血印，所以推测是先把书放在桌面上，再用其擦拭了手指。然而，如果要擦拭手指，图书室的柜子里就有毛巾，使用毛巾无疑会更方便，看起来也更自然。但凶手并没有这样做，是因为他并不知道毛巾的存在。这样一来，就排除了这间宅邸的主人神冈先生，也排除了脱下女装面具后曾借用毛巾擦汗的尾濑先生，当然还有我自己，我之前经常打扫图书室，自然知道毛巾放在哪里。剩下的就是好久没来的千石先生，凶手就是你。就是这样的逻辑推论。"

"嗯，确实如此，明明是游戏中设置的逻辑，却把我当成了凶手，这让我很不爽，事到如今就更不爽了。"

"不过千石先生果然是凶手，结果并没有错吧？"

"那是七年前的案子了，这个也是相似形推理吗？"

"没错，请仔细回想七年前的光景，这间客厅里有一张圆形的桌子，对，就是这张。"

说着，里子指向屏幕，上面出现了新的照片。

照片上，蓝色格子图案的白色桌布铺满了圆桌，上边还摆着盛满水果的玻璃盘、雪茄烟盒和座钟。

桌子的另一端则沾着鲜红的指印。

"这里有擦过血的痕迹，和刚才图书室里的书的用法一样，似乎被手套的手指部分用力擦过，不过这个房间里很容易找到毛巾，但是使用桌布更方便吧，因为它是固定的。没错，是被放置着各式各样的重物死死地压住的桌布，这样用起来会比较顺手吧——对于右手是义手的人而言。"

"是啊，当时情况紧急，即便想擦拭左手，也没法用已是义肢的右手拿起毛巾。"

"对，用左手摩擦已经固定好的桌布，或者用义手右手卷起桌布的一端，压在左手之上，做成隧道的形状摩擦左手，因为桌布固定在桌面上，所以相对容易。没错，之前放在图书室桌面上的书也有着同样的便利性，厚重的精装书可以稳稳当当地放在桌面上，只要翻开书页，就能把手夹在其中擦掉血污。正因为千石先生装着义手，所以才会选择这种方法。"

"这也是相似形推理吗？"

"是的，顺带一提，事实上图书室的柜子里只放了一条毛巾，今天那条纯白干净的毛巾被尾濑先生用过之后，就扔进了洗衣机。刚才柜子里的几条毛巾是千石先生到达之前重新放回去的。从逻辑上来说，犯罪发生的时间段里图书室没有毛巾，因此凶手自然也是用不上的。这样一来，也就进一步证明了凶手是拥有义手的人。其他人若想擦手，可以用双手，也可以用其他类型的纸。毕竟这里是图书室，复印纸也好信纸也好笔记本也好样样不缺。"

"缓缓把人折磨致死，不愧是传闻中的施虐狂。"

"哎呀，居然这么说，你忘了我对你的好意了吗？就在你脱全身紧身衣陷入苦战的时候，我可是帮了你一把的。"

"啊，对，当时确实帮了大忙。"

千石用左手敲了敲右边的义手，那是装在肘部以下的强化塑料制品，敲击时会发出清脆的敲击声。

"戴了好多年，已经习惯了。"

千石露出了讥嘲的笑容。

"这是我第一次脱全身紧身衣，天晓得会这么难搞。明明穿的时候只需要把手伸进去就行，可一旦想脱下来，就会紧紧地贴在身上，要是想抽出左手，就得抓住紧身衣的袖子，可右手又是这个样子……"

说着，他摘下手套，端详着暴露出来的米色义手。

里子耸耸肩说：

"通常情况下，就算盯着千石先生看，也不会发现这是义手，毕竟动作非常熟练。虽然在场的我们事先是知道的，但如果之前发生的一切全是舞台剧的话，观众应该完全觉察不到你用的是义手吧。"

"是啊，我很有信心，早就运用得十分熟练了，毕竟已经过去二十年。从那回在建筑工地受伤之后，我就戴上了义手。以那次事故为契机，我从演员转行做了导演。就像你刚才说的那样，我已经用得十分顺手，甚至觉得自己继续当演员也没问题。却没想到在这里遇见了一个强敌——全身紧身衣，真是太难对付了。"

"全身紧身衣太可怕了，应该这么说吧。"

"是啊，千万别小看全身紧身衣。"

"紧身衣话题就此打住！"神冈在身后喊道，"你们想讨论全身紧身衣讨论到什么时候！差不多得了！"

说着，神冈走上前去，抓住里子的肩膀，把她拽到身后，然后再度与千石对峙。

神冈率先开口道：

"比起紧身衣，还是回到解决案子、逻辑推理的话题上来吧。"

"看来还有后续呢。"

就像拔掉了棘刺般，千石恢复了原先平稳的口吻。

"没错，"神冈露出了讥讽的笑容，"千石先生，轮到你了。"

"我的推理？"

"是啊，你刚才使用逻辑推理，指出凶手是尾濑，这里边也有七年前的相似形。"

"哪里？"

"就是那枚戒指，自打你当上导演以后，就一直戴着的那枚戒指。"

"戒指？这个？"

千石举起了右手中指，上边戴着一颗五芒星形状的银戒指。五芒星的基座上刻着星星的图案，与警视厅的标志颇为相似，十分惹人喜爱。

大概是想到了这点，神冈面带微笑。

"七年前的照片里也有这么一张。"

屏幕上出现了一张缝隙的照片。

左边是木柜，右边是白墙，两者之间的缝隙极窄，狭窄的地毯上有个红色的半月形。

"地板上的红色痕迹是刀刃留下的，一把沾满血的水果刀掉进了这个缝隙。作案之后，刀不知何故脱了手，掉进这个缝隙。墙面距离柜子不到十厘米。请仔细看，左边的柜子上有划痕，是五条平行线。"

"啊！"

五条平行线断断续续地刻在表面之上。

看到这里，千石情不自禁地摸了摸手指。

神冈继续说道：

"七年前的你可能并没有注意到。这是你的那枚戒指留下的痕迹。五芒星的五个凸起分别造成了这些平行线，部分划痕带有红色，是沾在戒指上的血迹。你一定是把手探进缝隙去捡那把刀了，因为缝隙很窄，所以你摘掉了手套，裸手伸入，因此戒指才会留下这样的划痕。事后你清理掉了刀子在地上留下的血迹。"

"我没能注意到柜子上的划痕，可能是光线太暗，又或者是疏忽大意。"

"于是我便在刚才的图书室现场准备了那个相似形的线索。"

"哦，书架上的清漆，还有信。"

"这里就总结一下，我来说就可以了。"

"事到如今，我也不想再提了。"

"是啊，所以就由我来吧。嗯，右边是墙，左边的是书架的立面，书架的立面刚刷过清漆的地方有三道划痕，用于比拟的信封中有一个是沾了清漆的，沾漆的地方共有两处，但一处的漆上有灰尘，另一处却没有。而且那个缝隙的地板上积了一层厚厚的灰，上面清晰地留下了信封四方形的形状。也就是说，信封掉落的时候碰到书架沾上了清漆，而清漆则黏附了地板上的灰尘。而另一边，信封上另一处沾了清漆的地方却没有灰，这是因为从地板上捡起信封的时候再度碰到了书架，又沾了一些清漆。也就是说，两处漆印分别对应着信封掉下的时候和捡起的时候，也就是往返一次的时候分别沾上去的。但是书架的清漆表面总共有三道，那多出的一道是怎么回事呢？这样的话，只能是拾起信封的时候沾在了凶手的手上。而且犯罪时用过的手套上确实沾着清漆——凶手用过的手套在厕所的储水箱里被找到了，左手手背确有清漆。一般情况下，把手伸进狭窄的缝隙时，应该极力避免把清漆弄到衣服上，然而凶手在拾起信封时，手套却沾上了清漆。这是因为凶手没有发觉书架上有清漆的气味。凶手是对气味不甚敏感的人。这样的话，发现手套上清漆气味的千石先生，以及觉察到千石先生泡过柚子澡的小里就能排除在外，而我正是刷漆的人，所以也不在其中。所以似乎得了感冒的尾濑就成了凶手。推理的过程就是这样的吧。"

"而且空气中明明飘着香草茶的气味，还说什么'喝杯咖啡'。"

"没错。"

"所以凶手就这样被指出来了。复盘得不错，那么，还有什么问题吗？"

"其实尾濑根本没有感冒哦。"

"可他的鼻子一直呼哧呼哧的。"

"那倒也是，"神冈转头面向尾濑的方向，"喂，差不多了，你也很难受吧。"

说着，他指了指对方的鼻子。

尾濑从口袋里取出了纸巾。

"哎，终于给出 OK 的信号了，那我就不客气咯。"

言毕，他把纸巾贴在鼻子上，使劲地擤了一把，传出了一声堪比水管爆开的声音。

他麻利地把纸巾摊了开来。

"瞧，就是这样，失礼了。"

说着，他迅速叠好纸巾，一把抛进了纸篓。

"其实我在鼻孔里塞了棉球，已经快有半天了，真是好难受啊。不过我只塞了一边的鼻孔，所以还是能闻到气味的。"

这番话音与先前大不相同，鼻音全无，听起来顺畅无比。

千石懊恼万分，重重地叹了口气。

"老于世故的家伙声音听起来确实不赖，可恶。"

"不客气。"

尾濑微微低头行了个礼。

千石转过身去，就这样再度面对神冈，嘴角微微上扬。

"那么，从逻辑上讲，谁都无法指出凶手是谁。"

神冈却不为所动，语气悠然地说：

"不是哦，即便以相同的逻辑，只要加上不同的视角，就能明确指出凶手。"

"不同的视角？"

"嗯，不妨这样想，右边是墙壁，左边是书架的立面。如要拾取掉在缝隙里的东西，就通常会用右手，如果使用左手的话，右边的墙会成为妨碍，很难伸手去取。除非右手没法使用。"

"啊！"

"没错，对你来说使用左手比较自然，所以才没感觉到不对劲吧。"

"七年前也是。"

"是啊，右边是墙壁，左边是衣柜，这样一来，你本该把右手伸进缝隙里把刀拾出，但对你来说，用左手比较自然。"

千石咂了咂嘴。

"对啊，这才是重点。原来如此，相似形逻辑的着眼点就在这里……中圈套了。"

"要说没有恶意那是假的，但这也是公平的恶意。"

"哼，什么公平的恶意。不过相比不公平的善意，倒是回味无穷。"

他边说边露出了自嘲的微笑。

神冈耸了耸肩。

"应该是吧,我也希望能有好的回味。现在只剩下一个人了,有请最后的主持人登场吧。"

"装什么压轴大戏。"

"好吧,虽然不清楚他本人是怎么想的,但从角色的角度来看,搞不好真是这样。好,压轴的尾濑,该你出场了。"

言毕,神冈向后退了一步。

尾濑把他换了下来,向前踏了一步,苦笑中带着几分尴尬。

"这里又不是红白歌会,反倒是要分出个黑白的现场吧。"

尽管如此,他似乎觉得被称作"压轴"仍嫌不足,莫名地挺起了胸膛,一副傲然的姿态。

尾濑首先朝千石恭恭敬敬地行了个礼,随后用殷勤的语气说道:

"请问,您还记得我先前提出的推理吗?"

"哦,记得,"千石歪着鼻子说道,"就是图书室的灯吧。壁灯是关的,而落地台灯开着,光线根本够不着仿圣甲虫饰品的玻璃柜。如果是这样的话,通常情况下会打开壁灯,然而在这样的黑暗中,凶手却熟门熟路地从笔筒里取出了指示杆,凭借着上面的灯打开了玻璃柜。他的行动太过熟练,因此凶手是熟知房间和物品位置的屋主,即神冈　　是这样的推理吧。"

"对对,太漂亮了,真不愧是名侦探。"

"听你的口气,真是半点都不走心啊。"

"哪里哪里,这可是我为了不让您感到负担,尽力表达的关怀呢。"

"难说,不过你的应变倒是挺快。"

"我希望自己能像光一样迅捷。好了,说起光,七年前的犯罪现场也有关于照明的线索。"

"这又是如今的相似形推理的原型吗?"

"没错,手电筒上沾了血迹。那个手电筒平时总是放在客厅南侧阳光房的一隅,通常是在窗帘后边,像这样。"

说着,他指向了屏幕。

上面显示着一张新的照片。

绿色的窗帘被拉了开来,可以望见墙上的金属挂钩挂着一只手电,开关处有三道指印,呈现出淡淡的红色。

"这是血迹,是七年前拍到的线索,"尾濑操作着电脑,根据说话的内容切换照片,拉动滚动条,"还有一样东西,在楼梯后面大约一米远的地方,掉落了这样一个东西,事后应该被千石先生回收了吧。"

屏幕上出现了地毯,上面有一个金色的链状断片。

"这是受害者戴着的项链上装饰链的一部分,刚才看过了实物,所以印象足够清晰。而当年情人酒店的女王——哦不,女社长小村美宽来到这个现场时,客厅的主照明,也就是天花板上的灯是关着的,亮着的只有门边和楼梯中间的应急灯,除去楼梯和客厅入口附近以外,整个房间都很昏暗。虽然有当时的录像,不过内容太过无聊,这里就不做展示了。因为当时很暗,小村便按下了门边墙上的开关,打开了天花板上的灯,在现场巡视了一番。然后她就找到了附着了血迹的手电,还有这一小截项链。"

"这就是刚才的相似形推理吗?"

"没错,七年前应该是这样的情况:你杀完人后,为了暂时隐藏尸体,将其搬到二楼藏匿。你担心剪影会映在窗户上,于是关掉了天花板上的吊灯。仅留下门边和楼梯中途应急灯的微弱光线。在搬运的过程中，你发现尸体的项链不见了踪影。你觉得项链是掉在了楼梯后面，即你和受害者发生争执的地方。然后你打着手电四处搜寻，找到了项链。手电筒沾了血迹，这说明使用手电是在杀人之后。而且由于搬运尸体的时候腾不开手，所以就是这次搜索时使用的。只是，你千辛万苦找到了项链，却留下了一小截断片。这就是当时小村美宽拍摄的照片。"

"嗯，确实。后来我也找到了链子并将其回收了。"

"如果不是搬运尸体，而只是寻找东西，就不必在意剪影，只要打开天花板灯就行了。一般人都会这么做，因为应急灯的光线足以让人辨明开关的位置，却照不进阳光房。只有对这间房子非常熟悉的人，才会想到阳光房窗帘背后的手电并拿来照明。所以，那人就是当时宅邸的住客，也就是千石先生。"

尾濑学着管家的模样，向千石彬彬有礼地伸出了手。

千石厌恶地瞪了他一眼。

就在这时，神冈离开屏幕，靠近了千石。

"刚才我因为指示灯的线索被指认为凶手，这次的推理也是同样。适用于我的情形同样适用于你，千石先生，这栋宅子的前住客。"

"又是个相似形的推理。"

千石懊恼地嘟囔着，但旋即露出了一丝微笑。

"换个说法，就是比拟推理。"

"对，比拟推理。"

神冈重复了一遍。

千石仰望天花板发出了感叹。

"七年前犯罪现场的逻辑推理，比拟的就是这个，对吧？又是比拟。我刚才还在这里讲解比拟，这是何等的滑稽。"

"刚才提到的四种比拟，又该如何分类呢？"

"你们在逻辑和心理上把我逼得走投无路，那就是心理和工具两方面的比拟。哎，像我这样坦率地回答问题，简直太滑稽了，滑稽到让人神清气爽。"

"换句话说就是痛快吧，我也好想这样。"

"你是在模仿我吗？呵，我的比拟。"

言毕，他呼地吐了口气，仿佛这成了引线，使他纵声大笑起来。那是一种破釜沉舟般的笑声，其中却混杂着自嘲，有一种放弃一切的痛快之感。

三十三

千石笑了一会儿，或许是累积的压力使然，或许是有些歇斯底里，终于，他恢复了平静。

"那么，你们究竟打算如何处置我？你们一定把所有证据都录下来了，我落入圈套，被推理追逼，以及垂死挣扎的诸多场面。"

"是的，那是当然。"

神冈应了一声，看向壁炉旁的柴火堆，然后竖起了右手的拇指。

"怎么样？"

"很完美！"

尾濑也竖起了大拇指，把手伸进了装饰用的柴火堆里，取出一个黑色的圆筒，是一台移动摄像机，似乎正处于录像状态。

神冈将目光从尾濑移向了千石。

"那些垂死挣扎的影像我打算暂时保留，作为与您交易的筹码。"

"呵，"千石哼了一声，"什么样的交易？我倒是能猜到一二，你是要跟我平分那个，是吧？"

说着，他用左手的拇指和食指画了个圈，显然指的是钱。

"嗯，您真是太明白了，"神冈苦笑着点了点头，"七年前，你私自卷走的钱，原本是情人酒店社长小村美宽的秘密资产，被她的两个情人，也就是舟木海老藏和你偷走了。但你杀害了共犯舟木先生，独吞了钱，却至今为止几乎没怎么动用过这笔钱。"

说着，他往沙发方向瞥了一眼。

到目前为止，真梨亚一直坐在沙发上，就像观赏舞台剧一样悠闲自在。只见她站起身说道：

"我查过了哦，千石先生，你的存折我都看过了。"

千石哼了一声。

"是去年夏天对吧？我就说，你怎么会这么顺利地跟我回家，还把我灌得烂醉。当我醒来的时候，你已经不见踪影了。"

"嗯，千石先生做梦的时候，我也做了个梦。毕竟这原本是我姐财产的一部分。我发现这笔钱还原封不动地存在你的账户里。看来你在混戏剧圈的时候不打算使用这笔钱，应该是担心生活越奢华越容易引人注目。"

"我本打算引退后再好好享受一把。"

千石满脸愁容地低下了头，肩膀也耷拉下来。

于是神冈走上前去，低声说道：

"不必担心，我们会为你提供一个栖身之所。"

"嗯，什么意思？"

"我并不是要白拿你的钱，这是一笔交易，我要把这栋房子转让给你。"

"这里?"

"嗯,你原先住在这里,对这里很熟悉,住在这里会让你倍感舒适。你可以一直住在这里,住到天荒地老。"

"一直?"

"对,一辈子,这是你的终老之所,这不是挺好吗?衣食住行,住是最难解决的,而我们恰好提供了这个。表面上,这里是推理小说的资料馆,千石先生则是住家的管理员。"

"是交易吗?"

"嗯,当然了,这是交易,你就住在这里,自行保守秘密。"

神冈指了指墙上的洞。

千石瞥了一眼墙洞和里边的黑影。

"又要把秘密封印起来吗?"

"嗯,埋入尸体,修复墙壁,确保牢靠,像石棺一样坚固。"

"然后为了不让秘密暴露,我就得住进这栋房子,监视棺材的馆,监棺馆?"

"宅邸本身就是一座巨大的坟墓,就像是坟墓的比拟。"

"我是守墓人吗?"

"为了不让我们这些盗墓人再度出现,这边就拜托给你了。"

说着,神冈恭敬地鞠了一躬。

"是啊,拜托了,"舟木鲷介从沙发上站起身来,走近墙上的空洞,"老哥偷了小村美宽的财产,虽然算不得什么正经人,但死后还是会成佛的。"

他用低沉的声音说着这些,那张宛如佛像一样的脸更增添了奇妙的说服力。

"而且……"舟木耸了耸肩,"老哥犯下的罪孽也能当作秘密被封印起来，于我而言也是好事。毕竟我现在也是人气作家。"

他发出一声细长的叹息，然后眯着眼睛看向千石。

"守护老哥的墓地，对你来说也算是一种赎罪，多少可以救赎灵魂，安慰心灵，是吧？真是一个相当不错的契约。"

他以僧侣讲经般的口吻大彻大悟似的说道。

"哦哦，说起契约……"

他的语气突然变得慌乱起来，瘦弱的身子好似虾蜢般一跃而起，在空中转了个向。

只见他急匆匆地朝里子这边快步走去。

"契约书！"

"咦，什么？"

里子把本就圆溜溜的眼睛瞪得更圆更大了。

舟木像千手观音一样把手往左右一摊，焦急万分地上下摆动着。

"那个，契约书，结婚契约。"

"哦，结婚申请书吧，"里子边说边从内袋里把东西掏了出来，"虽然我还没签名捺印。"

"哇！别签，别签！千万别签！"

舟木伸出双手拼命挥舞。

里子把眼角往上一吊。

"那还用说，毕竟这只是演戏的设定嘛。再说了，从经济的角度上讲，我也没签名捺印的必要，我们已经有千石先生的赠礼了。"

说着，里子一路小跑穿过客厅，在神冈面前停下了脚步。

"喂，神冈先生，你对这间宅子的执着也是专为这幕戏的表演吧。"

"嗯，知道墙壁里有尸体之后，我早就想搬出去了。"

"就是这么回事，"里子回头看向舟木，"这只是一张毫无意义的纸片。"

她把结婚申请书往前一递。

舟木靠了过来，双手合十。

"拜托赶紧处理掉吧。"

"不用说我也知道。"

里子拿着纸片的左端，轻轻摇晃着。

然后，神冈抓住了纸的右端。

两人彼此靠近，各自用力撕开了纸。

被撕成两半的纸在空中飞舞，落在了舟木的脚边。

舟木安心地长舒了一口气，细长的眼睛眯成了一条线，慢慢松弛下来，像极了爬行的蚯蚓。

望着舟木这般模样，神冈和里子肩并肩相视一笑，撕裂了结婚申请书的手指交织在了一起。

就在这时，尾濑从后边把脸挤到了两人中间。

"请问，你们这是在演戏吧？还是说，难不成……？"

他困惑地问道。

神冈依旧凝望着里子。

"没办法啊。"

"明明应该只是演戏而已。"

说着，里子也用热忱的视线注视着神冈。

三十四

十个月后。

神冈和里子并肩行走在这座宅邸的庭院里。

此处早已交付千石居住，对两人而言，算是久违的拜访。

秋日和煦的周六，午后柔和的阳光洒落下来，逐渐凋零的落叶树混合着常青树的绿色，与红叶交相辉映，形成了丰富的色调。云朵飘浮在蔚蓝的天空之上，云影缓缓掠过庭院，又为此情此景增添了一抹色彩。

"千石先生看来挺享受守墓的工作呢。"

"毕竟这是他一生的职责，所以还是愉快干下去比较明智。"

"可是……"说到这里，神冈稍事停顿了一下，然后徐徐地说，"他守着两座坟墓，却至今都蒙在鼓里。"

说着，他含蓄地笑了笑。

里子也跟着笑了起来，脸颊微微一松。

"是啊，千石先生认为墙内只有一具尸体。"

她边说边竖起了两根手指。

"嗯，他完全没想到尸体竟有两具。"

"他一直深信墙里只有舟木海老藏的尸体。"

神冈眯着眼睛点了点头。

"没想到情人酒店女社长小村美宽的尸体也在这里啊。"

里子耸了耸肩。

"毕竟千石先生一直相信小村美宽是在自己经营的一家情人酒店里自我了断，妹妹真梨亚发现了她。"

"真梨亚确实发现了尸体，我们并没有撒谎。"

"当然了，只是没有报警而已。"

"对于七年前的真梨亚来说，那是她演艺生涯的上升时期，她想要极力避免可能损害风评的情形。"

385

"姐姐为筹款所苦，最终自杀，之前向妹妹真梨亚求助却遭到冷淡的拒绝，对吧。"

"就像真梨亚对姐姐见死不救一样。好吧，这样的指责也不一定错。"

"所以真梨亚小姐就把尸体藏在自己家里。"

"是啊，这一藏就是七年。"

"有点像希区柯克的电影呢。"

"要是她在发现姐姐尸体时选择报案，保险金就会滚滚而来。但她宁愿放弃这些，相信自己的能力，把一切宝都押在了演艺事业上，结果却是自掘坟墓。不过最终她还是找到了另一个'坟墓'。"

"毕竟她没法跟姐姐的尸体一直生活在一起，能这样也算幸运的了。"

"嗯，她终于得到了姐姐的藏身之所，秘密坟墓。"

"我们之所以把真梨亚拉进我们的计划，为千石先生设置圈套，正是因为我们发现了她姐姐小村美宽留下的信息，或者说是那个U盘。但解谜经过验证后，真梨亚显得十分积极。"

"倒不如说真梨亚小姐是最积极的那个，最后甚至掌握了主动权。"

"嗯，真梨亚也背负着姐姐的尸体。对她而言，这是千载难逢的机会，绝不会将其白白断送的。"

"是啊！当她向我们坦白藏着姐姐的尸体时，我们虽然吃了一惊，但也觉得理应如此。"

"正因为这样，真梨亚才成了这次行动的主导。在她的指挥下，所有人利害一致，成功敲定了那个最亮眼的计谋。"

"对，把两具尸体藏进墙里。"

"为了实现这个目标，她才会如此殚精竭虑地制定计划，把千石先生逼到了绝境。打开墙上的洞，让千石先生落入陷阱，正是为了之后的计谋。"

　　"仔细想想，真梨亚导演出的这幕戏真是莫大的讽刺。姐姐和情人在墙里长眠，另一个情人活着为他们守墓。"

　　"姐姐似乎会因此感到高兴，真梨亚正是出于这样的想法才有意为之的吧。为姐姐献上对千石先生的惩罚，这将是最好的祭奠。真是相当恶趣味的浪漫呢。"

　　"这样说合适吗？明明你是第一个举双手赞同真梨亚计划的人。"

　　"顺序无关紧要吧，反正大家都同意了。"

　　"那是当然的。"

　　"毕竟可以分到一大笔保险金。"

　　"这还早吧。"

　　"但我觉得这并不遥远，千石先生的糖尿病似乎有点严重，只有他会死得比我们都早。"

　　"嗯，年纪也大很多。"

　　"千石先生的守墓工作结束后，墓就走到了终焉，墙也会倒塌的吧。"

　　"要说是真相，未免自由过头了，因为一切罪责都要千石先生来背。"

　　"这才是最合理的收场，毕竟千石先生的确杀了舟木海老藏。"

　　"杀一个人和杀两个人也没什么区别，是吗？"

　　"在同一个墙洞里发现的小村美宽的尸体，也是千石先生所杀。既然藏了两具尸体，这种想法也是理所当然的。"

"真的要谢谢千石先生了。"

"小村美宽因为情人酒店的破产，一直被人视作逃亡。当她的尸体被发现后，案子将会迅速转变为谋杀案，于是保险赔付也会启动，小村美宽的保险金将发放到妹妹真梨亚手中，再秘密分给我们。"

"所以这一切要等到明年或者更远的将来吧？恶鬼听了都要哈哈大笑。"

"算了吧，在那之前，千石先生七年前盗取的赃款已经分给我们了。"

"是啊，那是千石先生杀了舟木海老藏后抢到的钱。"

"千石先生真是一个毫无从轻审判余地的杀人犯，如此还得承担更多的罪名，以连环杀人魔之身死去，做一个稀里糊涂的恶鬼，是吗？"

"天晓得，"里子歪过了头，"可是千石先生真的不知道墙里的真相。他把小村美宽的尸体当成模型，神冈先生制作的模型。"

神冈的嘴角微微上扬。

"是啊，当我们用机关破坏了墙壁以后，那个模型就出现了，千石先生误以为那是真的尸体，被吓得半死，甚至还坦白说自己没杀两个人。"

"那次体验太过震撼，乃至于他把真正的尸体也当成了模型。"

"对对，真梨亚也真是大胆，或者说是太爱恶作剧了。"

神冈边说边笑得双肩发颤。

里子也把手捂在嘴边，像是要把大笑硬憋回去。

"是啊，就是在修补墙壁的时候，真梨亚用姐姐的尸体顶替了模型，真是高明的手段。"

388

"因为那个模型本来就是仿照小村美宽的尸体做成的，所以真梨亚在搬运尸体的时候，看起来自然也像端着模型。"

"不过真梨亚的表演就像是真的在搬运模型，有点漫不经心，又有些潦草。"

"小里，你在这种场面下居然还能笑出来。"

"可是在我的眼前看到那种场面，不笑也太诡异了。"

"嗯，真梨亚那家伙居然面不改色地说出'墙里只有舟木海老藏一个太寂寞了，就让姐姐陪陪他吧。然后当着千石的面把真正的尸体塞进墙里，结果千石仍旧把这个当成了模型，还笑着说'这也是比拟啊'。"

"他还觉得自己很幽默呢。"

"其实根本不是比拟，就是如你所见的事实。"

神冈耸了耸肩，露出了苦笑，随后眯起眼睛，盯着虚空中的一点。

"不过，我们可是展现了公平的精神，不仅做了比拟，也给了预告。这才是最大的比拟。"

"这是关于预告的比拟，也就是我们在图书室展示的演出。"

"在图书室里，真梨亚的尸体和乱步的艺术品并列摆放着，然而，那个艺术品事实上也是尸体，舟木鲷介的尸体就是从里边掉出来的。"

"要的就是这样的演出效果。"

"而且这也预示着墙内的状况。"

"是啊，墙壁里边看似是尸体和模型，其实那模型也是尸体，跟我们在图书室里展示的演出如出一辙。"

"嗯，本着公平的精神，我们提前做了预告。"

"相比实物，比拟来得更早，这样一来反倒成了障眼法。"

"确实很幽默，但幽默过头会让人没法觉察，反倒不幽默了。"

他边说边露出了遗憾的苦笑。

里子歪过了头。

"对于落入陷阱的千石本人来说，情况太严肃了，根本笑不出来了，"说着，她环顾着四周，"不过千石先生会一直住在这里吗？"

"要是不把这当作一种幽默，恐怕是住不下去的吧。"

"是啊，确实如此。而且我觉得千石先生把自己也解释成了一种幽默。"

"人生这种东西，近观是悲剧，远观是喜剧，千石先生似乎决定站在很远很远的地方看待自己的人生。"

"过剩的喜剧吗？"

"简称过剧。"

"就是这个意思吧，今天的小目标什么的。"

"那样做真的不要紧吧？"

"没办法。要是我不让他做的话，千石先生的压力会越来越大，反倒会危及保密。"

"宣泄压力是吧？"

"就是这样，那堵墙无须担心，已经砌得很坚固了，没什么好担心的，所以这点事就让他放手去做吧。"

言毕，他看向了人声鼎沸的方向。

十个月前居住过的那栋建筑依旧伫立于此，仍是罐头般的形状。在阳光的照射下，石砌的外观由灰色变成银色。

南侧则有了很大的变化，玻璃推拉门敞开着，从此处到庭院的位置建起了一个塑料大棚模样的围栏。这并非改装，而是临时搭建的东西，事实上是一个帐篷。帐篷里摆放着钢管椅，设置了观众席，容量为百人左右。

这里俨然成了一个小剧场。

没错，今天这栋宅邸将被用作剧院。

舞台设置在打开的推拉门背后，也就是屋内的位置。戏剧将在此处上演。

鱼板形状的帐篷覆盖的观众席已经入座了七成。

在等待下午两点正式开演的时间段里，观众们有的在看宣传单，有的在谈天说地，享受着各自的时光。千石的熟人和友人们都在入口处领取了纸带，似乎是预备在谢幕时投掷出去，以炒热气氛。

神冈和里子已经凭借千石寄来的邀请函占好了座位，从前数第五排的中间，绝佳的观赏位置。

此刻，推拉门背后的舞台被窗帘遮住了，用以代替幕布。幕布的后面，戏剧的准备工作正在紧锣密鼓地进行着。客厅、书房、图书室、东西楼梯、二楼走廊等，都将直接作为舞台布景使用。

《监棺馆事件》。

这就是即将上演的剧目的标题，这部推理剧的灵感来源于神冈等人参与的秘密事件，当然，一般人是无从得知的。

那堵墙无须担心。

神冈刚才提到的自然是"坟墓"的墙壁，上面确实涂了厚厚的水泥，被砌得十分坚固。

而且，千石拟定的演出剧本事先也送给他过目了，那堵墙与剧情无关。千石似乎并没有想做什么的企图。事实上，要是发生了这种状况，受害最大的正是千石本人，这也是理所当然的。

里子在庭院的树荫前停下了脚步，再度望向帐篷的入口。

　　"据说以前这种形式的剧场还挺多的。"

　　"这就是所谓地下表演的世界。唐十郎的红帐篷，还有佐藤信的黑帐篷。"

　　"这回是蓝帐篷吧。"

　　"因为上演的是杀人案的戏码，所以用的是蓝色的座位，真是恶趣味啊。"

　　"所谓的恶趣味，在亚文化的世界里已经成了一种门类了，大概正是因为这个，才会吸引这么多客人光顾吧。"

　　"也许是墙内那尊神明的保佑呢。"

　　"啊？哪个？"

　　"当然是有钱的那个了，情人酒店的女王，美宽社长。"

　　"可是这位颇有能耐的女社长最后不也陷入经营不善，为筹措资金而苦的境地吗？"

　　"不过她最终还是清偿掉了债务，不是吗？"

　　"是啊，甚至动用了可疑的高利贷。而且你还记得吗，虽然是半开玩笑，她的妹妹真梨亚不是还暗示过相当劲爆的事吗？说不定债务并没有还完。"

　　"嗯，她是笑着说过，搞不好那些放高利贷的都被杀光了。"

　　"好吧，也算是另一种形式的清偿。"

　　"万一这并不是在开玩笑呢？"

　　"别吓我啊，难不成美宽社长才是这次杀人游戏幕后的策划人。"

　　"对，就是这样，所以该不会是真的吧？毕竟对于千石先生杀害舟木的事，美宽社长的应对是如此大胆。"

　　"正因为自己是杀人犯，所以对他人的杀人行为也能宽容对待，是这样吗？"

"又或者，他人的杀人行为反倒推了她一把。"

"来自杀人犯的勇气吗？"

"嗯，似乎是罪孽的连锁反应。人本来就有这种倾向，因为别人做了，所以自己也做。"

"或者是自己都做了，别人就更没办法了。"

"嗯，有了一种罪孽，就容易引发另一种罪孽。有了先例，后续就会出现。前事不忘，后事之师。"

"感觉有点像比拟杀人呢。"

"或许是吧……哦，快开始了，杀人，杀人的戏码，马上就要上演了。"

从帐篷那边传来了开幕的信号——是钟声。用的是悬挂在客厅天花板上的狱门岛钟。

在接下来的两个半小时里，舞台剧在热烈的气氛中上演，在好评的掌声中迎来了落幕。

神冈和里子也欢笑着献上了掌声。话剧没有任何问题，是纯粹的娱乐作品。

故事情节巧妙地撷取了"事实"部分，并将其串联在一起。

被刀刺死的女性尸体。

案发时身在宅邸内的四名嫌犯。

互相竞争式的推理，四种密室诡计的揭晓，还采取了将能够实施各项诡计的人指认为凶手的形式。

四名侦探角色展开了推理之战，但以真正的名侦探之名斩获破案荣誉的乃是一个类似千石的角色。

胜利的决定性因素是死前留言，比拟的小道具所表示的文字并非"oZe"，而是"oNe"，然后，一个让人联想到尾濑的男人——尾根坦白了罪行，并开枪了结了自己的性命，至此，演出正式落下帷幕。

此刻，谢幕的掌声和欢呼声此起彼伏，演员们向着观众席一遍又一遍地致意。

与剧团成员们亲近的观众纷纷起立鼓掌，抛出了入场时交给他们的纸带。

重重纸带漫天飞舞，在蓝色防水布搭建的天花板映衬下，描绘出一道道五彩斑斓的线条，在舞台和观众席之间架起拱门。此情此景让人联想到通往蓝天的彩虹。

神冈也站起身来，一边掂着手上的纸带，一边寻觅合适的投掷时机。

"观众的反应不错嘛。好评如潮，这才是最重要的。"

"是啊，千石先生的演出应该算是成功了吧。"

说着，里子也拿着纸带摆好了架势。

"嗯，看来千石先生不会被观众杀死了。"

"这就是刀吗？"

里子把纸带举到眼睛前。

神冈露出了讥讽的笑容。

"从观众席上飞来言语之刀，比如'还钱'什么的。"

"喂，我突然想起一桩在意的事。"

里子歪过了头。

"刚才你提到的把放高利贷的人全杀了的事，比方说，假如真有其事，那些人的尸体现在在哪里呢？"

神冈皱起了眉头。

"是哦，该不会沉到什么地方去了？"

说到这里，他举起了手臂，摆出投掷纸带的姿势。

就在这时，千石登上了舞台，他打开二楼中央的门正式亮相。

导演的登场让场内的气氛沸腾起来，观众席上掌声一浪盖过一浪。

千石自二楼的走廊上探出身子，向观众挥手致意，脸上挂着悠然自得的笑容。

向着这样的千石，神冈抛出了纸带。

就在这一瞬间，里子接过了神冈"该不会沉到什么地方去了"的话头，往下说了一句——

"或者埋进什么地方去了。"

"哇，别说这种吓人的事。"

神冈被打乱了节奏，身体前倾，顺势把整卷纸带都抛了出去。

纸带的一端没能握在手里，就这样脱手飞出。

原应在空中拉出一道鲜明的白色拱门的纸带，就这样飞在空中，以一团圆球的形态飞舞着。

纸带卷的尾巴没能伸展出去，反倒由此获得了加速。

这般物件划过虚空，化作了一个高速飞行的球体，在观众席的上空滑翔。

紧接着，它以猛烈的气势冲向舞台二楼的走廊。

遭受直接打击的正是导演的面孔。

千石被纸带的一击打得鼻血横流，后仰着倒了下去。

他的右手顺势狠狠砸在了二楼的墙上，响起了沉闷的钝响。如果是肉身的胳膊，恐怕早已骨折，但千石的义手却强有力地击打着墙壁。

一道闪电般的形状在二楼的白墙上蔓延开来，是裂缝，裂缝不断游走。

白色的碎片落下，墙壁的表面纷纷剥落，坍塌，露出了数个空洞。

黑色的物体从中显露出来。

剥落的墙壁隙间，伸出了一根根黑色的手指，仿佛在试图抓住空气一般。

数不胜数的干枯人手不断涌现……

观众席上的人似乎把这当成了全新的演出，兴奋之情愈加高涨，掌声和欢呼声不绝于耳。

白墙似雪崩般纷纷瓦解，将光亮吞噬殆尽。

黑暗开始在墙内勾勒出轮廓。

那是一群黑色的人形，令人联想到群体起立的观众席上落下的影子，形似某种比拟。

不知从何处传来了苍蝇的振翅声。